月白风清醉流光

张学勤/著

四川大学出版社

项目策划：蒋姗姗
责任编辑：蒋姗姗
责任校对：王小碧
封面设计：墨创文化
责任印制：王　炜

图书在版编目（CIP）数据

月白风清醉流光 / 张学勤著．— 2 版．— 成都：四川大学出版社，2021.10
ISBN 978-7-5690-4433-1

Ⅰ．①月… Ⅱ．①张… Ⅲ．①散文集－中国－当代 Ⅳ．① I267

中国版本图书馆 CIP 数据核字（2021）第 011494 号

书　名	月白风清醉流光	
著　者	张学勤	
出　版	四川大学出版社	
地　址	成都市一环路南一段 24 号（610065）	
发　行	四川大学出版社	
书　号	ISBN 978-7-5690-4433-1	
印前制作	四川胜翔数码印务设计有限公司	
印　刷	郫县犀浦印刷厂	
成品尺寸	170mm×240mm	
印　张	14.25	
字　数	271 千字	
版　次	2021 年 10 月第 2 版	
印　次	2021 年 10 月第 1 次印刷	
定　价	72.00 元	

◆版权所有◆侵权必究

◆ 读者邮购本书，请与本社发行科联系。
　电话：(028)85408408/(028)85401670/(028)86408023　邮政编码：610065
◆ 本社图书如有印装质量问题，请寄回出版社调换。
◆ 网址：http://press.scu.edu.cn

四川大学出版社
微信公众号

写在前面

2004年的时候，北京广播学院改名为中国传媒大学，我当时正在新闻传播学院读研究生，专业是传播学。我和师弟师妹们隐隐约约觉得，我们正在见证历史的变革，于是，大家轮流抱着已经摘下来的"北京广播学院"的木牌子，拍照留念。

光影定格，总是想留住某一个特定的时刻。那一个时刻，镌刻了"广院"的记忆，也记录了我们的青春。

当时，我穿着蓝色的短袖衬衫，骑着自行车，在绿树荫荫的校园，上午的阳光，还没有那么强，我背着双肩包，像个邮差。瘦瘦的身板，黑黑的脸庞，好像我的师弟也长成我这个样儿。我们抱的校牌是长长的木板，白色的底子，黑色的字。木板有点小小的裂纹，应该是在学校大门前挂了很多年，经历了风吹日晒，似乎是一脸的岁月风霜。

我是学传播学的，能理解文字和照片的纪录感，更知道在时间的流逝过程中，最难以保存的是情感，所以，算是一个告别的仪式，对青春，对大学，也是对"广院"。

我曾经是一个很好学的学生，整日泡在图书馆，就连图书馆的老师们都已相处得很熟悉了。他们还会经常把新到的书留给我看，我也会经常帮他们做一点图书馆的业务，逐渐地熟悉了图书馆中哪一类书在什么位置。如果在图书馆中玩捉迷藏、寻宝类游戏的话，我肯定能够拿冠军。在我工作很多年回母校的时候，老师们看到我，都还能准确地叫出我的名字。

如今，回想起那些图书馆的岁月，真是要好好地感谢母校图书馆的老师们，那么的温情，那么地照顾学生，让我们尽情地在图书馆的书籍中沉浸，让我们放肆地在书架中穿行。

如今，中国传媒大学的图书馆是钢琴湖附近的高大明亮的大阅城了，而老图书馆已经做口述历史博物馆之用。

曾经有很多好学的学生，成群结伴地去图书馆。同学之间的聊天，经常是："那本书你看了吗？""这本书你看了吗？"其中，威廉·曼彻斯特的《光荣与梦想》早年翻译的版本在书架上整整齐齐地摆放着，被我们几个同学惦记上，几个人争抢着看。那样的时光，再也找不回来了。

考研究生的时候，记得参考书目中有一本张隆栋教授主编的《外国新闻事业史简编》。厚厚的、蓝色的封面，算是老版本了。这本书在市面上是买不到的，只好到图书馆去借，正是应了古人的话"书非借不能读也"，借着看了一遍又一遍，硬生生地把其中的知识点记了个透烂。

下的硬功夫，估计是下得太扎实了，以至于到今天，很多新闻史的知识点我都信手拈来。等到我当老师，站在讲台上，给学生讲中西方新闻史的时候，基本是不用备课的，基础打得太牢固了。

读硕士的时候，一边读书，一边打工。每一次从外面回到学校都是饥肠辘辘，食堂没有关门的时候最是幸福。一边吃饭一边想着栏目的片子，想着，想着，吃完了，就端着空盘子，不知不觉地走出食堂，走向图书馆。走到半路的时候，才发现自己手里端着餐盘，赶紧拐头回去。

不知道这一幕是不是被学校的老师看到过，后来，有同学专门对我说，有一天，系里的老师问他："学勤是不是精神不太正常，看到他的时候，总是神情茫然，若有所思。"

我同学说："那小子，很正常啊，天天除了看书，就是做片子，前两天我们两个还在宿舍一起啃大饼，谈人生呢。他还说，他想拍一部电影呢。"

每一次想到自己的这些往事，都觉得很有趣，想讲给我的同学听，讲给我的老师听，讲给我的学生听，讲给我的亲人听，讲给我的朋友听，也算是中国传媒大学的前尘往事。她的每一个毕业生的故事，不就组成了母校的历史吗？

宏大的叙事，总要有细节的支撑，傅国涌写《唐德刚走了，历史仍在"三峡"中》一文，就写唐德刚区分小说与历史——"大事件、大人物就应该用'历史'来写；小人物、小事件，甚或大人物、小事件，就应该用'小说笔调'来写"。如此说来，我们的青春故事算是母校长河中的小人物、小事件，不过，写出来却栩栩如生，回味无穷，全当小说了。

但，我没有写小说，来描写这些事情，总觉得，虚构出来的人物远远没有现实生活中丰富。我写的是散文，有我的亲人、我的老师、我的同学、我的朋友，有我的青春羞涩，有我的南北奔波，春天的花开，夏天的烈日，秋天的风，冬天的白雪。

散文的笔调和文体，适合网络时代的媒体，甚至说更适合我们情感的交流。写字的时候，有冲动，有表达的冲动，我要把岁月变成文字，我要让我的村庄、我的大学、我的亲朋在岁月中流动，历久弥新，如同此时成都的风声雨声，听上去，总是那么的动人，那么的柔情。

齐邦媛先生动笔写下家国往事的《巨流河》，她父亲齐世英在东北支持郭松龄将军，却兵败巨流河，自此一家人颠沛流离，从东北到华北再到西南再到台湾。他们的老师带领学生逃难时依然弦歌不辍："你知道一面逃难一面如何教书？有一位化学老师就直接把公式用粉笔写在他的黑色大衣背后，让学生一面看着他的背影一面记诵，晚上把大衣上的公式擦掉，再记另外一个，白天让学生记诵。"她的父亲齐世英创办的国立东北中山中学，专门招收东北流亡学生，他们的校歌是"白山高黑水长，江山兮信美，仇痛兮难忘……唯楚有士，虽三户兮秦以亡，我来自北兮，回北方"。齐邦媛先生的文字凄美哀痛却坚毅刚强，震撼了全世界人的心房。

当记者问起她写这本书的动因的时候，她说："写此书时原是还终身之愿，没有想过成书后的境况，原还想只给亲友看看，给他们做个交代。"家国历史往往是由个人记忆累积，我们何尝不是大江大河中的浪花。齐邦媛先生原本只是一个喜欢感叹山水俊秀、诗歌优美的女子，战争与抗争，奔波与奔涌，让她的文字涌动了一个时代的浪潮。

我读到这一段文字时，也慢慢地理解了自己写字的冲动，其实，就是想有个交代，对亲朋，对自己。相对于时代来说，我更加渺小，但是，对于我的亲朋来说，我一点都不渺小，我是他们生命中至关的重要。如今写每一个文字都有他们的故事，都有他们的样子，此生此世的缘分，紧密相连。

和这个时代大多数平凡的人一样，我从一个城市到另一个城市，就如同小时候，从一个村庄到另一个村庄，只不过，我们一直都在成长，成长的过程中，来不及和周边的人商量，甚至是本能地野蛮生长；若说是想停下来观望，其实是来不及喘气，又匆匆奔跑在路上。我们曾经是黄河岸边的乡村少年，整日里跟槐花、榆钱、柳芽、罗锅儿打交道，如今，独在异乡为异客，偶然泛起的乡愁，只好在文字中寻找，寻找故人，寻找故乡。

拜伦的长诗《唐璜》中有一句："语言是看得见的东西，一滴墨水像露珠滴在思想之上，它使无数人展开了思维的翅膀。"

本书《月白风清醉流光》的文字，正是看得见的东西，透过这些文字我们留存一些内心的柔软，留存曾经的少年青年。如果，让你展开思维的翅膀，闪动了你回不去的流光，那就看月亮吧，还是要相信嫦娥和玉兔在上面，那么亮，那么白，风吹来，闻到稻花香。

飘满稻花香的小村庄，依然是梦里的模样，有故人，有故园，有乡音的回响。

2016年4月14日　星期四　成都夜雨

目 录

成都雨，散花窗前观流水……………………………………（ 1 ）
无限的可能才是精彩…………………………………………（ 4 ）
雕刻的时光，做你喜欢的模样………………………………（ 7 ）
在北京，别喝太多酒…………………………………………（ 9 ）
中国传媒大学大书房，一杯咖啡香…………………………（ 12 ）
春节的年味，远去的童谣……………………………………（ 15 ）
一阵烈焰，瞬间百年
　　——母亲一周年祭………………………………………（ 19 ）
难忘《雨中登泰山》，青涩《辽宁青年》…………………（ 22 ）
人在旅途，自驾游？跟团游？………………………………（ 25 ）
大道至简，用手去思索………………………………………（ 28 ）
人生无处不相逢………………………………………………（ 32 ）
老父亲来成都…………………………………………………（ 36 ）
情诗里的青春…………………………………………………（ 39 ）
辣椒蘸料的原味，岁月传说…………………………………（ 45 ）
镜中的少年还是那个少年吗？………………………………（ 48 ）
我想和你虚度时光……………………………………………（ 51 ）
江湖的兄弟，江湖的侠义……………………………………（ 53 ）
我吃过大盘荆芥………………………………………………（ 57 ）
是谁创下这行业，傍晚里撑起一盏灯………………………（ 60 ）
你手中有一支笔………………………………………………（ 64 ）
猴年，咱们不要猴急…………………………………………（ 67 ）
片刻消停，打望下过往的妹子………………………………（ 70 ）
聊赠一枝春……………………………………………………（ 73 ）

劝朋友跳槽，士为知己者拼	（75）
风雨故人真精神	（78）
一个汽水品牌的历史意识	（82）
雉鸡翎　扛大刀　谁家的闺女叫俺挑	（86）
人生本是风景，如花繁盛	（89）
寒夜客来茶当酒	（92）
刘邦不想在村头喝闲酒了	
——从历史看管理	（95）
当年非典，生死归程	（98）
雪夜同窗读禁书，冰酒一壶	（102）
大河两岸豫剧魂	（106）
七品芝麻官的红薯	（108）
一部《琅琊榜》，满怀士子心	（110）
文字中灵魂传递的差事	（113）
不辞长作蓉城人	（116）
你觉得那些事情可以炫耀吗？	（120）
那些郁闷的年轻人	（123）
江城十月登珞珈	（126）
一段苦的生活，你就把它当苦瓜吃掉	（129）
小城秋夜	（132）
人到中年在蓉城	（134）
睡在我同屋的兄弟	（137）
光阴的故事	（141）
我们生活中的好白菜与坏白菜	
——白菜原理	（144）
黄土地里长出的形容词	（149）
妈妈纳的千层底	（153）
日暮乡关　黄河岸边	（159）
读书的时光	
——写给图书馆《开卷有益》	（162）
我们带你看风景	
——《春风化雨》卷首语	（164）

同学，你是这所大学的创造者
　　——和同学们探讨大学生活的归属感……………………（167）
春风化雨，生根开花
　　——写给文化商学院第二届现场写作大赛……………（174）
茶亦醉人何必酒，书能香我不须花
　　——写给《开卷有益》…………………………………（178）
你若加入，诗意更浓
　　——写在《文商时讯》第十期…………………………（185）
我们的中国梦……………………………………………………（188）
成都春天的那些花儿……………………………………………（194）
发呆丽江…………………………………………………………（196）
人生的路，一步一步……………………………………………（199）
春风拂柳品茶香…………………………………………………（202）
有一个词叫"鸟语花香"…………………………………………（204）
今年最重要的事
　　——老父亲进北京………………………………………（206）
古往今来听雨人…………………………………………………（210）
火车站的离别与香烟……………………………………………（212）
月白风清醉流光…………………………………………………（214）

成都雨，散花窗前观流水

我来自北方，喜欢下雨。泛起的土腥味，还有，雨滴滴在水面上的涟漪，都深深地藏在了我的记忆里。

北京下雨的时候，我会打着伞，往雨中走，不是想碰上一位打着油纸伞，像丁香花一样走在雨巷中的姑娘，而是，想听一听雨打在伞上的"噼啪"声响，还有雨打在树叶上"沙沙"的冲刷声。去躲避城市中的喧闹，去独享在雨雾中沉淀出的宁静。

尤其是夏夜的雨声，风声中夹杂雨声。若是已经躺下，我会爬起来，披衣打开台灯，伴着风声雨声，翻翻史书传记，在风雨故人的尘世，穿越时空，千变万变，唯有这风声雨声不变，唯有这书生人情不变。

当我们似乎对这个变化太快的世界感到陌生的时候，那就听听风声雨声，翻翻书吧，有"寒雨连江夜入吴"，有"巴山夜雨涨秋池"，有"黄梅时节家家雨"，有"潇潇暮雨洒江天"，有"梧桐更兼细雨"……原来秦汉英雄，唐宋文人，都曾经在夜雨时分醒来，挑一挑灯花，静心地听窗外雨声，铺纸研墨，写信给远方的人，叙说此夜的心。

我曾把那雨夜感悟，写成了一篇散文——《古往今来听雨人》，发表在中央民族大学的校报上。报纸散发的那天晚上，竟然接到老校长的电话，我还以为有什么突发的紧急公事。老校长在电话的那头说："学勤，我看到校报上你写的散文——《古往今来听雨人》，是那么的才气逼人，风雨真情，一如我的青年时分。"

而今到了成都，一个多雨的城市，春夏秋冬，都会下雨，配着青砖点缀的川西民居、亭台楼阁，一幅水墨画，把你所生活的城市勾勒，自然得不能再自然。我喜欢下雨天，小雨的时候，不打伞，细雨水雾一般舔着你的脸。中雨的时候，打着伞，看着巷子中的绿树红花，鲜亮舒展。大雨的时候，站在窗前，看窗玻璃上的水雾和水流，用手在上面写字画画，模模糊糊看着远处的建筑，影影绰绰，虚虚无无。

我真是把异乡当作故乡了，是不是？古诗词早已经在我的心中，播下了雨的种子，随风入夜，润我无声，把故乡的概念偷偷转换，转换成翠竹丛丛、烟雨朦胧的山水蓉城？

我不知道，是不是前世曾经生活在西南多雨的城，隐隐开始相信命运的安排：安排你落脚的城市，安排你喜欢的风景，滋养你的生活习性与这个城市融为一体，滋养你的审美愈加亲近这座城市的调性。

如今正是春天，"好雨知时节，当春乃发生"，如期而至的细雨，点点瑟瑟，洒在屋檐，洒在路上石板，洒在曲曲折折的河面，薄薄地起一层烟，映衬着河畔葱茏的黄桷树，果真是"蓉城秀色"。

在水街河畔的散花书院，我坐在临窗位置，对着细雨洒扫的河面，竟然生出了一丝惆怅。惆怅地看着河面上雨滴画出的圈，惆怅地看着河面上黄桷树的倒影，惆怅地看着河边层层叠叠长满青苔的石头。

岁月无声，尽在春来海棠枝头红，水流长朝东，若是青春无限好，谁人白发不曾生？随手，写了"绿水悠悠走，日夜不停休，午后，午后，散花窗前观水流"。

古人说，下雨天，留客时，一壶浊酒。若在夜色浓浓的山村，当是"夜雨剪春韭，新炊间黄粱"。要是一个人的时候呢？最适合，在散花书院这样的地方，就是如我这般的模样，一杯茶，一本书，看天上跳下来的雨滴，落入从西岭山川而来的东流水。

柳三变的《八声甘州》，"对潇潇暮雨洒江天"，写的是暮雨清秋一番愁，写的是长江水无语东流，写的是"望故乡渺邈，归思难收"。而我对着春雨淅淅沥沥，竟然泛起了时光易逝的愁。古人"春愁难遣强看山"，我却"惜春长怕花开早，何况落红无数"。春愁萦怀对春水，水在走；我静坐，时光也在走，可我怎么留？

只好，观雨——观雨滴在河面一圈一圈的涟漪。

观雨，观的是心情，怅然若失，逝者如斯。如果雨大了，就能听到雨声。春雨敲打窗棂，秋雨常伴落叶风。齐邦媛在《巨流河》一书中，以细腻的笔，记下了当年三江汇流的乐山。朱光潜先生在自己的小院中听雨，那番动人的意境堪比雪莱的《西风颂》。

"那时已秋深了，走进他的小院子，地上积着厚厚的落叶，走上去飒飒地响。有一位男同学拿起门旁小屋内一把扫帚说：'我帮老师扫枯叶。'朱老师立刻阻止他说：'我等了好久才存了这么多层落叶，晚上在书房看书，可以听见雨落下来，风卷起来的声音。这个记忆，比读许多秋天境界的诗更为生动、深刻。"听雨的境界，在朱光潜先生的小院中，落叶层层，雨打风卷，宛如天籁；屋里的读书人，一盏暖灯，翻书沉思的时候，雨声风声，何其通灵。

岁月沧桑的美，划过星空，弦歌诗诵，一江潮涌。

听雨的伤怀愁绪，还有余光中的名篇《听听那冷雨》，化用蒋捷的《虞美人·听雨》："饶你多少豪情侠气，怕也经不起三番五次的风吹雨打。一打少年听雨，红烛昏沉。再打中年听雨，客舟中，江阔云低。三打白头听雨在僧庐下，这便是亡宋之痛，一颗敏感心灵的一生：楼上，江上，庙里，用冷冷的雨珠子串成。"少年、中年、老年，楼上、江上、庙里，不同的年岁，不同的场景，能让你想起自己的风风雨雨，北京、郑州、杭州、广州、益州、扬州，不同的城市，已是不同的年，我们可曾与自己面对面，收拾收拾那份难以名状的伤感？

余光中写"雨，该是一滴湿漓漓的灵魂，在窗外喊谁"。

在窗外喊谁呢？是喊我吧，喊我在李太白的诗中，找一找蓉城历史深处，锦城头的散花楼，"飞梯绿云中，极目散我忧。暮雨向三峡，春江绕双流。今来一登望，如上九天游"。登高的情怀，远方的山霭，暮雨的三峡，春江两岸花开。李白不怕愁，仙人何曾忧？"日照锦城头，朝光散花楼"。

我呢，把听雨的愁绪收一收，要像李白一样——青春无边，好入名山，千金散尽，对酒当歌。"来来来，岑夫子，丹丘生，烟雨平生且前行"，"弃我去者，昨日之日不可留"，长风万里书卷，对此可酹高楼，听雨的时候，心中当有一曲《将进酒》。

      2016年2月23日　星期二　成都　散花书院

成都雨，散花窗前观水流

无限的可能才是精彩

一直以来，我都喜欢考拉熊萌萌的样子：小眼睛，大耳朵，胖乎乎的，喜欢在树上睡觉，很符合小时候自己喜欢爬树掏鸟窝，爬树摘洋槐花的习惯，因此给自己起了个网名叫考拉熊。

这个网名，自启用到现在已经很多年。朋友圈中，聊天的时候大家很少叫彼此真的名字，直接说："考拉熊，今天的散文没有写，是不是喝醉了？""考拉熊，给推荐一本书呗？""考拉熊，明晚上一起吃火锅，不能推辞啊。"

叫习惯了，连自己都觉得自己是个考拉熊。有一段时间我在学院负责教学工作，全国各地出版社的图书营销人员，很敬业地打我办公室电话推销教材，几乎一天十几个电话，当我表示不用的时候，人家还是很温和地说："您能不能告诉我您的名字呢，还有您的电子邮箱，我好给您发资料。"

不胜其扰，又不好发火，只能敷衍一下。

有一次学院刚开完会，我很是忙碌地处理事务。办公室电话响了，又是一家出版社，我都抓狂了。一番应付后，对方依然不折不挠、不卑不亢地说："请您告诉我您的名字吧，还有邮箱，我好给您发书目。"

再温和耐心，也经不住这样子骚扰啊，我故意说："我叫考拉熊，电子邮箱是……"

第二天，我的电子邮箱收到邮件："熊先生，您好，我们的书目在附件中。"叹服啊，这位出版社的老师，没有写"考先生"，估计是认为"熊先生"更可爱吧。

有一天读蔡康永写的《奇葩三国说》序言中的文字："无尾熊（又称树袋熊或者考拉）是很可爱的。不过，无尾熊的人生可真够无聊的。吃树叶、打瞌睡，吃树叶、打瞌睡，又吃树叶、又打瞌睡，睡到从树上掉下来，如果没有摔坏的话，继续爬回树上吃树叶。你要过这种日子，你会受不了的。"

他说历史上所有的考拉熊都是这样无聊地走过一辈子，但是，历史上的人们却不一样，因为人有梦想，喜欢折腾，喜欢不一样。历史上的很多人都活得很精彩，看到这些精彩的历史，我们现在的人也不想像考拉熊一样的活了。

没有梦想的人，甚至在历史中，都会被人不待见。有一次，许汜、刘备与刘表在一起喝茶摆龙门阵，三个人谈起天下豪杰，说到陈登陈元龙。

许汜说："陈元龙吧，湖海之士，脾气不小，有点豪横，够呛。"

刘备就问刘表："哥们儿，你说说，老许这样说元龙对不对呢？"

刘表说："要说不对吧，老许这个人也是个实在人，不可能说虚假的话啊。要说对吧，要知道，陈元龙可是名重天下。"

刘备本来和陈元龙就是好朋友，当年陈元龙可是帮助刘备接手了徐州。当然，的确有很多的士人对陈云龙很有看法，觉得他骄傲自大。

陈元龙便说："说到家风敦厚，德行俱备，我敬重陈元方（陈群的父亲）两兄弟；说到德行清高，有礼有法，我敬重华子鱼（华歆）；说到正直坦荡，疾恶如仇，我敬重赵元达（赵昱）；说到博闻强记，才华横溢，我敬重孔文举（孔融）；说到英雄胆识，有王霸之略，我敬重刘玄德（刘备）。我如此敬重这些人，又怎么可能是一个骄傲自大的人呢？嘿嘿，只不过有一些人的确是庸碌不堪，不值一提，看不上眼啊。"

陈元龙的确是为人爽朗，智谋过人，小霸王孙策勇冠三军，但是碰到了陈元龙只有吃败仗的份。而且，陈元龙少年时便有扶世济民的梦想，治理徐州和广陵的时候，百姓安居乐业，口碑甚好。

刘备问许汜："是不是元龙得罪过你啊，你说他有点横，举个例子说一说？"

许汜就说："当年，战乱的时候，经过下邳，碰到元龙，他根本不把我当作客人来对待，甚至都不怎么搭理我，他自己到大床上睡舒服觉，而让我这位远方来的客人睡在下面的小床上，你说这算什么嘛。"

果然是这样，刘备那时候也是耿直人："老许啊，你也算是有名声的人，道上的朋友也很捧你。可是，当今天下大乱，皇帝都流离失所，我们都指望你忧国忘家，有拯救天下的情怀和想法，你倒好，只想着圈良田，求田问舍。你说，你没有讲出什么新鲜玩意，跟社会大势无关，那是陈元龙最看不起的，你让他怎么可能和你说话。还就是他，要换作是我的话，我都想睡在一百尺高的楼上，让你小子睡在地上，还说什么大床、小床之分呢？"

刘表听了哈哈大笑，刘备接着说："这天下之中，像元龙那样有文武胆志的人，少有。"

翻这一段历史，的确是精彩。似乎许汜就是一个考拉熊，吃树叶、睡大觉，说不定哪一天，睡着了，做了一个梦，爪子一松，从树上摔下来，摔死了，了结一生。没有故事，没有情节，没有为梦想折腾，没有变不可能为可能。

怎么才叫精彩呢？变不可能为可能，要有情节，要有故事，要有惊叹。

赵子龙战长坂，浑身都是胆，彪悍，精彩。刘玄德娶亲，孙夫人钢刀盈屋，胆战，精彩。曹孟德刺杀董卓，热血单骑逃洛阳，惊险，精彩。孙伯符闯江东，小毛孩儿打江山，竟然成了，精彩！

我们从中看到了梦想，看到了风险，看到了情节起伏，无限可能。

记得我刚来四川的时候，在河边喝茶，一位拿着折扇，穿着对襟中衫的人走到我面前，"先生，你天庭饱满，地阁方圆，耳朵大，鼻梁高，印堂润泽，眉宇飞扬，贵不可言。我给你看看相？"

我笑了一笑，摆摆手。

这位神算子只好走开，走了几步，回头，"如果让我给你看一看，你未来的大富大贵，我都能告诉你。"

我喝的一口茶，被他这一句话逗得差一点喷出来，"你要是都告诉我了，我以后的人生我都能看到，还有什么意思，还有什么精彩？拥有无限可能的人生才是值得为之努力的，老兄！"

后来，自己想想，当时是有点点过分，人家算命先生，就是谈个生意；我这当老师的，职业习惯，不算命也就罢了，还反过来想教育人家一番。那位算命先生一定会说："哎，怪人一个。"

昨晚，朋友，人到中年，辞去原有的羁绊，走上一条不知前方是什么风景的创业路。他说："我要活得精彩，即便是有风险，即便是有劳累和汗水，我也不想过一种我能看得见的不变的生活。"

我的朋友，我支持你，无限的可能才是精彩，前路的汗水，也是前方的风景。

考拉熊虽可爱，但我们更要做一只有梦想、敢冒险的考拉熊！

2016年2月1日　星期一　成都　散花书院

雕刻的时光，做你喜欢的模样

　　学院南路，北师大南门斜对面，有一个叫"雕刻时光"的咖啡馆，这是我在海淀区唯一能够感觉到缓慢的地方。

　　在咖啡馆，我喜欢坐在窗口的位置，看着外面的街道、车辆和行人。北京冬天的街道灰色单调，树木枝条枯干，像极了铅笔画的速写。街道上的车辆却有各种颜色，红色、白色、绿色，川流不息地移动在这个城市的各个角落。我似乎就是一个看风景的人，透过玻璃，感受这个城市的脉搏，我想让它慢一点，慢一点，就像咖啡馆中舒缓的英文歌。

　　最是时光难舍，何必匆匆行色？

　　昨夜谈完公事，几个年轻的朋友在一起聊着年轻人的话题——关于恋爱，关于婚姻，关于喜欢不喜欢，关于来北京多少年。

　　小记是复旦金融学的博士，在一家公司做证券，是个利落的小伙子。他在向我们不断地打听"小满"，每讨论一个话题，不知道怎么就又拐到了"小满"的身上。"小满"是一个硕士刚毕业的女孩子，在一所大学当老师，和我们的几个朋友是同事。

　　小记在一次饭局上碰到了"小满"，喜欢她的模样，喜欢她说话的语调，喜欢她笑起来的酒窝和翘起的嘴角。我没有见过"小满"，经小记这么一说，我想"小满"一定是一个很不错的女孩儿，至少俏丽活泼。

　　可是小记不知道怎么去表达自己的喜欢，反而在犹犹豫豫，看着日子一天天地滑过，看着学校放假，看着"小满"即将收拾行李回家。小记动了情，却手足无措，能做的就是找哥几个，问我们："'小满'到底喜欢什么？"

　　我们几个朋友都想帮这个小伙儿，让他去"小满"的楼下候着，抱着玫瑰花，大胆地说"俺稀饭你"。

　　小记害羞地说："那样不好，对'小满'不好，'小满'可能接受不了。"

　　看着小记的样子，大家都笑了，难得这个大龄男青年，感情的投入还这么的细腻，不知道"小满"知道了会不会感动于小记的珍惜。这样的恋爱经历，

月白风清 醉 流光

过来人都知道，清新美丽，大多都会变成不成熟的记忆。不过，记忆的时光，却是那样的恬静，干净而又回味隽永。

仅仅是回忆，就能够让那段时光无限的延长，延长，延长到地老天荒，延长到相忘珍藏。如同旧电影，黑白轮廓，男主角、女主角擦肩而过，却在各自的人生夜色中辗转反侧，浮想联翩，一声长叹，深夜不眠，披上衣服，在书桌前写信，写了开头，终究写不下去，揉了揉纸团，扔进了垃圾筐。如此三番五次，已是天亮。

恋爱的时光，是两个青年人成长的分享，最是短暂，却又最是漫长。短暂是因为美好，漫长是因为内心的储藏。

生命中美好的时刻都很简单，可能是半块橡皮，可能是一瓶可乐，可能是老男孩们打的架，可能是小女孩们唱的歌，可能是大学里有个家伙半夜不睡觉，在水房里弹着失恋的吉他，难听得让大家想揍他，可能是打工攒了几十块钱，一起去吃麻辣烫，还可能是月光下，在校园中牵小师妹的手，被系主任在身后大吼了名字，吓得魂飞魄散，很多年后，跟女孩子并肩走，习惯性地回头看身后有没有系主任这个"瘟神"。

那就慢一点吧，把生命中的美好，慢慢雕刻，雕刻出我们喜欢的时光。

朋友昨晚问我："什么是幸福？"这个古老的话题，又是永恒的追问，我回答说"做你喜欢的事，做你喜欢的你，陪你喜欢的人"，这喜欢就会让生命的时光更有价值，更舒适。

我打开咖啡馆的单子，上面写着"雕刻时光"，它是来自于苏联导演安德烈·塔克夫斯基所写的电影自传的书名，其大意是说电影这门艺术是借着胶片记录下时间流逝的过程，时间会在人身上、物质上留下印记，即雕刻时光的意义所在。咖啡馆的意义也是源于此，让时间、人和情感在此驻留，留下美好的回忆。

记得进门时，我拍了一张照片，一张印着有个性的猫咪的餐巾纸上，有人写着，"复习经济法和民法的日子，泡在这儿，不要做一个男孩的初恋，不要谈将就的恋爱。"这一定是某个师大的才女，留下的墨宝和记忆，清秀的钢笔字，而"字如其人"，这该是一个多么多愁善感清秀的女孩子呢？

我点了一杯卡布奇诺，想起郑州的兄弟。嘿嘿，来吧，朋友，到雕刻时光咖啡馆，坐在我的对面，喝一杯咖啡，慢慢地品尝，慢慢地看窗外的夜色与灯光，一起捕捉生活中美丽的时光。

2016年1月30日　星期六　北京　雕刻时光咖啡馆

在北京，别喝太多酒

午夜时分，北京的大街上，已无行人。我在中国传媒大学西门叫了一辆网约车，对师傅说"去北师大"。

京通快速路上，夜色茫茫，路灯昏黄。这个时段，车辆也不多，整个城市，人们从喧嚣转为寂静，躲在有暖气的建筑中沉睡。

穿过一座又一座的高架桥，车上的师傅放着他那个年代的歌，"午夜的收音机，轻轻传来一首歌，那是你我，都已熟悉的旋律，在你遗忘的时候，我依然还记得……"那个年代的老歌，歌词与旋律都有触及灵魂的能力。似乎给你打开了某种记忆，在午夜的时分，听着午夜的旋律，泛起了诸多积淀的心绪。这个心绪恐怕很多人都有，其中隐藏了些许情义、些许故事。等着老歌唤起特别的时机，瞬间溢出时常情感坚硬的防洪堤。

我坐在后座，倚着车窗，漫无目的地扫着窗外能看见的一切。可是，能看见的只剩下模模糊糊的高楼大厦和霓虹灯招牌了，"德意志银行"高高地挂在夜幕上，接下来是"万达索菲特大酒店"，到了国贸，上三环，仰头看见黑咕隆咚的建筑群，亮着一个一个的小窗口，密密麻麻，眼前情景闪过，像掉入了《狄仁杰之通天帝国》的结局。

狄仁杰在破案后，中了虫毒，见不得阳光，只能躲在鬼市中，他和朋友仰头看的时候，两边高耸层层叠叠的山中，影影绰绰，一盏一盏的"鬼火"闪烁。每一个小窗口如同一个山中的小洞，亮着灯火，不知道什么人在里面待着。

"哦，原来是'大裤衩'。"车转过去之后，我自言自语道。

"怎么，您是外地人？"师傅听到我感叹大裤衩。

"对，曾经在北京生活，前几年离开了。现在回来，怎么就觉得北京大得有点受不了。"在成都，下午四五点的时候，约几个不同行业的朋友吃饭，晚上到点，基本能坐一桌，可是在北京，到点能坐满一桌的可能性为零，赶一个饭局，大部分时间都在路上堵着。

"我是老北京,现在北京城,空气糟糕,交通拥堵,房价太高,节奏又快,真看不出北京有哪一点好,可这么多人就是喜欢北京。"师傅抱怨似的和我探讨着北京城。

"那是因为北京机会多,有无限的可能,才会吸引无数的精英。"他说的北京城,曾经有很多人和我探讨过。北京国际化,北京舞台大,北京靠实力,北京很刺激,但是,北京太大,大得能把你的心撑大,北京太大,大得也能让你找不到你自己。

总之,离开北京有很多理由,留在北京也有很多理由。对北京,对一个上学求职、工作谋生、安身立命的大城市,我们似乎都倾注了过多的爱恨情仇。

北京午夜,我没敢喝太多酒,怕醉了。想起北京的好,想起北京的愁,舍不得走,也舍不得留,在这儿我感觉不到我的存在,在这儿又有太多让我眷恋的东西,飘飘悠悠,寻寻觅觅,"我在这里欢笑,我在这里哭泣"。

在北京生活,用"拼打"二字形容,最是贴切。急匆匆的是人流,不是岁月;赶时间的是人潮,不是春秋。这里不分季节,不分日月,一年到头,都是那么紧凑。身在其中的人们,都时刻怀揣着希望和梦想,像打了鸡血一般,卡着节奏和潮流,紧跟时代的步伐,不敢停歇,不敢靠后。

"北京市政府说新的一年要治霾治堵,看着北京城现在这个样子啊,真怀念小时候的北京,骑着自行车,串胡同,那才叫一个舒服。"不知道这个老北京是不是每一次和外地人谈起北京,都会怀念曾经的天蓝云淡,曾经胡同遛鸟的闲散。

同样是感叹北京,不同的人,不同的态度。

晚上刚刚在一起聊天的师兄,也说到了北京。

他是某跨国企业的老总,虽然当年读书在北京,现在工作在北京,但是家却安在上海,子女都在国外。

说起他这一年的状态,他笑了笑说:"差不多大部分时间在国外,英国、意大利没少跑,这次咱们两个约得巧,正好我回公司开年会,在北京。"

说起北京,他说真是无奈,北京资源集中,资讯发达,想离也离不开,生意在这个地方,可又实在是忍受不了糟糕的空气,该躲雾霾的时候就会出去躲一阵子。庆幸,现在北京市政府在下大力气整治。

北京城对他来说,根本不是生活,只是工作,只有生硬冰冷的管理和经营,没有柔软的留恋和消磨。早已不是当年上学的时候,他可以坐在宿舍,对着窗户,看外面春天的绿色,明媚的阳光下,女同学们穿着裙子,像蝴蝶一样,银铃般的笑声轻轻飘过。多多少少,古都,总有那么些春有百花秋望月的诗意生活。

北京城，在他的生活中真的成了一个飞来飞去的地点，也无风雨也无情。

"过一段时间交通就好了，因为过年，很多人会离开，北京就成空城了。"师傅对我说，"不过，过了年就又开始堵，人都回来了。"

天地者，万物之逆旅，何况北京城，都是芸芸众生的旅舍，不管我们在北京，还是离开了北京，不管是新北京人，还是老北京人，都打京城走过，都是过客。

套用梁实秋写雅舍的文字，"人生本来如寄，我住'雅舍'一日，'雅舍'即一日为我所有。即使此一日亦不能算是我有，至少此一日'雅舍'所能给予之苦辣酸甜，我实躬受亲尝。"

改成"人生本来如寄，我住'北京'一日，'北京'即一日为我所有。即使此一日亦不能算是我有，至少此一日'北京'所能给予之苦辣酸甜，我实躬受亲尝。"

人生苦短，该在北京做梦就做梦，该在北京经过就经过，自己尝了才知道，别负了青春，别陷于困惑。

2016 年 1 月 29 日　星期五　北京　凤凰国际传媒中心

中国传媒大学大书房，一杯咖啡香

这个时节，中国传媒大学放假了，校园很是宁静。

夜深时分，大书房还开着。开门，暖暖的温度，弥漫着咖啡香。

找了个靠窗的位置坐下，师弟点了一杯普洱，我要了一杯龙井。

"师兄，来北京开年会？"师弟问我。

"电视台媒介营销的会，互联网冲击，传统媒体的日子不好过，在思变求新。你呢，项目怎么样？"我简单说了一下这次会议的梗概和背景。

"在忙活一个电影翻拍电视剧的项目，编剧谈妥了，首播渠道是江浙两地的卫视，就剩主角的选择。"他在做一家影视公司的制片，各地电视台同行，他是熟客。

我端起茶，边说边环视了周边，一桌一桌的师弟师妹，有的在看书写东西，有的在讨论当下的电影和剧本，这个学院派的氛围，不因放寒假而停止。就像我们两个，千里迢迢约在这个地方，还专门在深夜 10 点半的时候，探讨一下影视行业中的制片规则与互联网视频内容的生产与成本。

中国传媒大学的大书房咖啡馆，有两个，一个在北门附近，一个在西门附近，新国交的一楼。我们选的是西门大书房。

咖啡馆桌椅都是笨重实木，墙上装饰着北欧小楼街道的巨幅油画，站在那，仰头的时候就有一股书卷气把你吸引。何况书架上到处都是各式各样的传媒专业书籍和文学类的散文诗歌，中间点缀着绿植盆栽和一束一束向日葵。

这些年，我欣喜地经历着中国传媒大学的咖啡馆变化，从零零星星、简陋寒碜到初具规模、环境优雅。最初的时候仅有老图书馆的二楼，有一个小旮旯，狭小地挤下两张小桌。现如今，几乎大的教学楼、实验楼和国际学术交流中心，都有风格各异的咖啡吧。而大书房咖啡馆，规模最大，布局独特，多用书架隔离，座位自成空间，朴实无华，基本上成了老师和同学们学术研讨的工作室。

一所大学咖啡馆，三五成群青年，七嘴八舌谈论着文化现象，讲着专业术语，相互否定着对方的观点，重申自己不同的意见。或是围绕着一位老师，在会议长桌上，边喝咖啡，边听他讲一些悠悠往事，光影杂感，不知不觉地在这个地方找到一种精神上的主线——大学课堂是不是搬到了此间。

大书房的咖啡馆，似乎带着一种独特的气质，关于学问，关于大学校园文化，关于一种做学问的方式。

我总觉得，有一种做学问的方式就是聊天。

这种聊天，哪怕是漫无目的闲谈，哪怕是读书观影心得的分享，哪怕是"吹牛""侃大山"，在放松的状态下，总能梳理出不同寻常的发现。

在中国传媒大学读研究生的时候，有两个地点很让我怀念，一个是老图书馆二楼小小的咖啡馆，小得连个名字都没有；另一个是老图书馆旁边的草地假山。

老图书馆二楼小小的咖啡馆，摆下两张小桌子，每张小桌子配有两把小椅子，没有所谓的磨咖啡机，只有热水壶，冲上一袋速溶的雀巢。

咖啡厅的墙上还贴着个别同学的摄影作品，周边是一些很便宜的小书，买不买都可以随手翻翻。

一杯咖啡一块钱，这让穷得叮当响的我们，每次都可以很豪爽地说："今天我来请大家喝咖啡！"

在图书馆自习室，看书看累了，就会叫上两三好友，在咖啡馆晃一晃，其实也就是来回走两步，等着香喷喷的咖啡，如果是冬天，应该再加一个形容词，那就是热腾腾。

一边小口浅尝着咖啡，一边慢条斯理开始漫无边际的闲聊，聊刚才看到的书，引证前几天的一个讲座，说说当下社会中传媒的发展趋势，总之海阔天空，南北西东。

记得曾经我和一个后来去了中央电视台海峡两岸栏目任职的硕士同学，在咖啡馆喝咖啡，畅想起以后的发展，谈到事业，谈到兴趣，从传播学谈到了电影，又谈到了大学的教育。

当时摆出观点，引经据典加以论证，颇有滔滔不绝之势，指点江山之情。那位同学激动地说"咱们将来如果不想在媒体工作了，就到大学工作吧"，喜欢这种乐在其中的聊天，虽然穷酸，但是格调陶然。

图书馆旁边的草地，学校估计是从环境设计的角度，想在图书馆附近保持一种清静。于是在那片草地上种上各种树、各种花，旁边还有假山和喷泉，虽然不是很漂亮，但也挺适合读书观景。

人间四月天，一阵雨后，尖尖嫩嫩的小草们都簇拥般长出来，那片草地像绿色的小地毯，浓浓厚厚软软让人喜爱。我和师弟师妹们经常从图书馆出来，或者带上两本书，或者带上杯一块钱的咖啡，席地而坐开始论地谈天，或者直接躺在草地上，闭着眼睛，享受着午后的阳光照在脸上，半睡的状态下，闻着地上青草香。

那个时候，几个师弟师妹正在准备考研，他们会把遇到的问题提出来，我们在一起讨论。我给他们讲了传播学的定量分析、定性分析，还介绍了美国芝加哥学派和英国伯明翰学派，要是在平时，估计自己也不愿意讲，反而是在一问一答的情况下，讲得津津有味，头头是道，还能结合实际案例分析，思路清晰得让我自己都觉得诧异。

青春年少的读书时光，就在这青草、咖啡、阳光的日子中度过，以后的一篇篇专业的论文和诗意萦怀的随想，都在那时播下了种子，潜滋暗长。等到大书房咖啡馆开放，我坐下来，敲着电脑，把当年聊天的思想和文字，一篇篇地梳理成杂志要的文章。

中山大学教授袁伟时在《阅读：笑声泪影中的苦难和智慧》一文中也讲到了这种大学里的聊天，大学青年的"散漫"。他讲道："大学中许多思想火花是在自由交谈中激发和转化的。"1956年，他访问剑桥大学，与剑桥的一位学者喝下午茶。剑桥教授感慨地说："学问有一半是在闲聊中得来的。"

剑桥的氛围，令众多的学人神往。香港中文大学教授陈之藩在《剑河倒影》一书中写道："剑桥之所以为剑桥，就在各人想各人的，各人干各人的，从无一人过问你的事。找你爱找的朋友，聊你爱聊的天。看看水，看看云，任何事不做无所谓。"

读到这段文字，我在想，是不是徐志摩当年喝过下午茶，与朋友聊天后，也会在剑桥河畔，缓缓地漫步，享受着阳光和垂柳，低吟浅唱着他情不自禁的《再别康桥》？如果不是这般的自由散漫，诗人又怎能"满载一船星辉，在星辉斑斓里放歌"？

那么，咖啡馆中的聊天，或者是咖啡馆中随意翻翻书，或者是咖啡馆中的发呆，大学的师生们，就在这个过程中，享受一种专属于他们的自由，无拘无束，信马由缰，在学问的大草原上，发现高山，发现河流，发现野花灿烂，发现野草芬芳。

师弟与我聊天聊到大书房打烊，没想到毕业了这么多年，我们还是喜欢中国传媒大学的大书房，两杯茶，半个晚上。

2016年1月28日　星期四　北京

春节的年味，远去的童谣

临近春节，朋友之间的话题多是：什么时间回老家过年，或者去哪个地方度假。尤其是年轻人，更是喜欢去三亚，去台湾，去斐济，去泰国，总之要去气候宜人、看海玩沙的地方，好好耍。

往往，春节的时候，很多的大城市都成了空城，比如北京，比如成都。

一年又一年，春节过得是越来越没有年味了，传统的东西少了。即便是大年夜守岁的时候，大家也是一边吐槽春晚，一边忙着抢红包。

春节，在世界上被称为"中国年"，独特的中国红，红红火火，热热闹闹，祈福平安。尤其是传统的春节，有众多的内涵：比如辛苦一年，合家团圆；比如，五谷丰登，祭地拜天；比如，迎新除旧，生机春天。

在这个时候，北方的人们，要包饺子，南方的人们，则是煮汤圆。2004年的春节，我这个北方人在广东一家地市级电视台做实习记者，被安排在时政部。大年初一，我们早早就上街采访了，采访花市买花的老人，采访舞狮子的小伙子，采访执勤的警察，采访工厂中不回家的打工者，多是呈现新年的祥和以及人们在新年的祝福和打算。

中午的时候，母亲从老家打来电话，问我吃饺子了没。我才想起，这是新年，在北方大年初一的第一顿饭是要吃饺子的。同事们中午吃饭的时候，大家说，早上吃了汤圆，就吃湘菜馆吧。有人专门提醒，"给北京来的新同事，点一盘饺子啊。"

一桌子菜，就等着专门点给我的饺子，终于服务员端上一盘饺子，原来是煎饺，不是我们河南"白鹅水中浮"的汤水饺。不管如何，总算是饺子啊。众人齐下筷子，我吃完一个饺子，抬头再去伸筷子，发现盘子中没有一个饺子了。不得不感慨，老记者们身手就是快。

那年春节，我只吃了一个饺子，韭菜猪肉馅，煎饺。

河南老家春节吃的饺子，大多是猪肉白菜馅的，大年三十晚上就已经开始包了，鞭炮响后，一家人就开始坐在桌前吃饺子。包饺子的时候，大人和面，小孩儿擀皮，一家人边说边笑，把饺子中包上硬币，等到煮熟，如果谁能够吃上有硬币的饺子，那就是福分和好运气。有的还把饺子的样子捏成花纹的样子，叫花沿饺子。

不吃饺子，不算过年。这吃饺子的文化和仪式感，在民风民俗中有独特的意味。吃饺子的时候，老母亲每年都会要求一家人按照程序来，饺子出锅，她先盛一碗，夹一个饺子扔到火灶中，先让灶王爷尝一尝，感谢灶王爷一年的照应。

然后，到堂屋供桌上点一炷香，敬一下诸位神仙，请他们向上天报告的时候，报告这家人的善良吉祥，祈福一年来风调雨顺，一家人平安康健。再到院子的角落和门口，把饺子汤浇一下，让大神小神都能尝到饺子的味道，好保佑一家出行平安，诸事顺利。

现在吃饺子，只是简单的美食品尝了，连老外都很喜欢。学校来了两个外教，一个是澳大利亚的克里斯蒂，一个是英国的戴维，看望他们的时候，问想吃什么，他们一致的意见是"dumpling"！

没有了特定的仪式感，他们如何领悟到中国人传统文化中的"年关"概念？

年味，不仅仅是在饺子上，还在童谣中。

进入农历腊月，小孩儿就开始喊了："腊八，祭灶，春节来到！小妮要花，小子要炮。"也就是腊月初八的时候，喝腊八粥，腊月二十三的时候就是祭拜灶王爷，过年的大节就拉开了序幕。小女孩们穿得花花绿绿，干干净净。小男孩们则是擦着鼻涕，拿着鞭炮，在大街小巷中"噼里啪啦"，你追我跑。

"二十三，祭灶官；二十四，扫房子；二十五，切豆腐；二十六，去割肉；二十七，杀公鸡；二十八，贴花花；二十九，蒸馒头；三十儿，赶个露水集儿；初一儿，大人小孩儿都作揖儿。"在记忆里，我和我的小伙伴们就是在这样的童谣中，一年一年长大，在漫长的童年时光中，盼望着冬天，盼望着放假，盼望着春节的到来。

二十三，从吃沾着芝麻的祭灶糖开始，放一通鞭炮，大人们开始筹办年货，小孩儿们就开始撒欢。寒假作业早已经被抛到脑后，只有到开学的前几天，才会潦潦草草把作业赶完。

二十四，那一天需要洒扫庭室，不管是新房子还是旧房子，都需要认认真真地打扫。把屋梁上的蜘蛛网清一清、扯一扯，把窗户的灰尘洗洗擦擦，把桌子凳子重新刷漆，看上去都是新的，即使是旧的，也要有新的精神，万物迎春嘛。

我们家老房子的墙上曾经贴满了我和姐姐的各式各样的奖状,"三好学生""五好学生""优秀少先队员"等,有时候,一年甚至能拿三四个奖状,满满的一整墙面。客人一到家,一看,哇,都惊讶得张大了嘴巴。父亲总会炫耀一番,但是母亲从来不觉得这算个啥。有一年扫房子的时候,墙面脱落,她一扫帚下去,所有的奖状都没啦。我埋怨的时候,母亲说:"那些都过去了,没啥用。"

二十五,切豆腐。卖豆腐的人早早遛街串巷,吆喝着"卖豆腐,卖豆腐"。村里各家各户,都会多多少少用自家的豆子,去换豆腐,做成各式各样的豆制品。尤其是油炸豆腐干,然后把豆腐干浸泡在肉汤中,再捞出来。这些豆腐干,可以切成丝,拌上香葱、芫荽,滴上小磨香油,那味道,嗯,可真是不错。

二十六,去割肉。并不是家家户户都杀猪的,但家家户户都要割肉,做菜包饺子都离不开猪肉。一头大猪杀了拉到街口,不一会儿的工夫就卖完了。早些年岁,割肉的时候都喜欢肥肉,主妇回家可以把猪油炼出来,剩下的油渣包成包子,也能让家里的孩子吃得直吧嗒嘴。

二十七,杀公鸡。母鸡是金贵的,舍不得杀,因为要指着它下蛋,贴补家用。

二十八,贴花花。好像东北、陕北除了贴春联之外,还要贴窗花,而河南则是贴春联、贴门神。门神大多是历史演义中的人物,最常见的是隋唐演义中的秦琼、尉迟恭。之所以是他们两个,也是有传说渊源的。

大唐开国的时候,有一个泾河龙王,犯了天条,玉皇大帝命魏征担任监斩官。泾河龙王就找太宗李世民帮忙,看能不能救他一命。李世民就答应下来了,并在斩龙的时辰,宣召魏征陪他下棋,以此来拖住魏征。没想到,魏征下着下着困了,打了个盹,灵魂出窍升天而去,把泾河龙王给斩了。泾河龙王的灵魂就怪太宗不守信用,经常在长安大殿前哭,讨要性命。

太宗无奈,召见群臣,询问对策。秦琼秦叔宝,黄骠马,熟铜锏,人送外号"马踏黄河两岸,锏打三州六府,威震山东半边天,神拳太保",胆识过人,勇于陷阵。他愿意着盔甲戎装与尉迟恭一起守在宫门口,驱赶泾河龙王。

于是,两员大将,秦琼执锏,尉迟恭握鞭,铠甲鲜明,威武不凡,泾河龙王见了,不敢再来造次。太宗心疼两位爱卿,担心他们日夜守护,身体受不了,就命宫中画师画了他们二人的画像,贴在门口。从此,民间沿袭承传,春节贴门神,贴的就是秦琼和尉迟恭。

二十九,蒸馒头。馒头是北方人的主食,过年的几天里,因为相互之间串亲走访,客人来得多,所以要提前蒸好几锅。年三十那一天,该忙的都忙完了,看看还缺什么，再去集市上转一转，就等过年。三十晚上是除夕，一家人在一起守岁，送走旧岁，迎来新春。大年初一的早上，吃过饺子，晚辈要给长辈磕头作揖行礼，长辈要给晚辈压岁钱，相互祝福，鞭炮声中，过大年。

  我不知道老家的小孩子，现在还会不会连蹦带跳地哼这些过年的童谣。可这浓浓的春节年味，似乎带着鞭炮的炸响，溢开呲呲黑火药的味道，还有各家各户的饭菜香，永远留在每个人心上，让回家的路有方向。

  我们长大了，闯荡四方，身后的小村庄，渐行渐远，那过年的童谣，似乎成了古老的歌谣，似乎又不古老，时常在记忆中回响。偶然听到李健唱的《月光》："离开太久的故乡，和老去的爹娘，迎着月色散落的光芒，把古老的歌谣轻轻唱，无论走到任何的地方，都别忘了故乡。"

  唱得我，想起祭灶糖，想起包饺子，想起门神秦琼和尉迟恭的模样，想起我的爹和娘。

  "离开了太久的故乡，快快回去见爹娘……"

2016 年 1 月 27 日　星期三　北京

一阵烈焰，瞬间百年
——母亲一周年祭

母亲去年这个时候走了，按照河南老家习俗，一周年祭祀，亲朋好友要到坟地去看她。

我正在广州出差，早早请好假，从白云机场飞到新郑机场。

到了我们的小乡村时，夜已深，满天繁星，冻得人发抖。老父亲打开家里的大铁门，接过我的行李，问我饿不饿，冷不冷。

如果在往日，应该是母亲问我饿不饿，不管多晚，都会生起炉火，给我做一点热腾腾的饭菜，站在我旁边看着我狼吞虎咽地吃完。然后她会从衣柜中找出厚衣服、厚棉鞋，要求我第二天必须穿上。

走进院子，灯光下的几棵石榴树，都是母亲生前种下的，光秃秃地长着，门前的台阶上堆满了晒干的玉米棒子。这个家的点点滴滴、一草一木都有母亲的影子，回家，回家，回家不就是看妈吗？

多年经营，我们家院子，终于成了现在红砖铁门的样子。记得上高中的时候，我写过一篇作文《我们家的院子》。

大意是，在村子里，有钱人家都会建砖墙，做院子，修上门楼，安上大铁门，既能防盗又显得气派。

而我们家每年只有到了秋天，才能修上像样的院子，因为，父亲修院墙的建材是从田地里收割来的玉米秆子，枝叶宽大，高高壮壮，捆成一捆捆，立起一排排，围成院墙，大门则是用木板钉成栅栏门。在防盗的功能上，仅能挡得住鸡飞狗跳。

到了春季、夏季的时候，这些玉米秆子做的院墙逐渐就会消失。因为，要么把带叶子的玉米秆子用来喂骡子，要么是把玉米秆子的根部用来做柴火烧了。

这样周而复始，每一年都需要建设新的院墙，这样的农家小院虽然简陋，可是当院子建好的时候，我都会跳着嚷，我们家院墙盖好了，我们家院子盖好了。

这个院子还带给我和小伙伴们很多的童趣。藏老闷儿，也就是捉迷藏的时候，藏在玉米秆做成的院墙里，其他小伙伴根本找不着。秋天能听到蛐蛐叫，冬天还能找到刺猬的窝，看着它们挤在一起睡大觉。

高中语文老师在班上点评说，文中的小院，很有农家气息，写得细腻自然，可是结尾的地方不该写"由于院子不防贼，母亲养的鸡被偷了，那是我们家的零花钱，一家人很是郁闷了几天"。这样，这个农家小院就不可爱了，写文章，总要带给人希望，而不是失落。

现在经历得多了，南来北往，尘世风霜，也觉得老师讲的很有道理。故园的酸甜苦辣都是人生百味，慢慢咂摸，境遇的顺与不顺，总要往好里看，总要怀揣着希望，期待每一个日子充满阳光，就算是碰上了雨雪，也要好好享受下雨的凉爽，下雪的天地茫茫。

一周年祭祀，在外地工作的姨母一家早早赶来，亲姐妹二人一辈子相互扶持，患难日子没少过。

老母亲的衣柜中，至今都有姨母当年给她的粮票。虽然后来的年月粮票早已经作废，并退出了流通领域，可是母亲仍是好好地将它藏在箱底。而姨母每一次到老家，母亲都会杀鸡做菜，还在姨母的车子上装上面粉、大米和花生油，装得满满的。

母亲去世后，姨母经常打电话给我，问我的生活和工作。每一次我都会在电话中，笑着跟姨母说我的情况，尽管我能在电话中听出她的感伤，听出她对她老姐姐的思念，也能听出她希望能更多地关心我，省得走了的老母亲挂念。但是，我都是大大咧咧地和姨母说话，告诉她我工作中的好消息，从不说工作中的委屈，也从不谈对母亲的怀念，我甚至故意地转移话题，问起表弟的工作、表弟的学习。

表弟后来给我说："其实，我妈很有意见，她希望能更多地关心你。"

但是，姨母和表弟不知道，我每一次接完电话，都要花好长的时间平息情绪，即便是眼睛湿了，我也要在电话中笑。我要求自己，要咬着牙，把悲伤藏起，藏在心底，把阳光和开心带给这个家，带给我身边的亲人，而我自己要把这个家扛起。老母亲是家里的主心骨，她走了，家里没有主心骨，就会散了，她一定希望大家健健康康，开开心心，好好地过日子。

我记得读硕士的时候，看过一本书，已经记不住什么名字，书中有一段文字："人生中最苦的滋味，莫过于心里想哭，却挤出了笑容，那带着泪花的笑，才最是心酸。"

老母亲走的那一天，我在守着夜，陪着她，怪她很多的事情还没有完成，就撒手而去，说好的要带她到成都生活，将来带孙子，我还曾经和她开玩笑说，要生两个孩子给她带，到时候有她忙的。

母子二人，近在咫尺，阴阳两隔。母亲躺着，在里头；我坐着，在外头。

寒夜的风，吹着油灯，我怎么也不相信，母亲就这样走了，我守在她的身旁，恍惚打盹的时候，看到她的笑脸，在面前，问我冷不冷。

我欣喜之下醒来，又悲从中来，音容犹在，是不是母亲的魂魄告诉我，她走了，却依然挂念着我……

老母亲的葬礼，按照家乡的旧习俗，忌讳腊月动土，也就是不能在腊月中埋葬。我请来了家族中的长辈，多方协调，在七日之后，让母亲踏踏实实地入土为安，睡在黄河厚土中的农田，离家不远，方便她看到家，也方便家人来看她。

入土那一天，土黄麦青。今冬，一周年，依然土黄麦青。

亲朋哀哭，烧纸钱，那火焰随风卷起纸灰，飘向原野，飘向苍天。我看着那火焰，想问母亲，是不是人一辈子，如同火光短暂，一阵烈焰，瞬间百年，魂魄无形，散发了光和热，剩下的灰烬与黄土为伴，化为养料，滋养麦田。

我对姐姐说，不要哭了，母亲知道了更是担心我们。

在从广州飞往郑州的飞机上，我看了蔡崇达的书《皮囊》，讲述他外婆的母亲——阿太，去世的时候留给他一句话："黑狗达不准哭。死不就是脚一蹬的事情嘛，要是诚心想念我，我自然会去看你。因为从此之后，我已经没有皮囊这个包袱，来去多方便。"我合上书，泪流满面。

一周年，祭如在，如今故园仍在，母亲音容徘徊，但今冬以后，再也吃不到母亲在冰箱里为我留下的石榴。

2016 年 1 月 25 日　星期一　成都　铁像寺

难忘《雨中登泰山》，青涩《辽宁青年》

全国各地的老同学从微信上看到了我写的当年一中岁月，如同翻看老相册，一幕幕，一页页，似水流年，忆苦思甜。

甚至有人专门给我打电话讨论，地理老师他们家开的小卖部中最好吃的不是豆腐皮，是腌制的鸡头。我思来想去，怎么也没有想起小卖部中煮鸡头的味道，估计是鸡头对于当时的我来说，还属于奢侈品。

倒是让我想起宿舍同学每一次回家，带来的西瓜酱做的酱豆和芥菜疙瘩。从食堂买回来的热馒头，形状是方的，一个一个的连在一起卖，兄弟们用刚出锅的热馒头夹着新鲜的酱豆和咸菜，大口大口地嚼着，那味道不次于烧饼夹牛肉。

还有的女同学会问，"那个小卖部的女售货员，长得一般，怎么会让男生们那么迷恋……"或许是打开了老同学们藏在记忆深处的盒子，有人开始在朋友圈中上传当年的照片，评论一片：

"咦，你看当年咱们真瘦啊！"

"那个时候头发很茂密哟！"

"那个谁，现在在哪儿呢？你可是暗恋她好长时间……"

"你们班主任，是我们的语文老师，他讲'雨中——登——泰山——'。"语文老师的声调和语调，至今都能被同学们原汁原味地学出来。语调高而长，用河南话说出来，那个"山"字上扬，拉长，似乎跟着语文老师的声音，都能有在"淅淅沥沥"的雨中，一步一步地往泰山上攀登之感，"不像落在地上，倒像落在心里"。

不知道现在一中年轻的老师们，有没有当年语文老师站在讲台上的神韵和风采。讲这篇散文的时候，语文老师慢慢地念，"会当——凌绝——顶，一览——众山——小"，一句唐诗，读出来的节奏，如同豫剧戏文中的出场念白，婉转曲折，功力深厚，能把泰山的蜿蜒起伏、山势回荡，念出来。

老同学们中有人留言："能不能再写一篇咱们一中的文章，让我们看看回不去的青春故乡。"我何尝不是经常在梦里，梦到一中的教室和食堂，一中的老师和好看的姑娘，还有做不完的卷子、答不完的题。

有时候想一想，怕写出来，惹得大家想重回故地，却发现物是人非，徒增怀念的感伤。或许，发现原来的教学楼换了新的建筑，原来每天早上需要有人扫的教学楼门前的桐树和白杨的叶，估计也早已不存在。

说起食堂，每到开饭的时候，两排巨大的行军锅被抬到中央——有面汤，有胡辣汤，有卤面。最可恨的是卖卤面的师傅，眼见着大锅里卤面上面洒了众多馋人的肉片，可是，每一次大师傅用筷子抄面的时候，手腕一抖，就是抖不到你的饭盆里，哪怕是一片！那个时候的学生真是乖啊，要是放到现在大学的食堂，早就有人罢餐了。

同学们当年多是从农村过来读书的，不愿意惹是生非，一个比一个的淳朴实在，从回答问题就能看出来。

年级主任点名的时候会问："你姓什么？"

"老师，我、我姓邵。"

"哪个邵字？"

"刀口耳朵的邵。"同学们从此就给这个同学起了个绰号，叫"刀口耳朵"。

"你的'彪'字是哪个彪？"

"老师，是、是林彪的彪。"同学们后来都喊他叫"彪哥"。

同学们的实在，还有一种奇特的表现，那就是洗碗。每个人吃饭，一个盛菜的碗，一个盛汤的盆，不算多，但是一群人的餐具摞起来，那就像个小山。如果是冬天洗碗，想想都有点吓人。一圈子兄弟在一起吃饭，总要有个规矩：谁来洗碗。

这个规矩，还真是具有封丘的特色：划拳！现在就明白了，电影中范伟饰演的老板，说是发明了世界上最公平的规则：在一个看不见的筒子中，出石头剪刀布。我们上高中的时候就已经在使用类似的游戏规则了，三局两胜定输赢，一轮淘汰赛下来，谁最后一个输了，愿赌服输，就负责洗所有人的碗，谁让你技不如人。为了能够少洗碗，很多同学的划拳技术就是在那种情景下苦练出来的。

正所谓"拳不离手，曲不离口"。听说有一次两位经常洗碗的同学，痛定思痛，在课间切磋划拳技艺，"巧七枚了！""快九，快儿！"正在全神贯注地酣战时，年级主任已经悄悄地站在了他们的身后……

上操，早自习，吃饭，上课，做题，吃饭，趴在桌上睡午觉，上课，吃饭，晚自习，卧谈扯淡，半夜里醒来，还能听到有人在磨牙，有人在说梦话。一天的时间，三年基本上都是这样的节奏。理科生们还要做实验，用试管和酒精灯加热高锰酸钾，还要经常和氯化钠、氧化钾打交道。

月白风清醉流光

单调的生活中，总要找一找温情，哪一个班某一个男生，经常会喜欢到文科班找某一个女生，喜欢相互借一本书。找个理由走一走校园中后操场的路，即便没有监控，同学之间也会有一点点的小风。到处都是群众，有一点点的料，都可以在以后相逢的时候，成为酒桌上的绯闻隐情。

还有一些将感情深深地埋在心里的男生和女生，不喜欢过早地付诸行动，只好在文学的滋养和文艺的熏陶中，寻找内心安放的平静，青涩地埋头于一本杂志——《辽宁青年》。

这本小小的杂志，虽然不贵，却不是我们随便可以买的，只有省一省，才能挤出钱来。每一期的励志故事和校园浪漫，都在少男少女的心中泛起涟漪，尤其是每一期的封面，那优雅清秀、气质飘逸的女子，远远不同于我们的小县城的人们，女生把她看作未来的自己，男生把她看作未来的知己。

有的女生会写《青青河边草》，尝试着投稿。有的男生，喜欢拿着随身听，戴上耳机，听"你说我俩长相依"。青春的成长，犹如天上的月光，即便有高考的竞争，月光也照样穿过树枝的缝隙，照在校园熄灯后宁静的窗棂上。

苦中有乐的记忆，顺着我的指尖流淌。那个年代的我们，有的人甚至没有去过远方，一中让我们有了远方的梦想，南方和北方，都想去闯一闯。于是，我们就在一中这个神奇的地方，经历了一次青春懵懂的成长。还好，我们都坚持下来了，走进高考的考场，走出高考的考场……多少年后梦中惊醒，梦见高考语文卷子的作文没写，梦见数学的卷子还有一张，甚至是没写名字……

六小龄童在给百事可乐做的新年广告片中，说了一句"苦练七十二变，方能笑对八十一难"。回过头看，一中就是我们苦练基本功的少林寺，而高考算是我们要出少林、闯荡江湖，必须经过的十八铜人阵。

打赢了，就出一中；打输了，没关系，回一中复读，再练神功。这里没有葵花宝典，也没有九阴真经，有的是老师们的精心调教，师兄弟的相互比较。最终，我们都离开了少林，不再盼望那一锅吃不上肉的卤面，笑傲江湖，大胆地喝酒去了。

不像当年，几个男生，在晚自习之后到街上喝酒回来，也或许是没有喝酒，只是到校门口吃了一碗带油腥的鸡汤馄饨或是炒凉皮，超过了时间，只能趁着夜色偷偷地溜着墙角，想躲过年级主任的检查，猫着腰回到自己宿舍的床上。

2016年1月24日　星期日　成都　铁像寺

人在旅途，自驾游？跟团游？

人这一辈子，从出生，到离开，无论是帝王将相，还是凡夫俗子，都是赤条条来，赤条条去，一抔黄土掩尽世风流，匆匆忙忙，走一遭。

这一遭，其实就是每一个人在这个世界的旅途，就如同孩童时，大街小巷都在放的电视剧《人在旅途》的主题曲："从来不怨命运之错，不怕旅途多坎坷，向着那梦中的地方去，错了我也不悔过……"

小时候也会唱这首歌，至于什么意思，那个年龄能懂什么？一年到头，总觉得过得很慢，总盼着冬天的到来，盼着"腊八，祭灶，春节来到"，盼望着春节来了，可以放寒假，可以不上学，有新衣服穿，有鞭炮放，嘻嘻闹闹。那时的我不懂歌中的命运，更不明白歌中的旅途坎坷。

此次到广州出差，几个同门师兄弟相约在广东电视台小聚。坐下来，大家就开始感慨：

"我来广东二十年了，刚来的时候还在中大读书。"

"我到江西快十年了，那个时候博士刚毕业。"

"我到四川也有三四年了，我们好像一年也难得见上一次，印象中我们第一次见面是在2007年的川大。"

"哎，是呀，现在怎么感觉日子过得越来越快了，年龄越大，年月越短。一眨眼，就是一年，想一想呢，发现这一年还没做啥，这不，马上新年，翻过年，又开始上班。"在南昌航空航天大学当教授的阿文说。

阿文的感受，马上引起了大家的共鸣，大家七嘴八舌地说着这一年来自己忙忙碌碌、东奔西跑中，的确也没有做了什么让自己感到骄傲的大事情。

不像读书的时候目标明确，走在既定的轨道上：上高中，就是要考大学；读完本科，读硕士；读完硕士，读博士；博士毕业，找工作。一个阶段一个坎，过了这道坎，还是值得自己小小地满足一下。

可现在呢，很难找到一个让自己小小满足，小小骄傲，有一点点纪念意义的事件。你不忙工作不行，不照顾家庭不行，不应付社会不行。我们习惯了沿着既定的轨迹前行，一旦到了一定的阶段，把我们放在社会的大潮中，在特定的秩序中不再突出个人节点的时候，反而多少有一些不适应。

"人这一辈子，其实啊，就是一次旅行，时间已经限定，关键看你是选择自驾游，还是选跟团游。"阿文，举起红酒，喝了一口，说着自己的感受。

自驾游呢，就是任性，不按照社会世俗的安排，选择自己随性的生活，自己怎么开心，怎么舒坦，怎么来。一路上看风景名胜，几点出发，走哪条线路，可能都是随性。几点吃饭，几点睡觉，都是自己决定；景点中的美与不美，都是自己体味，没有人，你也不想让别人告诉你这个景点应该如何欣赏，如何摄影。

反正，世界那么大，咱想去看看，说辞职就辞职。冬天想到台北看雨，就去看雨，夏天想去巴黎逛街，就去逛街。想单身就单身，不管是30岁、40岁、还是50岁、60岁，拖着拉杆箱，满世界跑，敢爱敢恨，敢合敢分，一身诗意，一生浪子。

不过呢，看似活得洒脱，独特个性，实则是要多少承受一点社会与家庭的压力，因为，有时候，大家并不喜欢你与他们的不同。

跟团游呢，就不一样了，由不得你的性子来，要随大流，要服从统一管理。一个景点一个景点，都是规划好的路线，大巴车一到站，导游说，下车了啊，拍照留念，十分钟集合，必须上车。甚至还会教你，这个景点在什么角度站，什么角度看，才是最好的效果。至于景点的故事和意义，也大多是导游告诉你的，大家听了都点头，估计我们身在其中，也会随着大家点头而点头。

人云亦云也好，随波逐流也罢，终归我们"万人如海一身藏"，不锋芒毕露，也不另辟蹊径，走着前人的路，不会迷路。不过，偶然会问自己："我是谁？我在何方？"

"你讲到这儿，我有个很强烈的感受啊，你说人生旅途，有可能是选择跟团游。我们的人生有时候，可不就跟团游嘛，一辈子下来，就是一系列的到时间点的拍照留念。出生，拍照片，上小学拍照片，上大学，拍照片，还有专门的毕业照，学士袍、硕士袍等，都要拍照。到单位报到了，工作证，以后又是一系列贴照片的证件。结婚了，婚纱照、结婚证。后来，当父亲了，孩子毕业的时候，又是拍合影，陪着家人走完一程又一程，退休了就是退休证，去世的时候，也是一张照片，一盒骨灰，送亡灵。"我插了一段话，发现阿文讲的跟团游，竟然是如此有深意的比喻。

的确，父母呢，包括周边的社会，在运营跟团游的模式的时候，是基于原有的经验判断，就像导游一样，他们觉得30岁该结婚，就要结婚，否则会对后续的人生旅途产生影响。比如，推迟了结婚的年龄，必然会推迟要孩子的年龄，那么你陪孩子看风景的时间就会减少。

似乎，父辈多么希望把他们的经验传授给下一代，来设计一个科学的"人生景观路线"。

何况，父母其实希望子女能够在既定的轨迹上，完成人生既定的程序，因为时间是有限的，有意义的景点也是有限的。"比如，如果不生孩子的话，你就体验不到养孩子的乐趣，我现在就觉得孩子是上天赐给我的礼物。"阿文说起自己的孩子，一脸的幸福。

"看来选择跟团游是比较稳定的，风险成本小，但是，风险与机遇并存；如果选择自驾游，虽然存在体验不完所有人生景点的风险，但是也会看到不一样的风景啊，说不定人生更丰富呢。"学传媒经济的，思考问题的时候会受专业的影响，我说完"成本"理论，自己都乐了。

"选择任何自驾游、跟团游，都有成本和风险，只不过，在人生时间既定的前提下，看你选择一种什么样的生活方式。"阿文探讨问题时很严谨，如同在做一个课题的论证。

自驾游是个人自由需求导向，对个人来说当然是很有诱惑的，而跟团游是社会管理需求导向，是在社会秩序中便于管理、便于运行的经验提炼，甚至，如同一年四季春夏秋冬的节奏，已经具备了一些规律的东西。

所以，既然时间是稀缺品和奢侈品，就要看我们如何去使用了。年轻的时候，可以自驾游，还有点时间可以挥霍，可是到咱们这个年龄吧，发现毕竟生活在社会秩序之中，还发现，可以任性看风景的资本并不多，还是转换方式，跟团游吧。

阿文教授的人生探讨，的确有理论上的功夫，人到中年的感悟，真是被他抽丝剥茧开来。

千山万水脚下过，有苦也有乐，是选择自驾游，还是跟团游呢？有时候可能没得选择吧。

2016年1月23日　星期六　广州　中山大学

大道至简，用手去思索

　　北方雪花正飘，南国花开妖娆。新年的一月，我来到羊城，满目都是蓝天绿树，枝头的树叶，嫩嫩绿绿，鲜亮无比，想起早年读报纸的时候，经常看到的标题："南国春来早"，再吹着珠江的风，忍不住舒展自己的身体，敞开胸怀，伸张双臂，通畅地吸收着这个城市的清新空气。

　　我们这次是到广东轻工职业技术学院参加培训，会务方把我们安排在中山大学珠江河畔的酒店——中大学人馆。房间在11层，既可以沐江风，又可以观江景，清晨红日初升，椰树摇曳，夜晚华灯初上，绚丽霓虹。

　　穿行在中山大学的校园，古香古色，宁静幽深。岭南特有的建筑风格，红砖绿瓦小楼，一栋栋错落有致地安放在绿草茵茵、古树参天的校园。从岭南大学至今，这里有众多的学人和故事，郁达夫、鲁迅、陈寅恪等都曾经在此任教，那种沉甸甸的历史感，犹如榕树上垂下来的气根，绵延不绝，历久弥新。

　　步行二十分钟，便可以抵达一路之隔的"广轻工"。

　　"广轻工"是广东的一所高职院校，其特别之处在于颇有声誉的艺术设计学院，现有的21700名学生中，仅艺术设计学院就有5000多人，在学校官方网站的介绍中，共有17个院系，而艺术设计学院被放在了第一位。

　　艺术设计学院的院长刘境奇，江西人，说着并不是很标准的普通话，偶尔会开个玩笑："广东话，很有意思，住在9栋楼房的人，被别人问起住在几栋？回答听起来是'狗洞，狗洞'。"讲课的时候，他声音很是高亢，手势很是丰富，自己很是陶醉和享受，能让周边的人感受到他那种源自对设计艺术的热爱和对教育专注的情怀。

　　他的满腹激情，似乎能够感染身边的每一个人。他从接手只有十几个教师，而且还分派系钩心斗角的美术系开始，辛苦耕耘，到如今已二十多年。他对来访的学者说："我们的艺术设计学院是有目标的，就是要做到高职院校中的翘楚，这是我们的愿景，也是我们的动力，我们坚信能够做到。"

　　敢于定这样的目标，绝非是一时的冲动和膨胀。这几年艺术设计学院的师生在国内外设计比赛中,均有所斩获,甚至在一次国内大学生创意设计比赛中,他们学院从大奖到优秀奖,共拿了48项,令同行瞠目结舌。

在艺术设计领域,台湾地区的高校历来引领风气,实力雄厚。"广轻工"的崛起,令台湾地区高校也不得不正视这个让自己佩服的竞争对手。这样一所学院,又是设置在时尚前沿的专业,能有如此的成就,人人都想知道他们的妙方和绝招。

其实,大道至简。

还真不是什么复复杂杂的教学方案和花里胡哨的办学理念。

刘院长说,千教万教教做人。我们总是习惯把教书挂在嘴上,如果教育不是教人成为人的话,那可真成了教书,教得学生冷漠无情,教得学生故步自封,教得学生唯唯诺诺,教得学生毫无创新,那我们的教育还有什么希望和价值呢?

高职教育,自然有高职教育的特色,艺术设计学院注重的是专业技能和综合素质并重的培养。所以,他们学院的院训不是大路货,不是什么进步,什么笃学,而是别具一格的"用手去思索"。

用手,意味着去触摸,去感受,去动手,去表达,去行动,去把思想转化成现实,去掌握最为真实、最为熟练、最具艺术感的技能。去思索,意味着有独立的辨别精神和思考能力,有深厚的人文底蕴和独特的艺术品位;意味着对社会的思考,意味着对着世界的创造。

教育行业的很多人张嘴闭嘴是就业,对技能的理解,自然也都能讲上一套又一套,但是他们却无法理解注重素质教育的意义。

刘院长讲职业素养时讲到,一次他和日本企业代表约定下午两点在特定的地点见面。但是,他不巧赶上了大堵车。

日本企业代表打电话问,"刘院长,请问几点到?"

刘院长接了电话,不假思索地说:"马上,很快就到啊。"

"请问,马上是几点?很快是几分钟?"对方很认真地问。

"抱歉啊,堵在路上了,我尽快。"刘院长很是无奈。

"我们双方约定,是2点钟,我们等你到2:05,如果还没有赶到,这个项目就不需要谈了。"对方很明确地说。

结果,刘院长紧赶慢赶,终于2:15到了,人去座空,项目无望。刘院长讲,职业素养是对职业的尊重,体现在对工作、对时间细节的恪守与对客户的尊重。

在另外一次与国际合作伙伴的洽谈中,他发现双方会谈结束,离座走人的时候，对方一排人都会自觉地把椅子整整齐齐地放回原处，而我们的这一方，离席走人，大步流星，可是桌子下面的椅子却是歪七扭八，丝毫没有体现出源自内心深处的修养与对他人工作价值的尊重。

他当时深受震动，回去重新把一排椅子理得整整齐齐，自此便成为一种习惯和风气，并且讲给了学院的教师和学生。

中央美术学院曾经邀请他去参加学生的毕业典礼。有趣的是，"中央美院"将毕业典礼做成了一次"主题感恩教育"，给毕业生机会，在他们离开学校的那一刻，表达自己对父母艰辛付出和学校教育的感谢。他看到，很多学生会以自己独特的方式表达自己的感恩之情，那情感的洗礼，在一个青年人的毕业仪式中以春风化雨的形式完成。

回到"广轻工"，他在艺术设计学院也开始重视毕业典礼的仪式感和程序参与，让学校的每一个环节都充满了情感和尊重。教师与家长，在青年人成长的旅程中，用心呵护，精心见证。

把这些内心对世界的认识和对他人的尊重，点点滴滴地融入细节之中，内育外化于无形。人成长的过程，不就是需要这种自律和行动吗？

专注于艺术设计教育的人，会把注意力和才气都投入到一件事情之中，日渐形成一种个性、一种生活方式。刘院长的生活方式便融有一个典型专业设计人的节奏。他和几个同事经常会在一起谈创意，做设计，拿项目，偶尔会熬夜，甚至是通宵，第二天学校领导开会的时候，他不得不用手撑着眼皮，如果放下眼皮，就会立刻睡着了。

一个属于他和他夫人的从教三十年的纪念活动，他也做得故事丰富、情节生动。活动选择的地点是艺术设计学院的创意红楼，两层高的红砖楼，有点破旧。那一天，亲朋故旧，同行学生，聚在一起，他却专门要求他的师弟曹雪——广东美术学院的院长，一定参加。曹雪当时很忙碌，本不想参加，刘院长说："你一定要到，因为你是这场大戏的重要元素。"活动开场，曹雪出场，刘院长说："曹雪虽无情，红楼却有梦。"如此有料，的确是别出心裁。

生活如此，教学也不走寻常路。他在给学生上课的时候，当讲设计讲得很深入的时候，学生们会觉得知识量很大，需要消化。他会让同学们离开教室，把整个广州变成课堂——让学生去逛街，把天河城作为课堂，去看时尚的衣服，前卫的设计，最新的装饰。

把课堂拓展到社会上，把教室开放到市场上，鼓励学生去逛街。要是在别的学校，这该是多么大的教学事故呢？

正是在这种教育方式中，学生可以肆无忌惮地在商场的橱窗前驻足，沉浸在对美、时尚、潮流的欣赏之中。在欣赏的过程中，进行美的感觉和美的元素的储备、沉淀、消化，发生着物理反应和化学反应，等到开始创作的时候，真如丁固梦松，文同画竹。

独木难成林，一花不成春。艺术设计学院是一个团队，团队需要管理与带领，团队更需要一种生态，一种百花齐放、百家争鸣的生态。艺术设计学院的师资中有哲学专业的教师，有历史专业的教师，有南腔北调的湖南、广东、四川、安徽等地人，有中大、师大、美院不同的学院结构，从而形成多彩的文化生态，而不是只能发出一个声音的恐怖机械厂。

学院要求教师们必须外出学习，外出培训，不像有的高校，把教师的外出培训当作福利，似乎只有极个别的教师才能荣获培训的机会。学院鼓励教师在外的兼职和项目运营，甚至鼓励教师开办独立的工作室，刘院长讲："教师的眼界都没有打开，他怎么可能给学生带来广阔的世界。""教师如果不外出培训，不出差，我觉得那是应该受到批评的，说明这个教师不爱学习！"

发挥学院团队中每一个人的才华与能力，尽人之心，尽人之力，人尽其才，才尽其用。这是刘院长倾心营造的环境，用他的话来说，"管理靠制度，靠约束，那是初级阶段的管理，高级阶段的管理是靠文化的营造"。

刘院长坚持，他也骄傲，艺术设计学院在快速奔跑。

他在陈述的结尾，会用他独特的表情，哈哈一笑，而后正襟危坐地感慨一番："其实，我们能做到，关键是有个好的校长，给了目标，给了粮草，给了空间，却不问过程，让我们在宽松空间中快乐地生长，长出了现在的模样和未来的梦想。"

2016 年 1 月 20 日　星期三　郑州　郑州新郑国际机场

人生无处不相逢

"张老师,你在广州?"

"呦呵,来广州了,怎么不联系我呢?"

微信无处不在,也无所不知,刚刚在微信朋友圈中晒了一下中大月色、珠江夜景的照片,广州的朋友便在留言中问起了我。

从一个城市到另一个城市,从蜀中到岭南,古代的时候很慢,如果骑驴的话,翻山越岭,渡船过河,估计也要几个月吧?所以,那个时候的朋友相见很难,杜工部才会写"人生不相见,动如参与商。今夕复何夕,共此灯烛光"。在各自的轨迹上行走的朋友,如同天空的两颗星,不知道多少年有一次偶然的相逢。朋友相见,各诉衷肠,再摆上两杯酒,"主称会面难,一举累十觞。十觞亦不醉,感子故意长。明日隔山岳,世事两茫茫"。

如今,从一个地方到另一个地方速度很快,如同在一个城市一般的方便。交通的便利和通讯的快捷,让我们的空间变得很小,让我们的相见并不困难。可是我们却很忙。忙得你我,自上次一别,竟然已是多年;忙得你我,如同隔了万水千山,相逢已成奢谈。

好在相逢的机会,随着我们的挂念,老天终究会给予。让我们在某一个时刻,某一个地点,眼前一亮,"狭路相逢",这或许就是命中注定的缘。

到广东出差,就总能想起先前在珠海的日子。

曾经在北京师范大学珠海传播学院工作,恢宏的校园,依山而建,俯瞰大海湾。山势起伏,延伸到蓝蓝的海天处,从唐家湾通往城里的那条公路,叫情人路,还会经过海边美人鱼的雕塑。校园里椰树一排排,榕树一丛丛,荔枝园一片片,海风吹来,带着腥味的咸。这所大学的校园被称为"亚洲最美丽的大学校园"。在那个地方开展学生活动,基本不用太动心思。金沙滩银沙滩,都是景点,不用跑远就可以支上灶具,露天烧烤。年轻人,喝着海珠啤酒,光脚踩在沙滩上,听着海浪的声音,唱着青春的歌……

同事里,从北京刚刚毕业的我们几个,老林、老郝、老陆,我则被他们呼为老张。

　　大家都是班主任，打球在一起，办公在一起，吃饭在一起，无忧无虑地过着海边生活的每一天。一年过后，我还是想回北京闯荡，他们几个也陆续回到自己的家乡，从此天各一方，几乎彼此相忘，只有偶然地在QQ上聊两句，问一下对方："最近怎么样？"

　　当北京城开始无限的膨胀，上班的地铁靠挤，二环路上的车辆靠挪，即便是我喜欢的香山，也已经人满为患，而北京的房价，已经让我瞠目结舌，又不想把房子买在河北的边界上，于是我准备调到成都，过一种不一样的生活，喝茶、看书、吃火锅。想起老林是四川人，记得上次他说，他从珠海回到成都，在四川卫视做编剧。

　　我在QQ上和他说："我打算去成都生活，离开北京。"

　　他说："要思考好啊，很多人还想去北京呢，你来成都什么单位？"

　　"四川的一所高校，在双流。"我打字。

　　"兄弟，我们应该在同一个区，不远。"他还打了几个表情，吐着舌头的笑。

　　我们各自走了弧形的线，最终在几年以后相见。

　　学生里，有一个叫李静的女孩子，如同她的名字，秀气文静，偶尔行走在校园的时候，独自哼着一曲齐秦的歌："外面的世界很精彩，外面的世界很无奈"，细声细语，唯恐惊动了路边的花花草草。在人群中，长发白裙，如同莲叶荷田的池塘中，有一支玉立亭亭、含苞未放的荷花。

　　学院的舞台上，总能看见她的身影，喜欢跳舞，喜欢白色的舞鞋和舞裙。音乐起，轻舞飞扬，长发如瀑，洛神飞袂，曲水流觞，台下的观众屏住了呼吸，舍不得鼓掌，或者说是忘记了鼓掌，直到曲终舞停，李静微微一笑，款款一躬。台下众人，如梦醒，满堂掌声沸腾。

　　李静还喜欢学英语，在考雅思，她对我说，她准备出国，喜欢英国的大学，喜欢英国的文化。我北上返京，他们则是毕业在即，再不曾相逢，师生之间，如断了线的风筝，人海萍踪。

　　几年后，我和同事，应邀到香港浸会大学交流，参加普利策新闻奖得主的系列活动。来自世界各地的学者，各种肤色，都急急匆匆地赶着自己感兴趣的讲座。我选择了其中的一个讲座，在会场低头找了靠前座位，放下书包，坐下，开始专注地听。

　　旁边，细声细语的女生，"张老师？"——很是熟悉的声音。转脸侧身，右侧旁边座位上的女生，长发白裙，一脸笑容，正看着我。"李静？"我压低了声音，惊喜地叫道。

师生相逢，竟是如此的场景。

此行广州，约我的众多朋友中，有我多年未见的学生，黄学章，中央民族大学2006级广告班的班长。

他带我来到一家茶餐厅，吃早茶。一壶老普洱，几碟广东菜，他告诉我这一道是"萝卜糕"，这一道是"云吞"，那一道是什么，我们慢慢地吃，慢慢地聊。我看着眼前穿西装的这位男士，想着这可是当年站在我办公室的小男生。

那个时候，他大眼睛，浓眉毛，黑黑瘦瘦，一口广东式的普通话，手里拿着有点夸张的折叠大手机，我和他说班级的工作的时候，这位黄班长还会拿笔记到笔记本上。军训的时候被晒得都走了形，他仍能协助老师忙前忙后。我带的班级，有2005级和2006级新闻班、广告班，其中2006级广告班，因为有个好班长，几乎不需要我具体管理他们班级的事务。就是这位黄班长，不但把他们班管理得井井有条，还带领全班的同学举办了一届精彩的广告设计比赛。

毕业后，他离开北京来到广州，先后在几家房地产公司工作，事业顺风顺水，偶然在喝酒之后通个电话，听着他们的成就，我作为老师，都乐在心头。

他已经不是当年的毛头小子，语气缓缓地给我讲起他自己的工作、生活，还给我讲起民大在广东的校友，广告班同学的近况。他说同宿舍小熊在广告界做得最牛，已经是一家国际广告公司的总监，过几天要调到广州。小熊的下铺——光光，上学的时候喜欢唱张雨生和孙楠的歌，搞得大家只要聚会，都会点这两个歌手的歌，现在，唱歌的时候就会想起光光。还有军军，在贵州，做电视购物，后来还和同学开了一家不错的餐馆。还有彬彬，曾经在中石油的海外机构，会那么几句阿拉伯语，驻地在中亚，也就是后来极端组织的地方，他上班的时候，都挎着冲锋枪。班里有的女生结婚了，也有的女生离婚了，还有几个同学当年去了泰国做教汉语的志愿者……"对了，还有那个2007级的小罗，当年在2006级新闻专业篮球赛上打架的男生，后来也来了广州，更有意思的是，这家伙的房子和我的是一个小区，我们成了邻居！还有，2005级的那个班长师兄，追了我们下一届的师妹，后来在联想工作，发展得不错，现在也在广州。"

他讲着，我听着，那些同学的模样和名字，再一次清晰起来，这些青春的脸庞，从毕业的那一天起，我们再不曾见过。

现在，却是那么的鲜活，十年前，民大文科楼的教室中，我和杨超老师，一个是辅导员，一个是班导师，面对着30个刚入校的新生，他们在一起，被称作"06广告"。第一堂班会，一个一个规规矩矩地从椅子上站起来，对着大家介绍自己。

"我叫黄学章，来自广西……""我叫温春光，来自河南……""我叫唐佳正，来自河北……""我叫周龙，来自宁夏……""我叫……，来自北京……""我叫……，来自内蒙古……""我叫……，来自辽宁……"不同的口音，不同的家乡，不同的家庭，不同的个性，在民大相逢，四年青春，书声相伴歌声，在成长的路程中，他们是一个班的同窗，相互之间见证，凝成了拆也拆不开的厚谊深情。

我举起手中的普洱茶说："黄班长，我敬你，敬你们班的每一个人，敬你们的青春，敬我们今日的广州相逢！"

人生无处不相逢，岁月如歌岁月情。

2016年1月19日　星期二　广州　中山大学

老父亲来成都

五年前的秋天,我还在中央民族大学工作的时候,老父亲第一次进北京,当时,我带着他登了八达岭长城,还去了他时常念叨的天安门广场。

父亲惦记着家里的庄稼,两天后就回老家了。我为父亲进京写了一篇《今年最重要的事——老父亲进北京》,发给了学校的校报。当时,校报的老编辑周老师竟然直接到部门来找我,进办公室就说:"学勤啊,你的这篇文章,我已经对报社的同事们说了,谁也不要动你的稿子,我亲自来改。我和你父亲同一时代啊,从中读出了朱自清《背影》的感觉。"

在周老师的精心修改下,那篇文章如期见报。

很多同事,专门打电话给我,说在校报上看到了这篇文章,看过之后,就想回老家,把老父亲、老母亲接到北京来。甚至在一次单位聚会上,一个同事喝多了,大老爷们儿竟然呜呜地哭起来,边哭边说:"看了学勤哥写的老父亲,想起自己的老父亲,觉得他老人家这些年真不容易。"

我的老父亲,或许是众多农村出身、在北京拼打的年轻人的老父亲。他们一辈子,面朝黄土背朝天,像拉车的牛,像射箭的弓。不善言语,一把力气,没有见过大世面,却厚道勤俭,为儿女辛劳。即便是儿女们读了大学,落户北京很多年,老父亲们依然没有进过北京城,摸摸长城砖、看看故宫墙。

去年的春天,老父亲第一次来成都,正是油菜花开的季节。

第一次带着他坐飞机出远门,从办理手续到过安检,到上洗手间,他时时刻刻走在我的身后,跟着我。一如我小时候跟着他出远门,他赶着毛驴车去县城。我在车上听他一路上吆喝牲口:"的儿,沃——吁——"一路上给我唱小曲,我在车上睡着了又醒,问这是哪个村庄,他会告诉我这是小齐寨,这是老齐寨,这是雅宝寨。

看着道上的树,过了一村又一寨,日头已经移到头顶。在我的心里,县城该是一个多么大的地方,多么遥远的方向。渴了饿了,我会对他嚷,他会连哄带骗地把我安抚好,会告诉我到了县城吃炝锅面。

去县城的这条路，赶毛驴车要走上几个小时。等我到县城读高中的时候，已是年轻的小伙子，骑自行车，也就一个小时的路。后来开车也就半个小时行程，速度把这段路缩短了，父子俩便更少有机会，在慢悠悠的时光中，一问一答，数着村庄，一起赶路了。缩短这段路程，我们父子用了十几年的时间。他终于把我送进了大城市，离开了小村庄。

进了县城，我时时刻刻走在他的身后，跟着他，不敢走远，哪怕是找厕所。如今，我带着他，就像他带着我，父与子的转换，只在这短短的30多个春秋。

在机场，过安检的时候，我不经意间看到他穿的白衬衫，后背上有个洞。这件白衬衫应该是我穿过的工装，那些衣服怎经得住他下地干活，破旧得快，只是没有想到，都有洞了他还舍不得扔，我也没有说什么。

父亲第一次踏上四川的土地，我一路上给他讲沿途的风光。到了自己的家中，新装修的房子宽敞明亮，老父亲到处瞅瞅，看看书房，看看洗手间，看看阳台，看看卧室。转转看看，不住地惊叹："这房子真好，宽敞，不过，没有咱家的院子好，可以养鸡，可以种菜。"

我拿出一件自己的新衬衫，让他换掉，他说不用换不用换，这件衣服穿着挺好。我劝他说，"你要是穿破的衣服出门，别人会说我的，说我没有把你照顾好。"他这才换了衣服，本打算把旧衣服拿去洗了，我还是坚持把那件破衣服给扔掉了，他一个上午都在唠叨，"真是浪费，那件衣服好好的，还可以再穿。"

父亲在家的时候，是一家之长，用他的话说是"掌柜的"，从不下厨，一辈子都是母亲做饭。小时候，他会给我吹嘘："我的拿手菜是，炒肉丝儿，炒肉片儿，黄焖鸡儿，炸蒜瓣儿"，可是，我们一家子谁也没有尝过他的这几道菜到底是什么滋味儿。倒是我的小外甥，也会跟着他学"我的拿手菜是，炒肉丝儿，炒肉片儿，黄焖鸡儿，炸蒜瓣儿"。

到了我成都的家中，老父亲看着厨房干瞪眼，自然是我下厨，炒一个菜，下面条，给他做的是热炒面，把炒好的菜淋在上面。我的厨艺，我知道，味道一般，凑合能吃。端上桌，老父亲吃得干干净净，一直说，"嗯，做得不错，味道好，比我强啊。"

我去上班的时候，他就骑着自行车一个人在附近逛。我想到自己平时没有时间看电视，新装修的房子并没有装电视，老父亲来了，我就专门从京东上给他买了一台50英寸的大彩电。晚上我会带着他逛街，给他买新的更舒服的鞋，回来的时候，陪他喝上两杯酒。平时和同事们有饭局的时候，也会带着他一起参加，他吃不惯太多的辣椒，可是酒量却比我好得多。

省新闻出版广电局邀请我去给西部编辑人才培训班讲"新媒体前沿"，我征求了广电局的意见，问能不能在我讲课的时候，让我父亲坐在下面旁听。广电局的人，起初还很奇怪。我说老父亲从老家来，他们很快就明白，很是乐意地说："没关系没关系，我们会把老爷子安排好。"

培训课上，我在台上讲，来自西部各省份的日报、出版社、杂志社的社长、记者和编辑在下面听，老父亲也安安静静地坐在会场中。我不知道他能不能听懂，在讲台上也看不到他具体地坐在哪个角落，所以也不知道他看见自己的儿子站在讲台上才情纵横时的表情。讲座结束，我没有和他交流听讲的感受。

而我自己，却思绪潮涌。

我七岁的那个秋季，他和母亲带着我去镇上的小学报名。记得老师也就问了简单的问题，还让我识别了一下两角钱、五角钱和一元钱的区别。现在想起来有点搞笑，小孩儿上学，首先从认钱开始，或许是因为乡村中基本数字使用与识别吧。

父亲和母亲就这样把自己的小孩儿，送到了学校，看着我扭扭屁股、擦擦鼻涕，搬着小板凳，走进了小教室。

似乎，我直着腰杆，坐在小板凳上，仰头看黑板，读汉语拼音的时候，他们还站在窗户外面。从此之后，他们再也没有为我读书学习操心过，甚至于我高考的时间，家里都不知道，录取通知书快要到家的时候，我母亲还问："你能不能考上大学？"

老父亲从他的壮年，看着自己的孩子走进教室，到如今，一晃二十多年，又看着自己的儿子站在讲台上。现在，他已步入老年，两鬓斑白，他是欣慰还是骄傲？还是满意？还是感慨？或许都有一点吧。

他坐在台下，看着我，会不会想起二十多年前的秋天，我搬着小板凳入学的小模样……

此次老父亲来成都，我觉得，他像个孩子，需要我的照顾，需要我带着他，就像当年他带着我，出远门，看大城市的县城……

2016年1月17日　星期日　广州　中山大学

情诗里的青春

读野夫的小说——《1980年代的爱情》，在青山秀水的小镇中，男主人公在河边，对女主人公背诵一首诗：

几乎没有预约便已走来，
四月的芳草正沿河铺开，
几乎没有笑过就要离去，
任眼泪随河水漫过心怀；
几乎不曾相识便开始表白，
五月的落花正逐水徘徊，
几乎不曾暗示便默然相许，
如漫漫长夜点燃一盏灯台；
几乎未能吻别便开始等待，
六月的晚风吹清露满腮，
几乎未能道破便成了隐秘，
被岁月在心底深深掩埋，
那一个字说了等于没说，
那一个字不说如同说了出来……

朗诵后，男的望着女的问："喜欢吗？"

听说，如今这部小说已经被拍成电影，我想象电影中的这场戏，应当给女主角一个特写。

她的眼神中有被这首情诗扰乱的心动与烦忧，有捉摸不定的冲动与含羞。接下来，一定是低眉转首，慢镜头，摇向青山深处大河湾，思绪无限……

似乎诗歌多是关乎浪漫的，有说不出的婉转，有道不完的思恋，都寄托在一张纸上，几行诗间。

上高中的时候，高考的压力，依然阻挡不住我们在小县城的书店里，翻看武侠小说的冲动，男同学还会相互传看和交流，夜深的时候，会说起书中的武功招式和人物，窃窃私语的时候会问：

"哎哎，你说你要是郭靖，你是喜欢穆念慈，还是喜欢华筝，还是喜欢黄蓉？"

"黄蓉吧，聪明；穆念慈呢，实在；华筝呢，天真。我还是喜欢黄蓉，喜欢她叫'靖哥哥'。"

记不清是哪一本武侠小说中有关于大侠风清扬的爱情故事。喜欢他的姑娘，在剑侠情仇中相随，在耳鬓厮磨中对他海誓山盟，念了一首古诗《上邪》：

上邪，
我欲与君相知，
长命无绝衰。
山无棱，
江水为竭。
冬雷震震，
夏雨雪。
天地合，
乃敢与君绝！

不知道是不是荷尔蒙的作用，还是文科生对文学的通灵，看了一遍之后，竟然恍恍惚惚，在班主任讲几何的课上，我似乎感觉到有一位出身名门、清雅飘逸的姑娘，在我耳边一遍一遍地念《上邪》的诗句。

我的魂魄早已飞到了门派恩仇、快马绝尘、刀光剑影的江湖中，飞到了风清扬练剑的潇潇暮雨、幽幽竹林，变成他——一袭白衫，仗剑而立，面对痴情的红颜知己。

甚至，我暗暗地下决心，将来，一定要找到一位能给我背诵《上邪》的痴情女子。

上大学之后，大学语文的课上，老师请来一位他的大学同学，一家杂志的主编，姓李，说是当年他们班的才子，并且最终娶了他们班的班花，果真是现实版的才子佳人，来给我们开讲座，讲文学中的爱情。

我们自然要和他探讨一下《平凡的世界》中的田晓霞和孙少平，如果晓霞没有死，他们的爱情能否开花结果。

李主编说了一句让我们那时觉得很俗的一句话："没有面包的爱情，很难长远，田晓霞的死是命中注定，否则，就不是平凡的世界。"

我们那个时候，毛头小伙子，哪能懂得人生前路上的坑坑洼洼。总是觉得，只有少平那样的青年才配得上晓霞，只有晓霞那样的女子才懂得欣赏少平。

李主编倒是能感觉到我们的心思，他说："我能理解，你们现在为少平鸣不平的心绪和情绪，我给你们朗诵一首诗吧，那是我结婚的时候，对我妻子朗诵的。"

我至今都记得，那是舒婷的《致橡树》。我至今都记得，李主编给我们背诵时的神情，眼睛微闭，很是陶醉，浑厚的男中音悠长而坚毅：

> 我如果爱你——
> 绝不像攀援的凌霄花，
> 借你的高枝炫耀自己；
> 我如果爱你——
> 绝不学痴情的鸟儿，
> 为绿荫重复单调的歌曲；
> ……
> 我必须是你近旁的一株木棉，
> 作为树的形象和你站在一起。
> 根，紧握在地下，
> 叶，相触在云里。
> ……
> 你有你的铜枝铁干，
> 像刀、像剑，
> 也像戟；
> 我有我红硕的花朵，
> 像沉重的叹息，
> 又像英勇的火炬。
> ……
> 仿佛永远分离，
> 却又终身相依。
> 这才是伟大的爱情，
> 坚贞就在这里：
> 爱——不仅爱你伟岸的身躯，
> 也爱你坚持的位置，脚下的土地。

《致橡树》就这样再一次在我们的男同学和女同学中风靡,谈恋爱的时候如果不知道舒婷,女孩子甚至都不会跟你去图书馆一起看书,更不用说后续的交往了。

伴随而来的是那种表达爱的方式,情诗成为情书中的主要呈现形式。一行一行,错落有致,故意不写标点符号。情书多是精致的纸、美丽的花纹,甚至会有淡淡的香味。

写这种信的哥们儿,会在作业纸上,打上好几遍的草稿,直到能把情诗和字体都写得恰到好处,才踏实地装进信封,投进邮筒,静静地守候对方的来信。

如果收到了对方的来信,简直就像接到神圣的情报一样,选择没人的安静之处,躲进图书馆的角落或者是挂着蚊帐的小床上,尤其是躲进被窝里,一遍一遍地看,一遍一遍地念,咧着嘴笑,却不会出声。然后,把信像宝贝一样压在枕头下面,第二天还会拿出来,虔诚地再看、再念。

我们那个时候学校还要求上早操,大操场上,很多院系在一起。一个扎着麻花辫,围着红围巾的女孩儿,在我面前一闪。

刹那间,定住了我的眼神,追着她的身影,看啊看,伸长了脖子继续看。

那一天起,上早操我就变得很积极,就在相同的地点,等着麻花辫的出现。晚自习的时候,我借来同学的随身听,听郑智化的一首歌《麻花辫子》:

你那美丽的麻花辫

缠呀缠住我心田

叫我日夜地想念

……

你散落的长发在梦里出现

回过头含泪的眼

任凭风雨吹断了姻缘的线

天变地变心不变

是谁解开了麻花辫

是谁违背了诺言

谁让不经事的脸

转眼沧桑的容颜

在一遍一遍的回放中,我的眼前总是晃来晃去"美丽的麻花辫",上图书馆的时候来回张望,打饭的时候来回张望,打水的时候来回张望,做操的时候来回张望,"众里寻他千百度"原来是这个意思。

只要看见她,我就心中欢喜;如果找不到她,我就失魂落魄。

终于知道所谓的相思病和单相思,并不是只有小说中才有,看来自己也会生这种病的,这病可不是一般人能得的,要么是侠客,要么是才子,看来自己不是一般人。

我觉得自己应做一个大胆的人,要鼓足勇气,告诉她我的心意,尽管我不知道她的名字,不知道她的专业和班级。我要写一首诗,交给她,让她了解我对她的情谊,让她了解我的才华。然后,……那该是多么迷人的传奇。

这是缘分,茫茫人海之中的缘分。

终于机会来了,她在图书馆自习室看书,我也在图书馆自习室看书。

我把酝酿了很久的情诗,用钢笔,写在稿纸上:

> 那个早上,
> 你的红围巾迎着霞光,
> 拂开了我的心窗,
> 我从此在学校所有的地方,
> 把你张望,
> 等着你的回眸,
> 等着相遇在开水房,
> ……
> 我想我不是鲁莽,
> 我是春天的草长,
> 漫山遍野,
> 向你诉说,
> 我在你的身旁,
> 绿绿的青色相伴鲜花绽放,
> ……

写好之后,小心翼翼地折叠,等到她和同学起身上洗手间的时候。我的心咚咚直跳,深深地吸两口气,心中暗暗对自己说"你要大胆,你要大胆",快步跑过去,翻开她正在看的书,把信夹在书中,然后赶紧回到自己的座位,收拾了书包回宿舍去,等消息。

回到宿舍,我长长地舒了一口气,就像完成了重大事件一样轻松。我高兴地和同宿舍兄弟说起这件骄傲的事情,兄弟说:"牛,兄弟,你就等电话吧。"

电话！我才想起，情绪激动的我，并没有在情诗上留下自己的名字和电话！

后来，那个女生我再也没有看到过，听说，是校区调整，他们搬走了。

"我是春天的草长，漫山遍野……"我真的成为"一个无人知道的小草了"。

写情诗的人，不都是我这样笨拙的。等到我毕业后参加工作，到中央民族大学，结识了众多的同事，其中一位是少语系的教授老刘，他的情诗和情史，在学校传诵一时。

老刘和我都是喜欢读书的人，又偶尔喜欢在民大西门的酒馆中小酌，碰上的时候，免不了书酒相酬，意气顿生，渐渐地成了难得的好友。

一次年底聚会，席上有老刘的妻子，正是当年他写情诗穷追不舍的女友。席上还有他当年的老同学，大家起哄说，老刘当年的诗风奇特，一般人读不懂，唯有他的女朋友总是用仰慕的眼神听他朗诵。于是，大家就鼓动老刘再现一下当年的神采。

老刘已是半醉，当年的女友坐在对面，如今也已是老妻，相伴半生风雨。老刘举起酒杯，慨然而起，朗声诵起当年的青春经典：

> 亲爱的，
> 我要带你去南极，
> 去住冰砌的房子，
> 去和企鹅歌唱，
> 咱们要打一个蓝色的喷嚏，
> ……

桌上，老刘的老妻正给儿子夹菜，眼角，笑出了当年的羞涩与妩媚，或许还有当年"月上柳梢头，人约黄昏后"的青春记忆。

野夫笔下山城小镇的姑娘，李主编朗诵《致橡树》的影响，还有那美丽的不知身在何方的麻花辫，还有老刘的"蓝色喷嚏"，都是情诗一行行，在我们记忆深处，见证我们青春的羞涩与苍茫。

情诗与青春，去和企鹅歌唱，我想我不是鲁莽，我是春天的草长……

2016 年 1 月 16 日　星期六　成都

辣椒蘸料的原味，岁月传说

在成都吃火锅，吃串串，吃汤锅，蘸料的味道很重要。

蘸料大多是由辣椒面、花生面、芝麻面等各种调料组成，香得过瘾，辣得入味，四川人吃起来，往往会对老板说："再来一份。"

成都人就是这样讲究吃，并且还会钻研吃。有一道菜，叫"掌中宝"，吃起来香脆可口，我曾经纳闷地问："这道菜是什么肉？"有人告诉我是鸡肉。从小河南老家就养鸡，母亲用鸡肉做出各式各样的菜，从来也没有吃出这种感觉。即便知道是鸡肉，我也猜不出这是鸡身上的什么部位。同事嘿嘿一笑，指指自己的手掌心，这是鸡脚掌心的部位。怪不得香脆，这么个吃法，亏他们能想出来。后来，还吃过泡椒鱼肚、香辣鸭舌、板命兔腰，作为一个外地人，每一次都是惊喜，每一次都是感叹。

也因此，成都成为大家公认的"美食之都"，不论是大酒楼还是小菜馆，甚至街边苍蝇馆子，都是顾客盈门，各有绝招。甚至有的餐馆，根本不让顾客点菜，顾客一落座，老板直接就给你配菜。即便你吃得大呼过瘾，还要点菜，老板也会说，不用再点了，吃多浪费，搞得你都不好意思再点菜。但这种饥饿营销的做法，还真有效，因为每一次都会让你觉得没吃够，就总能惦记着下一次。老板经营饭馆，过犹不及的火候拿捏得挺好。

生活在成都，也会日渐学会成都人的习惯和节奏。前两天去菜市，卖的鱼，卖的菜，卖的腊肉，一个比一个新鲜，一个比一个有味，挤来晃去，哪个都想买一点，不一会儿，手里就提了一大兜，琢磨着到底是做青蒜苗回锅肉呢，还是做芹菜叶水煮肉片呢？

低着头想事情的时候，闻到香喷喷的辣椒味道，抬头，看到一群人正在买一个人卖的辣椒末。诱人的香味，勾得我忍不住凑上前看看这家的辣椒末是有多么的好。

原来老板是现做现卖干辣椒末。地上一个大大的石臼，石臼中装了一半的辣椒，都已经捣碎，变成了末，旁边还放着石头木把的棒槌，估计是用来捣干辣椒用的。老板卖完一波辣椒面，就会再从布袋中倒出新的干辣椒，拿起棒槌，用力地在石臼中捣。

干辣椒面的香味，就四散开来，香而不辣，脆而不干，真真正正的辣椒的材质香，有花生的炒熟压碎的香味，而且还新鲜醇厚，从鼻孔进入的辣味，会有一种很馋人的感觉，馋得人想流口水，有想尝两口的冲动。

不就是干辣椒捣碎么，怎么会如此的香味诱人，而在我们河南老家，也会有干辣椒，可是从未做出这种味道的辣椒面。

我吞了一下口水，问老板："你这个干辣椒末，怎么会这么香呢？"

"看来，你是外地人啊，我们四川本地人都晓得。这些辣椒长得红红的时候，摘下来晾干了。然后呢，就要在锅里添油炒，要热锅快翻，炒个七八成的时候，起锅。一道一道的程序，要把握好火候。然后就是放进石臼中，就像今天的样子反复捣碎，香味自然就出来了。这就是油辣子，可以做蘸料哦。"

原来是要经过一道一道的程序，一铲一铲的翻炒，才会激发辣椒本真的味道，辣而舒爽，醇厚劲道。吃起来，早已去掉了辣椒的毛焦，只剩下味道中的美好。没有经历火的烤，油的煎，铲的翻，石臼棒槌的捣，辣椒的原味出不来，辣椒的老道达不到，辣不刺激。

这感觉有点近似影视明星中的老戏骨们，他们没有了刚出道小生的傲娇和棱角，大多是经历了一番摔打，顺与不顺，一道一道的程序，早已经经历过，见过风，见过雨，感受过背叛与失落，演出的人物才有烟火色，才会那么的真实，那么的动人心魄。陈道明、梁朝伟这些大叔们演绎的角色，真如炒出捣碎的辣椒末，那味道，人生起落，风吹过。

老戏骨的电影，才是味。

是不是，人到中年的时候，就是这种感觉，想发火的时候，已经发不了火，更多的是温，更多的是稳，更多的是见过各色人等，见过大林子的鸟，见小树枝的雀，想过天上天鹅，踩过地上的癞蛤蟆，是好是坏，一笑而过。年轻时候的虚荣和娇气，莽撞和假打，都被折磨得只剩下了真性情，宽厚洒脱。

这种时候，每一个人都是一个有故事的人，散发着迷人的魅力，犹如白桦树的老树皮，不怎么好看，却耐看，一层一层都是岁月的传说。

或许是火候到了，经历了太多的翻来覆去的煎熬和翻炒，再在石臼中捣，越多的世事沧桑，越能散发出生命原味的香。

下一次吃干碟蘸料的时候，记得仔细咂摸其中的辣味，那可是辣椒的原味，那也是你品尝岁月带给你的回味，那更是老天留给我们的一道道生活折磨程序后的馈赠和韵味。

人间百味，真性情，最是迷人洒脱。

2016 年 1 月 14 日　星期四　成都

镜中的少年还是那个少年吗？

身边的朋友们突然间创业的多了。难道是人到中年的突破？

而他们原来曾经是记者、编导、教师、公务员甚至是医生，各行各业都有，现在有的开了设计公司，有的开了文化传播公司，有的进入新媒体行业，有的开了咖啡厅，有的做了网店，也有的开了饭馆……总之，都走在创业的路上。

看着身边的创业者，他们原本有一份稳定的工作，稳定的福利，可预期的收入与前景，却在人到中年的时候，开始一种自我冒险、自我挑战的尝试，把自己再一次像大学毕业的时候一样，扔到了市场上，去从头再来，去探索未知，去折腾，去过一种不按部就班的日子，这是不是作呢？

前两日，一位事业单位的朋友，约我在散花书院喝茶，聊工作，聊新一年的打算。看着他的样子，眉头微皱，前额未舒展，一种无名的愁烦似乎总在心头，他说："想起新的一年，有点烦，有点烦，工作还是老一套，日子还是那样的百无聊赖，学学文件，发发文件，真是不知道怎么办？"

"你们的行业，本就是稳定的行业，铁饭碗，多少人羡慕呢，你还有心思抱怨。"其实，我也在想这是不是一种所谓的职业围城呢。

"铁饭碗，铁饭碗，可是，我找不到我的价值感，论资排辈的等待，不知道是何月何年，做的事情就是因循守旧，重复一遍又一遍。"朋友是专业人士，在单位中一样也要接受组织的论资排辈，他一直都希望有一个机会，可以独挡一面，可以在问题的处理和业务的操作中拿出自己的创新方案。

"你要适应嘛，这是社会。"我故意用似乎老练世故的语气对他说，因为一直以来，我的老师和长辈们也是这样教导我的："你还有棱角，你要适应社会。"

"是啊，我要适应，适应来适应去，我的那点棱角和才气，也浑浑噩噩地和单位的同事一样，看不惯的看惯了，我也老去了。我的那点创新，应该早已过时了，我呢，就成了单位中原本我很讨厌的人的样子。然后，语重心长地对新来的年轻同事说'你要适应啊'。"我听他的这段话，竟然生出了一种悲凉之感，一种无奈，一种逝去，一种年复一年，日复一日地随波逐流，自怨自艾，却又无能为力。

朋友说，不知道是从什么时候，已经觉察到苟且地活着，待遇不错，不高不低，福利不赖，比上不足，比下有余，前程能看见，没什么大发展，也没有大风险，总之，马马虎虎，还凑合。

每一天去上班，想一想，今天的工作，还是那样，没风没雨，没有新奇，像喝一杯白开水，过了今天再说。尤其是在一个整个单位严重内耗，不思进取的氛围中。于是，每一天就这样在过了今天再说的自我暗示和迁就中度过。

春天来了，又走了，冬天来了，春天也不会远了。可是，镜中的少年，少了原有的光泽和朝气，多了几道褶，多了几分横秋老气。

难道是已经麻木了吗？难道是对岁月的流逝、春秋的变化、年龄的增长，已经不敏感了吗？少年不再是少年，而那令自己骄傲的梦想呢？

在遥远的天边，总是摸不着看不见，直到有一天，发现已经无法实现，梦破灭的失落，是不是如同灵魂散去的瞬间，人在尘世，剩下了躯壳，吃喝拉撒，却没有了梦想的星星之火，更不可能期望梦想燎原。

这，该是多么痛的领悟。

我无奈地看着朋友，他的沮丧和难受，如同英雄刘备依附刘表的时候，"表恶其能，而不能用"。刘备上厕所的时候，看到自己大腿生出的赘肉，回到酒席上，难过地哭了。刘表问他怎么了，刘备说，"吾常身不离鞍，髀肉皆消。今不复骑，髀里肉生。日月若驰，老将至矣，而功业不建，是以悲耳。"

刘备是有梦想的，可是梦想经不起耗啊，因为，英雄会老。

廉颇老了，沙场就已经不是他的沙场，赵国也不再是他的赵国，廉颇也不再是那个以勇气闻于诸侯的赵之良将了。

朋友说，廉颇还好，至少他"拼"过，值。

朋友的烦恼，我没能帮他化解，帮不上他。我陪他喝茶，听他慢慢地梳理思路，或许，他只需要一个倾听者。

送走朋友，潇潇细雨，看着他的身影消失在夜色中。

回到散花书院，整理中华网四川频道《创业青年》栏目的采访，其中一位在国企工作的老刘，辞职，做了两个自己的公司，忙得不可开交。问及为什么放弃稳定，拼命折腾。

老刘说："人说不作不会死，人到中年，已经看清楚很多东西，发现不作也会死，现在我要做自己，不是'作'，是'做'！现在，我想过我自己能选择

镜中的少年还是那个少年吗？

的生活，我想过得有价值。人这一辈子，长短都是走一遭，趁还能折腾的时候折腾一下，将来我折腾够了，在家里退休带孙子的时候，我至少有故事可讲。"

他这一席话，让我想起《兄弟连》第十集中的老兵采访，老兵温特斯说："有一天，我的孙子会问我：'爷爷，你在第二次世界大战的时候是个英雄吗？'我说：'不，孩子，我不是英雄。但是我和英雄们并肩作战。'"

我特别想把这一句话化用一下，送给那位烦闷的朋友："有一天，我的孙子问我：'爷爷，你年轻的时候实现梦想了吗？'我说：'没有，孩子，没有实现。但是我曾经为梦想拼打过，其中有很多有趣的故事，我讲给你听。'"

2016 年 1 月 13 日　星期三　成都

我想和你虚度时光

昨夜，一阵寒雨，窗外有萧萧瑟瑟之声。

今晨，湿漉漉的树枝挂着几片黄叶，如同国画中的写意，寥寥数笔，勾出了一幅冬景。

雾蒙蒙的成都，空气倒是清新不少，出门，深吸一口气，有泥土的腥味，是不是，冬季的成都土壤里，蜗牛和蚯蚓仍不休息，照样吐泥翻浆，才有了空气中的泥土清香？

与朋友约在散花书院，准备聊一聊他新一年的工作和打算。

路过一所学校，围栏不高。一阵风过，其中，有花的清香，那味道，清新沁人，是蜡梅。左右回顾，垫脚远眺，窥探弯腰，我还是没有找到蜡梅花。只能等下一阵风吹来，我循着风的路径，估计才能找到。

往前走，拐过围栏的墙角，又是一阵风，这次花香更浓，回身抬头，哇，好大的一丛蜡梅花，长在墙角处，枝枝杈杈，笔直的、斜逸的、伸向天空的，都挂满了小灯笼般的，如玉雕一样，晶莹剔透的蜡梅花。

还有点点星星的花骨朵，萌萌地粘在枝干上，看上去，惹人心疼，叫人怜惜。片片黄色的蜡梅树叶稀稀疏疏，风光都让给了已开未开的蜡梅花。我像花痴一般，闭上眼睛，贪婪地站在树下，隔着围栏，闻着蜡梅香。

是蜡梅的香味化了我，还是我的痴迷化了蜡梅香，不得而知。李白对敬亭山，是相看两不厌，我对蜡梅花是相闻两不舍，不舍得离去，不舍得忘记，她的娇气模样，她的氤氲醉人味道。

更舍不得去碰，舍不得去折，让她躲在墙角，藏在旮旯，自由地舒展，轻松地绽放，让她的清香，飘荡在街巷，浸润更多的人，柔化更多的心。

我刹那，顿悟，故人说"踏雪寻梅"，一个"寻"，真是绝妙。

原来，蜡梅树长得普普通通，不是做绿化，做建材的料，所以也就不适合长在显要之处，种起来，大多放在墙角巷尾，窗前石后，不大容易被发现。但是，蜡梅花的香味，却是香远益清，随风更是一缕清香销魂。要赏梅花，要看真容，当然是要寻了，尤其是要随着风，循着味，才能找到。正是如此，诗中才写"三千树居孤山下，此枝偏生山之陵"。

蜡梅的这种品质，不争不抢，不去求小用，不去抢一时。君子不器，才是四君子的秉性。长在驿外断桥边，忍得住寂寞，耐得了苦寒，受得了黄昏的风和雨。"无意苦争春，一任群芳妒。零落成泥碾作尘，只有香如故。"

拿出手机，拍几张蜡梅花，好分享给远方的朋友。一时发现，散花书院周边小桥流水的清幽，索性就慢慢地走，晃晃悠悠到处瞅瞅。

一张展台处，上面印着诗人李元胜《我想和你虚度时光》的诗句："我想和你虚度时光，比如低头看鱼，比如把茶杯留在桌子上，离开，浪费它们好看的阴影。我还想连落日一起浪费，比如散步，一直消磨到星光满天……满目的花草，生活应该像它们一样美好……"

这诗句，此时将我打动，一如蜡梅的清香，让我痴迷，正适合我当下的心境，想让蜡梅花开在我的窗前，开在我的院落，开在我将要下笔的纸上……风吹过，梅花朵朵，我的心，如小小的城，有了美好的花花草草，才有了味道。

若是下午，出了太阳，就一杯绿茶，一个下午，什么都不做，打个盹，把自己好好养一养。陪着腊梅，静静地看一朵两朵地开放。

若是晚上，出了月亮，就翻一本书，在河畔窗前，任月色倾泻，任河面上洒满了月光，风儿吹过，月白风清醉流光。

我想和你虚度时光，比如闭上眼，细闻蜡梅香。

2016年1月10日　星期日　成都　散花书院

江湖的兄弟，江湖的侠义

父亲上了年纪，头发白了，依然喜欢喝两口。无论儿女怎么劝，仍脾气不改，酒量不减，要是在街里碰上个亲朋故旧，拉到家中，坐坐，整两杯，喝高兴了说不定还会"五魁首，六六六"，划上两拳。

父亲喝酒的那个实在劲儿和热情劲儿，真有点像沈从文《边城》中渡口的老船夫，为人厚道淳朴，腰上别着酒葫芦，逢人都让尝两口，进城赶场的时候，遇见老伙计，两句招呼后就进了酒馆，碰起了烧酒的土碗儿。

我经常打电话给他，在电话中，会用他当年叮嘱我的语气叮嘱他："少喝酒，注意身体，"尤其是不能喝醉："喝酒不醉最为高嘛，这是当年你经常对我讲的话，贪杯伤身体，何况你已不是当年的量了。"

一旦说起他当年喝酒的样子，父亲在电话的那头，就很起劲，他会再一次强调，年轻时候喝酒，没有怕过谁，尤其是他的那帮子"先好朋友，哥们儿弟兄"。说起往事来，他是无限的光荣，在生产队的时候，父亲曾经率领全队的劳力，夺过收麦子的先进，用他的话说是"村里的大喇叭，表扬了好一阵"。

说起他的那些"先好朋友"，我还记得很清楚。小时候，我们家里还不是很宽裕，母亲总是要养一些鸭和鸡在院子里，等着下蛋，贴补家用。而父亲那个时候又是村里生产队长，为人厚道豪爽，自己穷得叮当响，还很喜欢帮帮这个，让让那个。村里有一次让他去卖菜，他见了熟人就说"拿去尝尝，拿去尝尝"，结果，他送的比卖的多。"不好意思收钱。"母亲说，"他一辈子都不适合经商，做的都是亏本的买卖。"父亲就会笑着回应"吃亏是福，吃亏是福"。

父亲在远近村里广交朋友，有五六个"先好朋友"，这是河南话的说法，其实就是拜把子、异姓弟兄，一个头磕在地上，义结金兰。算起来，父亲的这些弟兄，十里八村，也有八九个。他们都是普通人家的孩子，不是什么干部子弟，富贵人家，估计相识的时候，正值血气方刚，个个在镇上、在庄上都是响当当，打架的时候一定没少了相互帮忙。以至于多年后，父亲甚至对我讲，将来有了孙子，名字就叫"英豪"，或者"豪杰"，我说"真土"。

月白风清 醉流光

　　每次,他的"先好朋友"到家里来,我们家的鸭子就成了刀下鬼,下酒菜。直到一天没有鸭子了,他们整点花生酱豆,竟然也喝了一斤白酒——少林醉。现在想想这白酒的名字就醉了。或许,那个时候,没有那么多白酒品牌,白瓶子装的少林醉,至今我都能清晰地记住那瓶上酒签的样子——一个少林和尚后仰身,单脚立地,练醉拳的样子。

　　原来以为如果能让武功高强的少林和尚都醉倒了,这酒度数一定高。现在自己喝酒了才知道,和尚只吃素菜,不吃荤肉,喝白酒不醉才怪。我总是惦记着他们早一点把酒喝完,我好收集酒瓶子。卖酒瓶子的钱,虽然不多,对我来说却是极具诱惑,一个冰棍那时候才卖五分钱。

　　父亲的"先好朋友"中有一位大哥级别的人物,江湖诨号"镇关西",真名本是杨玉臣,人长得高高大大,小孩子见了,的确是要怕他几分。

　　对他最深的印象,是我刚刚记事的时候,他被五花大绑地押在公社的戏台上,记不得是什么样的罪名,能听清的就是"镇关西"。我和父母在人群中看着他,父亲说,上面站的是你"大伯父",也没有给我解释什么事件,什么原因。我只看到杨伯父雄赳赳、正正地站着,胸膛挺着,一点也没有低头害怕的意思。

　　后来,我读书了,才知道《水浒传》中的郑屠,欺男霸女,绰号"镇关西",倒霉的是碰上了花和尚鲁智深,才有了一段"鲁提辖拳打镇关西",大大地出了一口恶气。读的时候,真叫一个过瘾,恨不得上去补上两脚,才解气。也渐渐知道了杨伯父可不是《水浒传》中的镇关西,他在村中为人义气,好打抱不平,很多纠纷都找他调解,有人敬有人怕,必然也会得罪人,不小心翻船的时候,就真成了"镇关西"的遭遇。

　　江湖的兄弟,江湖的侠义。上学后读了《水浒传》,似乎看到了江湖精彩与豪迈。

　　《水浒传》中一百单八汉,有出自良将名门的,杨家将的后代青面兽杨志、关羽关二爷的后代大刀关胜、呼延赞的后代双鞭呼延灼、后周世宗的后代丹书铁券小旋风柴大官人柴进等。

　　有出自官府体制内的,八十万禁军教头豹子头林冲、提辖花和尚鲁智深、清风寨武知寨小李广花荣、东平府兵马都监双枪将董平等。

　　有呼啸山林的赤发鬼刘唐、黑旋风李逵、矮脚虎王英、拼命三郎石秀等,还有大名府的富商玉麒麟卢俊义、盗贼出身的鼓上蚤时迁、景阳冈打虎的英雄行者武松等。

　　各行各业,英雄不问出处,在"替天行道"的杏黄旗下,举起酒碗,生死之交一碗酒，水里火里不回头。众好汉推及时雨宋江宋公明坐头把金交椅，排行结义，同生共死，除暴安良。

以至于，我后来和兄弟们喝酒的时候，一仰脖子，干杯后，潜意识中总想往后扔杯子，竟然有了一派梁山好汉们喝酒的豪爽之风。

别小瞧了山东郓城县的小小宋押司，他宋公明呼保义的威名，靠的是各位黑白两道道上兄弟的追捧和认同，不管认识不认识，只要一说"及时雨"，都知道孝义黑三郎，江湖上的名号，谁都要给个面子，掂量掂量。即便是江州问斩的时刻，各路的兄弟，一句"救公明哥哥"，豁出性命去，提刀拈枪劫法场。那一场仗，杀得江水都是热的。

晁盖晁天王一死，智多星吴用、豹子头林冲便不管什么遗嘱不遗嘱，跑过来找宋江："请哥哥为山寨之主。"理由简单："四海之内，皆闻哥哥大名""若哥哥不坐，谁人敢当此位"，众望所归。这就是江湖的影响力，靠的是江湖的弟兄，才有了后来的三打祝家庄、智取大名府、三败高太尉。

《水浒传》如此，《三国演义》亦是如此，一部大书，开篇便是"宴桃园豪杰三结义，斩黄巾英雄首立功"，一出场，贩履织席的刘备刘玄德，卖酒屠猪的张飞张翼德，逃难江湖的关羽关云长。

三位意气相投，于桃园中，焚香起誓："念刘备、关羽、张飞，虽然异姓，既结为兄弟，则同心协力，救困扶危；上报国家，下安黎庶。不求同年同月同日生，只愿同年同月同日死。皇天后土，实鉴此心，背义忘恩，天人共戮！"

刘关张从此成为"先好朋友"，这一拜，春风得意遇知音；这一拜，报国安邦志慷慨，建功立业展雄才；这一拜，忠肝义胆，患难相随誓不分开。兄弟三人好不容易打下了蜀汉的基业，占据了荆州、益州，正是事业大发展的时候，关羽遭袭，张飞遇害，雪弟恨玄德兴兵。

刘备已经顾不得当年孔明的隆中对的谋略，对曹操，不可与争锋。对孙权，可以为援而不可图。唯有联吴抗操，以待天下有变。即便是这个时候赵云赵子龙建议："国贼是曹操，非孙权也，且先灭魏，则吴自服。不应置魏，先与吴战；兵势一交，不得卒解也。"

历史与演义，有关联，有不同。而演义却把三结义的色彩画得更浓，刘玄德出兵的时候想没有想过孔明和子龙的话呢？刘备，天下枭雄，一定想过，可是，他要对得起结义的弟兄，对得起江湖中的道义，这才是他刘玄德摸爬滚打折腾出的千古英名。退守白帝城，损兵折将，元气大伤，输给了陆逊，不重要，重要的是三国以降，异姓弟兄，凡案头摆香炉，谁人不仰慕刘关张的桃园三结义，怀古钦英风。

江湖的兄弟，江湖的侠义

江湖中的弟兄，自是形成了江湖中的力量，这种影响，惊天地，泣鬼神，大得难以想象。

"居庙堂之高则忧其民，处江湖之远则忧其君"，范仲淹虽然把江湖和庙堂看作两个区域的范畴，然而从社会秩序的角度来看，江湖其实一直存在于中国的治理结构与文化秩序之中。

江湖中的力量，早已经深深地影响着民间和庙堂。且不说，春秋战国的荆轲、高渐离等大大小小的侠客，他们来去不定，"赵客缦胡缨，吴钩霜雪明。银鞍照白马，飒沓如流星。"他们有的是胆量，"十步杀一人，千里不留行。事了拂衣去，深藏身与名。"壮士出手，煊赫大梁城，侠客行处，邯郸先震惊。

到了秦王扫六合，诸侯尽西来之后，秦始皇除了焚书坑儒，车同轨，书同文，还有一项重要的措施就是"隳名城，杀豪杰"，这里的豪杰，便是江湖中人。不过，张良请的侠客，照样敢"椎秦博浪沙"。

西汉景帝年间，七国作乱，条候周亚夫负责平叛，他到了河南听说江湖中的剧孟没有被吴国和楚国依托，很高兴地说："吴、楚举大事而不求剧孟，吾知其无能为已。"这江湖中的地位，甚至可以等于一个王侯之国。

由此看，《琅琊榜》中的江左盟宗主，江左梅郎，一样可以号令天下，群聚英雄，金陵城中的风云际会，龙腾虎跃，怎么可能没有江湖的背景和支撑。由此，我们也更能理解近代的大刀王五与谭嗣同，又是怎样的生死之约与江湖弟兄。

江湖剑侠江湖老，江湖恩怨江湖了。历史中的刘关张，评书中的一百单八将，父亲青壮时代的少林醉与镇关西，似乎如同千年大戏，沙场风起，关二爷胯下赤兔马，掌中偃月刀，从三国的烟尘中杀过来，过五关，斩六将，带着关平与周仓，一路征尘，成了千家万户的墙上中堂，古人今人，一炷香。

我呢，一定是受了父亲的熏陶，求学工作，辗转万里，结交四海兄弟。每到一个地方，兄弟相逢一碗酒，当是前生故人。

告别的时候，如同一个佩剑的书生，古道西风瘦马，夕阳西下，各自奔赴天涯，在马上欠身拱手，道一声："兄弟，我们后会有期，山高水长！"

2016年1月9日　星期六　成都　散花书院

我吃过大盘荆芥

几个同事，不想去食堂吃饭了，聚在一起，找了华阳街上的一家叫"牛舌香"的牛肉馆子，打打牙祭。

原以为这是乐山跷脚牛肉的风味，坐下才知道是改良的汤锅，大冬天，吃个汤锅，整几块新出锅的嫩牛肉，打二两洪雅县产的高庙白酒，嗯，用四川话讲，安逸。

同事说："张老师，来四川已经有些年头，四川菜辣，你可以习惯吗？"

我很少和大家探讨饮食的话题，每到一个城市，总是努力地去适应，即便还会想吃家乡的胡辣汤和烩面，终归，异乡扎根，还是要把自己变成一个地道的四川人，吃火锅的时候香油蒜泥，吃串串的时候蘸料干碟。

同事这一问，我还真是认认真真去想了一想自己是不是已经习惯了川菜味道、成都烟火。

川菜的主味是辣，一盘辣子鸡丁端上桌来，红彤彤几乎全是辣椒，想吃鸡丁，只能在辣椒中翻来翻去找着吃。火锅也是如此，不仅汤料是红色的，煮沸腾的时候，翻滚在锅里的都是各式各样的辣椒、花椒，外地人来吃的时候，总是迟迟不敢下筷。而壮壮胆，试两筷子，甩开腮帮子的时候，就上了劲，吃得人脑门淌汗，两颊绯红，却舍不得停筷子，张大嘴，吹吹气，接着吃。辣味猛，辣得过瘾。

最近读台湾出版的散文集，翻到徐国能的《第九味》，文中写大厨曾先生讲辣的味道："说这是百味之王，正因为是王者之味，所以他味不易亲近。有些菜酸甜咸涩交杂，曾先生谓之'风尘味'，没有意思。辣之于味最高最纯，不与他味相混，是王者气象，有君子自重之道在其中。曾先生说用辣宜猛，否则便是昏君庸主，人人可欺，国焉有不亡之理？而甜则是后妃之味，最解辣，最宜人，如秋月春风。但用甜则尚淡，才是淑女之德，过腻之甜最令人反感，是露骨的谄媚。"

就是个吃，就是个酸甜苦辣咸，在徐国能的笔下，在曾先生的口中，也透出了世态百相，人世炎凉。原来味道吃到嘴里的时候，有它独特的风格性情，并不是简单的过肚穿肠，吃，有一个稍微复杂的说法，就是品尝。

曾先生对辣味做这么高的评价，我想，应该是因为辣味纯正，不易混杂，提神醒目，精力焕发。一道菜中有辣，吃的人，入口兴奋，胃口大开，浑身舒畅，意气昂扬。就如同一个纯正的人，在人群中性格刚正亮堂，不随波逐流，不人云亦云，敢于干重活，敢于打硬仗，不会因为世事风尚，改变自己的性格立场。人群中有了这样一个人，能激活死气沉沉的现状，顾不得你陈旧的教条，管不了原有单位关系中的七大姑八大娘，新风辣味把你呛，天地都变得宽敞。

辣的功效，辣的品质，如同河南菜中的荆芥。

荆芥，绿叶，有近似于薄荷的味道，味冲，是河南人喜欢的调味菜。不论是吃捞面条还是吃热汤面，河南人总是喜欢往里放一些荆芥，尤其是凉拌的时候，味道新鲜醒神。

豫剧《朝阳沟》中栓宝带银环上山，还给她讲一路上见到的庄稼和树木的名字，两个人之间的唱词欢快而有趣。一个是农村长大的小伙，一个城里长大五谷不分的姑娘："（银环）我知道这一块是玉米，不用说那一块是蓖麻；（栓宝）它不是蓖麻是棉花呀；（银环）我认识这块是荆芥；（栓宝）它不是荆芥是芝麻，希望你到咱家，知道啥再说啥，别光说那外行话，街坊邻居听见了，不笑出眼泪也笑掉牙。"

荆芥都唱到了豫剧中，自然是我们生活中极为重要的菜品。每一次回老家，我都会专门点一盘蒜醋凉拌荆芥，吃的时候，味道直冲鼻腔，清香而刚猛，绝不拐弯抹角。

很多河南人，怀念家乡的荆芥味道。当年我在北京的时候，还专门移栽荆芥到北京，可惜没有成功。还听说一些老乡到了两广工作，也专门洒一些荆芥籽来种，但毕竟水土有异，南方水土，长得旺盛，却失去了河南荆芥醇厚的劲道。所以，一方水土养一方人，还是有道理的。

一次回老家，菜上了一桌子，还专门上了一大盘凉拌荆芥，表弟庄重地站起来给我介绍："在咱们河南文化中，要夸一个人，有能耐有本事，见过大世面，就说他'吃过大盘荆芥'，老表，你今天算是见过大世面了！"

现在想来，之所以称赞一个人见过大世面，用"吃过大盘荆芥"的说法估计是源自荆芥的味道：纯正！有冲劲！能经历各种菜品，绝对不改自己本来的冲味，反而，在大菜小菜中，都能独树一帜，敢于引领。

这味道，这品质，放到人品上，真是开封府的黑老包，包拯包龙图，刚正不阿，明镜高悬，管你是新科的进士招驸马，还是受宠的国舅安乐侯，只要是祸害百姓，照样铡了。荆芥的冲，坦荡！坚定！一个人若是如荆芥之味，当是经风历雨，痴心不改，虽千万人，吾往矣，这是地地道道的硬骨头。

　　河南的荆芥，四川的辣椒，都是有点霸道的味道，这种霸道，是自身长出来的品性，刚毅自强、踏实亮堂，品尝，可得劲！

2016年1月8日　星期五　成都

是谁创下这行业,傍晚里撑起一盏灯

"呀,我的手机也没电了!"又是一个同事发出了这样的感叹。

学校图书馆李馆长,组织大家参观四川国际标榜职业学院,爱美之心人皆有之,每走一步,同事们都忙着记录下镜头中的风景,地上菊花黄,枝头蜡梅香,红砖砌墙,绿竹盈窗,佛塔古树下,庭院穿过廊,藏书四库全,捐书有印章……才半程,众多同事的手机电量已耗尽。

一座百亩校园,地处成都龙泉驿,竟然是 AAA 级景区,门票都是 100 元,听起来,着实有点稀奇。

此行的重点是参观"标榜"的图书馆。图书馆馆长沈治宏,六十多岁,鬓发微斑,面容谦和,语气款款,不急不缓,有老派学者的风范。站在图书馆前,他给我们介绍建馆历史和理念,犹如,老教师,拿着粉笔,站在黑板前,收放自如,很是享受七尺讲台的方寸之间,时光荏苒,薪火相传。

图书馆用清一色的红砖建成,一如这所学校中的众多的建筑都是由红砖砌就,红是颜色,砖是质感,墙根遍植红棘,经久历年,红棘早已爬满,结出的红色果子,红灿灿的在寒风中给人火的温暖,还把坚硬的砖墙柔情妆点,多多少少都能生出"红豆生南国"的浪漫。

图书馆大门的红砖墙上,在密密的红棘丛中,留下空间,印着"四川国际标榜职业学院"的校徽,一本书的样子,中间有"川"的图形,建于 1993 年。校徽下面是校训,四个大字,"博雅精专",苍劲古朴,传递着学校的办学理念。而黑底烫金的匾额上写的"图书馆"三个字,是启功先生的笔墨,隽秀清雅,嵌在红砖之间,沉甸甸地衬着整个图书馆的厚重格调与温婉美感,来此图书馆,自不敢高声言。跨门槛,大门是川西民居木雕镂空的旧门板,专门从民间搜集,装到图书馆,让你感觉到经久历远的历史,不是虚幻,是活生生的就在你身边。所谓体验,从进门的时刻,一阵风来,幻化其间。

在国内,还没有见过这样一所大学的图书馆,古香古色。从学生阅览的桌椅,到放书的书架、柜子,再到拾级而上的木质台阶,都是川西古旧的家具,真不知道，他们是费了多大的心思和力气，找到这么多成规模且风格统一的旧物。我用手故意用力晃一晃椅子，出奇的结实，也难怪，当年的实木材质，做工考究，用料也扎实。况且，如此美好的东西给学生用，学生自然知道爱惜。

同事们忙着拍照的时候，也在感慨，这样一个地方多么适合拍东方版本的《哈利·波特》啊，如果拍古装剧，恐怕只需要把电灯移去就可以。放眼望去，不是明清风格的木雕，就是民国风格的靠背椅，有的扶手被磨得光滑明亮。书架上的一排排书籍，尤其是烫金的古籍，安安静静地立着，即便是不看，你站在面前，也要生出几分肃穆之感。

我看到四个女生坐在书桌前，桌上台灯的模样很是古典，灯光不很亮，却很温暖。刹那间，想起万圣书屋门口的一行字"是谁创下这行业，傍晚里撑起一盏灯"。她们抱着苹果电脑在低声商量研讨，我在想，她们要在这样的环境中熏陶三四年，举手投足，文静知止，如果穿上民国的服装，不用化妆，当是如同人间四月天中的姑娘，隽秀清灵，恰当地回应了图书馆的"秀外慧中"。

路过外文藏馆，借书台上一只棕色的大猫咪，正在打盹，见到参观者，也不害怕，伸伸腰，打个呵欠，舔舔胡子，又眯上了。这或许是藏馆的吉祥物，守护着这些外文书籍，是不是也受了其中熏陶，听得懂多种外语，等着墙角处的一只叫杰瑞的老鼠？

在国内，还没有见过这样一家大学的图书馆，紧连着书院。图书馆与书院教育联为一体，出阅览室，便是文渊阁、文澜阁、文宗阁、博雅精舍等不同庭院组成的书院。庭院中植有桃树、杏树、梨树等，可以想象，春天来的时候，"满园春色关不住""红杏枝头春意闹"的诗句都可以翩然穿行。教大学语文的老师，想必最是清闲，颇有"桃花坞里桃花庵，桃花庵下桃花仙。桃花仙人种桃树，又摘桃花换酒钱"的偷懒，"来来来，各位同学少年，今日咱们讲唐代诗人韦庄的'春日游，杏花吹满头。陌上谁家年少足风流？'自己到院子里看，慢慢体会，再说观感"。

每一个庭院都是中式的建筑，斗拱飞檐，柱子上挂着两幅楹联。文宗阁挂的是"公羊传经司马记史，白虎论德雕龙文心"。这副对联是镶嵌联，原刻于广州学海堂书院，出自清代名儒阮元之手，内容里有春秋时期公羊高撰写的《春秋公羊传》、西汉司马迁撰写的《史记》、东汉班固撰写的《白虎通义》、南北朝时期刘勰撰写的《文心雕龙》，集合精粹，庄重奇伟。博雅精舍门口挂的是郑板桥的对联，"百尺高梧撑得起一轮月色，数椽矮屋锁不住五夜书声"。这副对联真有点现实情境的写照，因为博雅精舍背后有教学高楼，自己却是低矮建筑，四周藤木缠绕，翠竹丛丛，若是月色一轮，当邀二三好友，到精舍的咖吧,点上一杯拿铁,或者是卡布奇诺,价格不贵。临窗而坐,月色铺满庭院,咖啡香里,轮流背诗,那该是多么动人的情景。

书院的教育自是研习中国古老的传统,在文澜阁门口的镜子上,镌刻着古人格言,有"博学之,审问之,慎思之,明辨之,笃行之"道理的读书,有"行有不得,反求诸己"道理的做人。如此书院,可谓是将春风化雨的教育、温良恭俭让的氛围,营造在点点滴滴之间。即便是一方水塘,中有枯荷,上架小桥,旁栽细柳,竟也竖立一个精致的牌子,上面印着应景的文章——朱自清《荷塘月色》的全文,我忍不住地读了两句:"月光如流水一般,静静地泻在这一片叶子和花上。薄薄的青雾浮起在荷塘里。叶子和花仿佛在牛乳中洗过一样;又像笼着轻纱的梦……"书院的人文滋养与环境营造,便在这虚虚实实的结合中,油然而生出一种体察入微的生动,一种此情此景的提醒,提醒你,文中有你,你在荷塘月色中。

实的境、虚的文,文脉呈现于形,内化于心,外化于行,校园便有了感觉。这让我想起老树最近在一席视频上的演讲:美育是这个世界上万事万物生硬之中,唯一的柔软,柔软我们的心灵,柔软我们,去追求一种难得的自我认识,自我认同,去把握能够把握的幸福生活,去把握自己认可并能实现价值的生命。

在国内,还没有见过这样一所大学的图书馆,有着藏经阁的结构和场景。沈馆长说文宗阁有藏经阁的美名,外形四角飞檐塔,在绿树掩映中。踏门而入,同事们不是惊叹,而是惊呆了。满目环形书架,系列丛书,有序排列。环形木梯螺旋而上,三层楼阁,层层古籍,其中便有沈馆长自己的捐赠——四层书架陈列的全宋文,不能说价值连城,倒也是镇馆之宝。沈馆长给各位讲:"我本是爱书之人,那个时候没有钱,生活困难,买书钱都是从饭里扣出来的。后来渐成规模,社会知识本是社会财富,如今,我还是把这些财富捐献社会,也算是了了我的心愿。"

沈馆长听说我是爱书藏书之人,便开心地给我介绍买书的经验。跟这样的一个人交流,我不得不钦佩四川国际标榜职业学院的眼光和魄力,天下揽才,让有情怀的人才去舒展情怀,让有才能的人去绽放才能,如此标榜,其中学子焉能不成材?

千万条腿来,千万只眼,不够我走来,不够我看,我们很想多转一转。沈馆长微笑着对我们说:"相约下一个春天,校园中桃花、杏花赶趟的时候,我们再见。"

出"标榜",颇有人文底蕴的李馆长问我:"张老师,此行,可有感慨?"

"李馆长，此行'标榜'，万千感触，大义微言，'此中有真意，欲辩已忘言。'"我想，有限的语言，不足以表达一所学校辛勤耕耘的23年，多少学校有此心，却做不到这样。

校园的钟声响起，洪亮，悠扬。如果，能传到四方，传得更远，应该不是梦想。

2016年1月7日　星期四　成都　龙泉驿

是谁创下这行业，傍晚里撑起一盏灯

你手中有一支笔

"张老师,我最近在读林清玄的书,你读过他的书吗?"朋友打电话问我。

"读过他好几本散文,行云流水,自然清新,在台湾影响力很大的。"我记得我曾经在机场候机的时候,买过林清玄一系列的书,后来,还专门买了几本送给朋友们。

"你说,这个林清玄的文字,那么的细致入微,那么的柔情似水,字里行间,娓娓道来,淡雅轻拂,通灵剔透,一朵花让他写得枝头如玉,一汪水让他写得如镜含情,真不知道,他是一个什么样的人呢?要是能见见该多好。"

朋友的言语中,透漏了她对林清玄文如其人儒雅潇洒的倾慕与神往。这文字打动人的时候,如饮醇酒,不觉则醉。

我没好意思给朋友泼冷水,没告诉她林清玄长得一副火神君的模样。就连林清玄自己在南京大学开讲座的时候,也会拿自己的长相开涮,前额有头发,后脑有头发,脑门顶上闪闪亮,有的同学会说:"真是可惜了,林清玄那么好的文采,长成这个样子。"

林清玄的散文,独成风格,文雅隽永。他觉得他的文风深受自己母亲的影响。小时候他趴在家中写文章,他母亲问他:"你整天在写东西,到底是在写辛酸的还是写趣味的?"林清玄老老实实地说:"辛酸的写一点,趣味的也写一点。"母亲就说:"有趣味的你要多写一点,与别人分享;辛酸的少写一点,留着自己晚上回房间里哭就行了。因为人生已经够艰苦了,人家来读你的文章,应该从你作品里得到安慰,得到启发,得到提升。"故而,林清玄的文字中更多的是美好,是善良,是清风绿竹,是佛语顿悟。读他的散文,入心湿润,化于无形。

不过,林清玄也会写辛酸,只是笔法不同,他往往会用朋友式的趣说,讲述生活中的二三如意,人生中七八不顺。犹如他的前辈,大陆的作家沈从文。读沈从文的《边城》和《湘行散记》,我们会发现一个古朴湘西,发现一个浪漫美丽的烟雨凤凰。

在《湘行散记》中跟着他一路南行，心里装着他的"三三"张兆和，对"三三"一路讲着湘西的样子和热恋思念。在《边城》中，我们渴望看到一个叫"翠翠"的少女，在船上招手。沈从文的作品，用贴身的笔法轻轻地画着河两岸的风土人情，没有鲁迅对故乡的失望和哀伤，有的只是故乡的山水秀丽、故人追忆。

从沈从文的文字里，我们能读出美，也能读出力——这种力，犹如太极，虽不刚猛，却绵延不绝，足以随着时光沧桑，漫山遍野，满眼皆绿。正如近日在方所买的一本由黄锦树、高嘉谦主编的散文集，名字很是独特——《散文类：新时代"力与美"最佳大学散文课读本》。

汪曾祺是沈从文在西南联合大学的学生，在他回忆老师的一篇《星斗其文，赤子其人》的文字中，他写到了沈从文青年时代的事情。沈从文只读过小学，少年当兵，漂泊转徙，行军拉船当苦力，后来闯荡北平的时候，梦想凭着一支笔谋生立足，凭着一支笔打开新的人生。

初到北平，举目无亲，冬天里，沈从文的住处生不起火，只好裹起被子不停地写，不停地改，甚至流鼻血止不住的时候，仍要咬牙坚持写。看到这一段的文字，我竟然想到了历史上的文人故事，沈从文如此，并不孤单，比他艰苦的还有同样裹被子的曹雪芹和吃凉糕的范仲淹。

我每一次去西山登山，路过植物园，都要经过曹雪芹的故居，驻足看着萧萧瑟瑟的院落与矮墙，浮现出小时候看过的关于曹雪芹写《红楼梦》的窘况。西山的冬天，旧雪未化，新雪飘加，曹雪芹一家在破庙中躲风雪，北风呼啸，窗破雪花飘，曹雪芹只好用旧棉被裹着一家人取暖。读《红楼梦》，读大观园，读潇湘馆，可知曹雪芹寒夜祈雪停，一家老小难度年关。小时候，还读过范仲淹上学时候家境贫寒，煮粥，经过一夜，这粥变成凉糕状，以刀分为四块，早晚取二块，如此坚持，诗书不辍。文人苦寒，想起心酸。

这种苦寒，生命凝练，成为一种底气，化成西山脚下樱桃沟的活水，从水源的木石前缘，涓涓细流，滋养着曹雪芹的心力，笔底荒草离离，勃勃生机，都长在了红楼梦里，初化成黛钗宝玉。同样，这种苦寒，生命凝练，成为一种希冀，让范仲淹成为"云山苍苍，江水泱泱"的山高水长的先生，千古风范，笔底波澜，《岳阳楼记》。

汪曾祺还是个年轻人的时候，1946年刚到上海，没有职业，甚是郁闷，情绪低落，众多不顺，他觉得眼前渺茫，人生无望。沈从文得知后，写信把他大骂一顿："为了一时的困难，就这样哭哭啼啼的，甚至想到要自杀，真是没有出息！你手中有一支笔，怕什么！"

"你手中有一支笔！"这是文人的生命力，这是沈从文的勤奋与毅力，这是沈从文从湘西群山中汲取的混元之气，汲取的无畏无惧，汲取的扎根土壤，终能生长的草木灵气。

"沈先生家中有一盆虎耳草，种在一个椭圆形的小小钧窑瓷盆里，有很多人不认识这种草。这就是《边城》翠翠在梦里采摘的那种草，沈从文先生喜欢的草。"这一句是汪曾祺纪念老师沈从文的文章的结尾。

看来，散文的美和散文的力是可以融为一体的，所以，蒋勋有一本书的名字叫《美，看不见的竞争力》。想必美的本身是欣赏，美的影响是力量，散文带给我们的不仅有美的欣赏，还有影响的力量。

离离原上草，不惧野火，不惧寒冬，待春风，漫山遍野，草色青青。美丽的原野，绵远不熄的生命力，你手中有一支笔！这一支笔，可以写出散文的美，可以写出散文的力，从书桌案头到田间地头，一样耕耘出春风弥漫的田野，一样打开属于未来的世界。

2016年1月3日　星期日　成都　散花书院

猴年,咱们不要猴急

昨天,元月一日,是2016年的第一天。

吃饭的时候,朋友对我说,"这一年快到头,我原本有一个美丽的计划,想给自己写一个年度总结,发在朋友圈中,和大家分享。总结下这一年,我去了哪些没有去过的城市,看了几本想看的书,看了几部喜欢的电影,做了哪些运动,完成了哪些生命中重要的事情……嘿嘿,谁知道时间这么快,嗖的一下,昨天就是2015年的最后一天了,我的总结还没来得及写,今天就已经是2016年的第一天了。时间快得我赶不上,来不及叹息,如同山涧中的漂流,只顾抓住漂流船,刚上船,一眨眼,怎么漂流的,招数全忘了,噌噌,过程走完,到目的地,到年底了。"

朋友的这个感受,如果是在接受采访的话,适合放一点背景音乐——《时间都去哪了》。我呢?这一年也的确有自己的打算,打算写一本书,打算去一趟英国,打算写一个剧本,打算走遍四川的各地老会馆。可是,年底,对于我,漂流船已经到岸了,我还在漂流的出发点发呆呢。

想法实现没有不重要,更重要的是,激浪湍急中,我匆匆得忘了看漂流山涧中的风景,忘了漂流原本就是为了体验过程。我的这一年,太匆匆,爱恨过后两手空空,世事心态未调整,茶冷雾浓,转眼间就平添新岁,又过了一冬。

我竟然想起了《读者》上的一篇卷首语《一粒一香》,文中写到诗人周梦蝶"吃饭很慢,有时吃一顿饭要一两个小时。别人问他缘由,诗人答:'如果我不这样慢慢体会,怎么知道这一粒米的香与下一粒米的香有什么不同呢'"。周梦蝶吃米饭,我呢,在吃面,下意识地看看碗中已经吃了一半的面,什么味道呢?刚才是大口大口地吞咽,一筷子就是一团面,没有仔细地嚼,一下子还真说不出面的味道。

太快了,太急了。无论是被时代大潮裹挟,还是自己急匆匆地奔忙,都有点过于慵慵。

我的这一年和吃这一碗面一样,忽略了过程与味道。我用筷子,夹起其中的一根，慢慢送到口中，仔细地感受面的软硬，仔细地用味蕾感受面的甜咸，原来这面之所以叫挞挞面，是因为手工制作，面粉上等，比别的面有劲道而绵软，吃起来滑溜新鲜。

慢下来，才是真的吃面；慢下来，才知道岁月的味道，才是扎扎实实过一年。

这新年的第一天，朋友的感叹就给我上了一堂课，顿觉有一点点的收获。午饭后，几个朋友一起登高望远，山林中松苍竹翠，空气清新，我们一边深深地呼吸，一边漫无边际地聊天。

从北方来的老乔，生意做得不错，偏偏喜欢四川的山川人文，市井生活，时不时会飞过来，三五好友，火锅啤酒，吆五喝六，一顿酣畅淋漓，真是安逸巴适无忧愁。他习惯了热闹快节奏，这样跟着我穿行于山林古刹，还是少有。

白鹤山，山路不陡，可走起来也要上上下下，左左右右，曲径通幽，总要费一些周折。刚开始，老乔还是觉得有些喘，大家停下来，等他抽一支烟，缓缓。走着走着，走舒畅了，大家开始出汗，闻到山林中的泥土清香，在山风中，一时间让人心胸涤荡。远眺落日，青山隐隐，松竹茫茫，让人有长啸喊山的冲动。

老乔愈加喜欢这种山林穿行之感，边走边对兄弟们说："四川人的生活，喝茶转山，胜似神仙。现在看看咱一年的日子，跑业务，做标书，赶酒局，拼身体，生意中的项目，竞争残酷，往往中标了兴奋，财源滚滚；落标了失望，努力白费。一年中，大起大落，大悲大喜，却不知道这一年里，应该好好地疼自己，好好地养养身体，好好地呼吸呼吸这山间的新鲜空气。"

老乔的"大起大落，大悲大喜"之语，引发了大家的感慨。有人说："我们这是山中拜佛，有点开悟的感觉啊，悲喜本是交加，万事随缘。"有人说："中国传统文化讲究道法自然，和光同尘，不可过于走极端，养生很重要啊。"老乔说："你们讲得有道理，就是太玄乎，张老师说说。"

我想起了上午的那半碗面，我就问："上午咱们吃的什么面？味道如何？"大家相互看看，摇摇头。

我把上午的感受和收获对大家说了，然后，接着说："我们为什么不知道味道呢？因为我们过于渴望结果，我们过于渴望速度，直达目的，要的是葫芦不是叶子。这样在乎结果，可不就是要么成，要么败，必然是起起伏伏，大起大落，大悲大喜。我们做一件事的过程呢，我们这一年中的体验和享受呢？"

就像十年他乡遇故知，豪气饮酒，一杯又一杯，直接灌入腹中，但求一醉。酒的类型和年份，香型和滋味，竟然都成了次要。要知道，喝酒的过程，才是我们要的故人相逢一壶老酒，多少话语在心头，"何当共剪西窗烛，却话巴山夜雨时"。话没来得及说，喝倒了，有了结果，没了实质的过程，便没了"更待菊黄佳酿熟，共君一醉一陶然"的诗意了。

就像我们现在走在山林古道上，曲曲折折，近观古树叶落，远望山势巍峨，山中的游人，便有渺小之感，于是参禅拜佛，感悟生命，都是路上所得。难道说，走完此山路，急匆匆出了山门这个结果，才是我们的目的，难道说比我们的过程还重要吗？各位的身体通畅、思想激荡，是享受了过程，还是享受了结果呢？

是不是这一路风景走过，出了山门，到了目的地，我们早已有了收获？

更何况，这人生路上，尘缘如梦，几番起伏总不平，漫漫长路，起伏不能由我，即便有春风得意，长安看花，也终归繁花落尽，一身憔悴在风里。人随风过，自在花开花又落。那些当年的老歌，都写过，只不过，我们都不曾悟透其中的人生脉络。

那么，我们，不管世间沧桑如何，走过，清风朗月，守得住自己，在漫漫岁月中仔细咀嚼其中的味道，别让岁月跑，别让自己老。猴年咱不猴急，才是这篇文字中的调调。

打字的时候，我顺手就是2015年，原来，我想拽住岁月，让它慢慢缓缓，滴滴点点，别老了我的容颜，别带走我的今天。我要跟每一天说："今天就是我人生中最美的一天，最值纪念。"

2016年1月2日　星期六　成都　散花书院

片刻消停，打望下过往的妹子

这个世界上的人，有人喜欢静，有人喜欢闹。

所以，成都的宽窄巷子，才这么的神奇微妙，才这么的招人喜欢，让人迷恋。

成都市中心，车水马龙，熙熙攘攘，一派繁华喧闹的景象。赶的是时间，谈的是效益，城南修个房子不是叫环球中心，就是叫环球金融中心；整一个广告语原来是"成都，一个来了就不想走的城市"，如今霸气外漏，广告语改成"成都，都成！"成都俨然是一个快节奏的大都市，连雾霾都向北上广跟进，成都人不服不行，这两天快马加鞭雾霾指数赶超北京！成都热闹，雾霾里飘的可是麻辣火锅的味道，劲道！

而进了宽窄巷子，蔷薇花开，芭蕉叶阔，梧桐参天，竹影婆娑，庭院深深，青砖沉沉，一杯下午茶，一碗嫩豆花，恍恍惚惚的能让你梦回前清，旗人子弟下棋遛鸟，慢悠悠的日子，可不管你这里是不是住过大将军年羹尧。民国的督军、名人也在这条巷子里住过，写小说，作字画，"躲进小楼成一统，管他冬夏与春秋"。后来啊，台湾的三毛也来了，在宽窄巷子里，光着脚，晒着太阳，抽着烟，灵魂出窍，飘飘摇摇。巷子里还开了两家书店，一个是散花书院，一个是见山书院，选好一本书，斜靠竹椅，慵懒的阳光，淡淡的墨香，安静得能让你听到时光的缓慢，岁月的流淌。宽窄巷子幽静，慢生活的随性，你的心可以安放，可以片刻消停，打望下过往的妹子，一道风景。

宽窄巷子就是这样在闹市中遍栽桃花，给滚滚红尘中的凡人，找了一个能躲起来的僻静，无形地隔离了城市生活的喧嚣焦躁。来成都，你要是不到宽窄巷子，就不算来过成都。

夜色里，宽窄巷子的灯火迷离，家家扶得醉人归，此处适合贪杯。大成都热闹，宽窄巷安静，可是到了夜色浓浓的时候，宽窄巷也是静中有闹，酒吧的名字都叫白夜，你能舍得这样的夜夜夜夜吗？

同样，有一个类似的地方，那个城市叫丽江，蓝天、雪山、茶马古道，市面上的畅销书总是会说"一生不得不去的地方",那个地方最适合发呆,那个地方却也可以狂欢。

那个地方有大研古城,有四方街,有束河古镇,小桥流水,河畔垂柳,古老的青石板,神秘的东巴文,温顺的滇西马,醇香的普洱茶。阳光、蓝天、白云,发发呆,出出神,关掉手机,忘掉微信,就你一个人,你能看到什么?你能想到什么?

你能看到身旁沟渠中的水草,柔柔顺顺,顺着水流,轻轻悠悠地朝一个方向飘荡,像不像少女的长发?在刚出浴的那一刹那,一转身,侧脸,甩长发,似乎还能把水滴甩到你的脸上……你还能看到沟渠底的鱼群,大的,小的,青色的鳞,黑色的脊,一尾接着一尾,一天到晚游泳,不眠不休,"不想一个人寂寞,无边漂泊,就像鱼儿水里游,你的心河流向我……"你是不是能想到"一天到晚想你的人啊,爱不停休,从来不想回头,不问天长地久,多少喜乐在心中,慢慢游,多少忧愁不肯走,流向心头,就像鱼儿水里游"。

你如果想躲避北京城的雾霾和人流车流、爱恨情仇,那么,你就到丽江吧,到丽江躲一躲,到丽江静一静。风轻云淡南飞雁,似水流年,慢,停下脚步,看蓝天下的雪山,尝一尝私家餐馆的主人端上的一份苦辣甜咸,咀嚼其中的味道,慢慢吃饭。静静,发呆,能让你的手表停滞,不赶趟,不赶局,一天一年。

丽江是个治愈的地方。失恋的人、受伤的客,背着行囊,说走就走来一趟。街头那漫无目的戴着耳机逛荡的女子和男子,偶尔停下来会看看门店的风铃和猫儿,会写下寄给未来自己的明信片,他们是不是有很多很多的故事藏在了心底,发霉也不抛弃。夜色里的酒吧街,是啤酒和歌手的嘶吼,不醉不休,酒喝干再斟满,今夜不醉不还。一个个伤心的魂,一颗颗破碎的心,似乎都要做一个对自己过往的告别,大闹、喧嚣、金属的敲击,宣泄出挣脱的苦恼。

这个世界上的人,有时候喜欢静,有时候喜欢闹。静后有闹,闹中取静,如同乡村的夏夜,本是寂静无声,可以听见鸣蛩,可以听见风声,可以听见树皮长裂……可是一声蛙鸣、一声犬吠、一声鸡叫,满村的夜就变得沸腾。现在的我们却很难再听得见那些单纯的无声之处的声。

静的时候品茶,闹的时候饮酒,喝茶品的是心境意境,饮酒饮的是悲情豪情。安静的时候,可以泡上一杯竹叶青,也可以煮上一壶老普洱,一个人也好,两个人也妙。热闹的时候,则需要开一瓶陈年老酒,也可以喊一箱冰冻哈啤,三个人碰杯,一桌人醉倒。大闹之后是大静,繁华过后成一梦,夜空中绚丽烟花一瞬惊艳,第二天必然一地纸屑。一笑狂醉之后,是"万里清江万里

片刻消停,打望下过往的妹子

天""过午醒来雪满船"的静。

　　可是，不管是静，还是闹，都是我们生活的组成部分，都是我们心情的表象和呈现。我们的心情映照在环境上，"见山不是山，见水不是水"，以我观山水，则山水皆着我之色彩。一篇《岳阳楼记》，范仲淹写淫雨霏霏，阴风怒号，写去国怀乡，满目萧然，写悲；写春和景明，一碧万顷，写心旷神怡，把酒临风，写喜。是悲是喜洞庭湖，先忧后乐岳阳楼。然而，不以物喜、不以己悲的宠辱皆忘，被镌刻在了浩浩汤汤的岳阳江楼上，期盼的是古仁人，期盼能牵挂"江湖之远的民，庙堂之高的君"，是家国天下的情怀。

　　我们是芸芸众生，是江水汹涌中的一叶小舟，生活中的过一天，便是过日子。"虽趣舍万殊，静躁不同，当其欣于所遇，暂得于己，快然自足，不知老之将至"，在静躁之间，在安静与喧闹的转换中沉浸，一天一天，春秋流转，慢慢变老，能抓住的只有今天。

　　一篇《兰亭集序》，感叹静躁，感叹生死，感叹流年，感叹留不住的永和九年。我们呢？是品茶，是饮酒，是留恋宽窄巷子，是启程赴丽江？躲得过雾霾，躲得过时光吗？

　　把桃花源装在心里面，收拾好心情，再出发。

2015 年 12 月 30 日　星期三　成都

聊赠一枝春

　　早晨起来上班，走在小区里，迎面碰到小区的邻居握着几枝蜡梅花，枝杈遒劲，梅花含苞，倔强枝头挂娇嫩，大老远就能闻到梅花的幽香。哦，这可是蜡梅绽放的季节，又是一个冬天，又是一岁一年。

　　梅花开了，梅花开在我的小学课本里。第一首关于梅花的唐诗是王维的《杂诗》："君自故乡来，应知故乡事，来日绮窗前，寒梅著花未？"你打故乡而来，应该知道故乡的事情，来的时候，家里雕花的窗格前，那株蜡梅开花了么？那个时候，我没有离开过故乡，那个时候，我没有见过蜡梅花的模样。

　　梅花开了，梅花开在雷峰塔下，西湖岸边。第一次去西湖，是从海风吹的珠海出发，一路火车，赶到钱塘江的杭州，没赶上西湖美景的三月天，也没有赶上映日荷花别样红的西湖六月中，却是相信西子湖的淡妆浓抹总相宜，即便是大寒的日子里，也能碰上断桥上的许仙和白娘子。那是我第一次看到梅花，第一次嗅到蜡梅的清香，第一次凭吊林和靖的《山园小梅》，吟诵"疏影横斜水清浅，暗香浮动月黄昏"的诗句。匆匆心事，碌碌奔前程，收起那份文心雅情，忙着赶路，没有舍得去仔细地听听蜡梅绽放的无声。

　　梅花开了，梅花开在北风凛冽的香山脚下，卧佛寺里。那个冷啊，雪漫古寺，雪压古松，鸟飞绝，人踪灭，松鼠藏起，猫儿躲避，卧佛寺悄然大寂，梅花傲然摇曳！我惊喜地看到，白雪映衬下的蜡梅花，原来是这样的个性，这样的颜色，这样的铮铮，这样的晶莹。卢梅坡的《雪梅》："梅须逊雪三分白，雪却输梅一段香"的诗句，应该正是写这样的情景。小时候课文中的诗词意境，竟然如此的真实，让我感叹不已，久久不愿离去。一任风雪吹打，我伫立在蜡梅的面前，看着她瘦削的枯枝，坚毅地挂着稀疏的小花朵，直面寒冷的美丽，简直是无畏无惧的优雅，生命的意志早已超越了普通植物的四时。

　　梅花开了，梅花开在姜夔的宋词中。《暗香》沉浮，《疏影》横斜，白衣的书生，执书卷，夜阑无眠，感思旧时月色，平生能几番照我，唯有寒夜中梅边吹笛，唤起远古的玉人昭君，唤起大漠孤寂中她对江南江北故里的记忆，唤起她能月夜归来，化作梅花缀玉，幽香盈盈。

白石道人写梅花的这两首词，打动了多少的文人墨客、少女情怀，不得而知。我却感觉他化用了林和靖的名句，向前人致敬，犹如张潮的《幽梦影》："我不知我之前生当春秋之季，曾一识西施否；当典午之时，曾一看卫玠否；当义熙之世，曾一醉渊明否；当天宝之代，曾一睹太真否；当元丰之朝，曾一晤东坡否。千古之上相思者，不止此数人，而此数人则其尤甚者，故姑举之以概其余也"。

我看梅花之坚毅，我喜梅花之俏丽，我向谁致敬呢？

我向朋友致敬。去年的冬日，朋友老吴偕夫人，自京华来蓉城看我，约了地点相见，远远地望到他，怀抱着一大束的蜡梅。这还是我第一次收到蜡梅，欣喜在心，小心翼翼抱在怀中，唯恐蹭落了枝头上的花朵。

这一株蜡梅，枝干皴裂，花蕾挂满枝头，犹如国画卷轴，重墨涂枝干，苍劲之气顿生，轻笔勾万朵，花蕊之香袭人。一幅水墨，错落有致，蜡梅俏生生笑在枝头，可触可摸，寒气中春意盎然。老吴说："你兄弟离开京城，扎根西南，我等兄弟虽不在你身边，送你一束蜡梅花，请在你的新房中摆放，依然希望你如蜡梅的芬芳，清而远。无论风霜，都敢于绽放，绽放得果敢坚强，大气端庄！"

我向梅花致敬。无论是黄河岸边的学堂，还是梦里的山水浙江，无论是京城西山的风雪，还是三国蜀汉英雄气的益州，梅花都能向寒而生，枝叶长得普普通通，远看去，丛丛灌木，稀稀落落，没有什么不同，不与百花争艳，不与松柏争雄，自顾自地沉淀，酝酿别样的风景。

城市不同，水土各异，从北方到南方，从浙江到四川，关山难越，道阻且长，蜡梅照样开放。开放在一年最寒时，开放在黄昏灯初上，开放在秦汉驿站，开放在唐宋断桥，开放在风中，开放在雪中，开放在"何方可化身千亿，一树梅花一放翁"的陆游情怀中，在丰子恺的画里，在梅岭陆敬风的信中，在浣花溪，在百花潭……

历史的深处，陆凯领兵行军路过梅岭，看到梅花，想起远在北方的好友范晔，就寄给他一枝梅花："折花逢驿使，寄与陇头人。江南无所有，聊赠一枝春。"

京城的朋友们，好像北京最近又飘起了雪花，去卧佛寺看梅花吧，我就不寄了。锦官城的春天都在这篇散文里了，你闻得到梅花的幽香吗？

2015 年 12 月 29 日　星期二　成都

劝朋友跳槽，士为知己者拼

今天突然接到一个在公司工作的朋友的微信，问我去年出版的那本《文化、媒介与传播建构》的情况。

这位朋友在公司是出了名的敬业，只是最近就像人间蒸发一样，许久没有在微信和朋友圈中刷存在感了，更不用说发个红包，打个电话了。我很是纳闷，于是打电话过去问："兄弟，你这一段时间，是到峨眉山闭关修炼了，还是去青城山封山悟道了？怎么连个人影都没有见到。"

"修炼？悟道？我想得美啊，这不是住院了吗，病不大，也恼火啊。"原来生病住院了，难怪没个音讯。

"那你怎么不和哥儿几个打个招呼，我们好去看看你，陪陪你啊。"我埋怨到。

"咳，你们几个那么忙，也不打扰你们。这一次病啊，倒让我想清楚很多，再敬业的人，身体才是最重要的，以后工作不能像以前那样傻拼了。这不生病了，公司连人都没有派个来看一下，心都凉透了。"朋友这次不仅是"龙体欠安"，看来善良的小心灵也受了创伤。

他有这样的感悟，好还是不好呢？

曾经的他，意气风发，在公司，那可是重要人物，跑前跑后，有假舍不得休，周末还经常加班，只要领导一叫，立刻赶到。以至于他老婆经常抱怨，"你这么奉献下去，迟早要感动四川，感动中国啊。不过，你啥时候回家做饭洗碗、拖地刷锅，感动一下我？"

病倒了，单位却冷冰冰的，公司的领导这个时候没有把他看得很重要。一句问候、一个看望、一束鲜花，对一个生病的人，是多么的暖心，多么的需要，可是他的公司，高高在上地把他忘掉。他此时的分量顶多是轻如鸿毛，真是冷冷清清，凄凄惨惨戚戚。

他们公司的文化应该是人人爱公司，而不是公司爱人人。或许，这样的单位，朋友能够感悟出健康最重要，是个好事。总比他一条路走到黑，已经失去全部,此时的领悟要庆幸得多。

他的领导应该是一朵奇葩,我只能安慰他说:"林子大了什么鸟都有,你们领导应该就是那只长得像鸟的蝙蝠吧,只能在屋檐下藏着,借着屋檐的位置,作威作福,估计它想飞也飞不高。"

"是啊,这样的公司,让我心灰意冷,真是希望别的公司来收购,让我们领导没有了屋檐的庇护,返回它耗子的原型。"看来朋友是伤透了心,估计离跳槽不远了。

但是,不是所有的公司,都是他所处的公司,不是所有的领导都是他碰上的领导。不能让朋友受了伤,就失去了希望啊。

我就问他:"你知道《三国志》中东吴的名将太史慈和吕蒙吗?"

"当然知道了,太史慈神亭酣斗小霸王,曹操后来还给太史慈寄了一味中草药——当归,希望他能够离开东吴呢。至于吕蒙,还是个小屁孩的时候就上阵杀敌,他母亲阻拦,他豪气地说:'贫贱难可居,脱误有功,富贵可致。且不探虎穴,安得虎子?'后来,他率领大军,白衣渡江,偷袭荆州,致使关二爷败走麦城。"不愧是他们公司的干练之才,看来是遍览三国,熟悉掌故。

谈他熟悉的话题,也最方便讲道理。我对他讲:"太史慈在成为刘繇的部下之前,已经知名当世,甚至还单骑突围搬救兵,拉来刘备的三千精兵救了危在旦夕被围城的孔融。"

刘繇这个人吧,就是个官二代,估计就是朋友的领导那种类型。他虽是扬州刺史,也是撞上了狗屎运,一天到晚喜欢追随坊间的排行榜,尤其是喜欢追捧许劭的"月旦评",经常在一起搞一些人物评论之类的东西,喜欢玩一些表面的虚华和追捧,不务正业。陈寿说他是"好尚臧否。至于扰攘之时,据万里之士,非其长也"。

这样一个人物,可悲的是把他放在特定的位置上,位置倒霉,他也倒霉,他不会谋划聚合精英,开疆扩土,喜欢的无非是东家长、西家短的流言与评论。孙策来攻,气势汹汹,有人就说,太史慈勇武善射,颇有谋略,要不让他任大将军对付孙策?刘繇就说:"我要是用太史慈这样没有背景的人,岂不是会让许子将笑话我吗?"换句话说,他要的是后台和背景,不要真才与实力。

他让太史慈只带一个小卒,负责到前线侦察敌情。历史就是这样的有趣,在神亭,太史子义碰上了小霸王孙伯符,双方对阵。太史慈带一个小卒,孙策带领的十三骑,马上的将军可都是黄盖、韩当、宋谦这些名冠江湖的主儿。

"太史慈这小子,胆大不要命,照样往上冲,最后,孙策刺倒了太史慈的马,还抢了他的手戟,而太史慈则抢了孙策的头盔,这一段,精彩得要命。"

朋友说起三国人物也起劲，他要是走江湖的话，肯定能靠说评书扬名立万。

"是啊，但是，这样的人物，刘繇都没有用好，所以他带领的公司也不值得太史慈效力卖命啊。不过，你看吕蒙的发展就不一样了。"我把吕蒙讲给他，是想让他相信，"士为知己者死，女为悦己者容"的说法，不是戏说，是历史。

吕蒙的勇猛与好学，仗义与谋略，让鲁肃、甘宁、凌统、陆逊都愿意与他交朋友，所以才会有成语"士别三日，当刮目相看"，已非"吴下阿蒙"。孙权称赞吕蒙是"鸷鸟累百，不如一鹗"，关键战事，总是派吕蒙出马。

后来吕蒙生病，公司的领导人孙权，把他从前线接到自己的内殿，一方面精心治疗，一方面遍求名医，昭告天下凡能治好吕蒙病的医生，奖励一千金。针灸的时候，孙权自己都替他心疼，有时候想去看看他吧，又担心劳累吕蒙，只好在墙上凿个洞。如果能看见吕蒙稍微好一些，吃得下饭，孙权就高兴地与他左右谈笑；如果状态不好，孙权则夜不能寐。吕蒙的病稍微好一些，孙权就为他下赦令，群臣祝贺。后来严重些，孙权就亲自去探望，还请道士在夜空下面对着星辰为吕蒙祈祷请命。

孙权不仅对吕蒙如此看重，他对待公司的其他员工，一样"倾心竭思，以求其死力，泣周泰之夷，殉陈武之妾，请吕蒙之命，育凌统之孤，卑曲苦志，如此之勤也"。这是孙权霸王大业的基础和支撑，更是东吴公司发展的原动力。

东吴实力上不如曹魏，不得天时，政治背景上不如蜀汉，甚至没有崇山屏障，可谓不得地利，然而，"坐断东南战未休，天下英雄谁敌手，曹刘！"竟然在三国历史中的官渡之战、赤壁之战、夷陵之战三大战役中保持了两次胜利，不得不承认，孙权率领东吴占据了"人和"。

天时不如地利，地利不如人和。东吴众位将领的发展不像曹操后继司马懿，刘备后继诸葛亮，东吴的将领群星闪耀，文武同辉。孙权统筹，周瑜、鲁肃、吕蒙、陆逊，"四人相继，居西边三四十年，为威名将，曹操、刘备、关羽皆为所挫，虽更相汲引，而孙权委心听之，吴之所以为吴，非偶然也"。

"所以，兄弟，你如果有了太史慈的遭遇，千万不能再指望公司的恩惠了，还是早一点看看市场上有没有东吴这样的企业，有大平台，才会让你一展身手，那样加班加得才值啊。"

我还是头一次劝朋友跳槽，朋友既然也熟读三国，他是知道跟着刘繇的下场的。

2015年12月28日　星期一　成都

风雨故人真精神

在成都的这个冬夜，我就像当年的石新民老师给我讲述民大往事一样，慢慢为几位弟子讲着文传学院的风雨故人。这或许就是一种薪火的传承，算得上口述的历史。

学院的故人，在文科楼的办公室，在《民大人》的文字，在《CUN人物》的杂志，在《民声时报》的新闻尝试。

初到学院的办公室，同事之间相互介绍认识，我办公桌的对面，坐的是一位精瘦精瘦的老师，身材不高，理了一个小平头，头发花白，笑起来很是和善。他站起来对我说："张老师，我是涂荣台。"

"图？图老师？您好啊，请多关照。"我不知道是哪个tu字，心里猜成了图书馆的图字，学校很多人是少数民族，姓氏也是多种多样，与中国传媒大学的环境大不相同。

"我啊，涂料的涂，大家相互关照哈。"他估计在与人相识的过程中，都会遇到别人犹豫他的姓的问题，所以，他主动用"涂料的涂"解释清楚，好记随和，还与人方便。

我就踏实地坐在了他的对面，由于办公室在13层，在天晴的时候，能看见北京的西山，打开窗户，估计西山的风能吹进来，不像现在，雾霾严重，涂老师应该也会戴口罩出门了。一天，我正坐在办公桌前看书，风从对面吹来，带着酒的香味，深吸一下，竟是陈年白酒的醇香，抬头，透过玻璃挡板，竟然没有看到人，甚是纳闷。正想站起身来，看个究竟，涂老师从书堆中端着酒杯站了起来！他正在过酒瘾呢，呵呵地咧着嘴对我笑，问要不要"来一杯"，这感觉真是杜工部的《客至》："肯与邻翁相对饮，隔篱呼取尽馀杯。"

文人与酒，自古不分，同事之间熟了，也不就不在乎年龄的差别，偶尔在西门的饭馆中相遇，一定会碰两杯燕京。一次学院组织去井冈山学习，列车在夜色中前行，忍不住单调与枯燥，几位同事就聚起来闲吹海侃，涂老师背着书包走过来，竟然不动声色地从书包中摸出好几瓶"牛二"和花生米来，顿时众人大呼"涂爷!"

每每想起涂老师,脑海中都会浮现他那随和咧嘴的笑,额头起皱纹,搓手表谦逊;都会想起陶渊明《饮酒》的组诗,"忽与一樽酒,日夕欢相持",闲云野鹤的心境,不是谁都能做得到的。后来,逐渐知道了涂老师是鄂伦春族,早年就读于吉林大学,写得一手苍劲的钢笔字,学生、同事找他借书,他都乐于帮忙。

学院毕竟是一个单位,毕竟是一个组织,能让校友想起来的不仅有趣闻,还会有考试,还会有人事纷争,相互摩擦的浪花。尽管那个时候,看似风波激荡,言语交加,如今回首,都已经风轻云淡,一杯绿茶。过往的岁月,那些争执的人和事,现今回味起来,如一曲歌中的音符,起起伏伏,舒舒缓缓,竟然还少不了它。有了这些杂然的音符,高音起,低音骤,才有司马青衫湿的琵琶,才有把酒临风的岳阳。

当年正值学院一次评估。经推荐,一名专业教师,成为副院长。记得任职会上,校领导宣读了任命决定后,副院长慷慨陈词,"蒙推荐,任此职,孔子曰:'陈力就列,不能者止',我自当努力,如果干不好,就像孔子说的,我就离职,也就是干不好就滚蛋,绝不贪恋。"

副院长做学术,定是严谨,然行政管理,需干练周致之才,何况国外大学中的行政管理人才有"牧猫人"一说,以此形容大学管理的难度。尤其是,学院是中文系的老底子,个个都是非凡的人物。教研会上,一位主攻现当代文学的青年老师讲道:"我想像海德格尔那样上课,抽一支烟,然后躺在桌子上,给同学们讲课,当是一种神往。"如此,可见一斑。

学院管理,从中斡旋,整体向前,文人相轻的毛病是要不得的。要有《世说新语》中丞相王导的功夫:"王丞相拜扬州,宾客数百人并加沾接,人人有说色。唯有临海一客姓任及数胡人为未洽。公因便还到过任边,云:'君出,临海便无复人。'任大喜说。因过胡人前,弹指云:'兰闍,兰闍!'群胡同笑,四坐并欢。"

这一段说的正是王导任扬州刺史,数百客人来祝贺,他都一一接待,众人欢心,唯有临海郡的一位任姓客人和几位外国和尚未相谈。他专门对这位任姓客人说:"你出来了,临海可就没有人才了。"听此言,临海郡的客人大悦。王导还走到外国和尚面前,弹着手指用胡语说"兰闍,兰闍",在他们的语言中是快乐之意,胡僧大笑,满座皆欢。王丞相能兼顾众人,不分青眼白眼,在山河动荡中,维持了司马的政局、东晋的延续。

副院长任职期间,一位在央视兼职的老师,曾经为学院的学生实习和就业做出很大贡献,工作中出现了迟到的事故,按照制度,自当有相应的扣薪责罚。而学院在处理的同时,要求这位老师在会议上做深刻的自我检讨与检查,已属于制度规定之外的处罚,教师们多认为十分不妥。副院长在管理事物时,常有过于严苛之事,整个学院氛围顿时收紧。

学期末,学院组织大家聚一下,一年辛苦,难得同事这么齐的相聚。酒过三巡,话语多。其中兰老师,裴斐先生的弟子,已经是学院的教学中坚。他平日里很少饮酒,但也是性情中人,此时也会多喝两杯。平时他上唐诗的课,同学们都跨专业来听,教室往往人满为患。就连老教师点评他的课,也不得不佩服地说:"兰老师的课,听他的吟诵,颇有唐人风骨,太白风韵,很是享受。"

兰老师那时刻,举起酒杯,先与副院长对饮几杯,打开了话匣子,其中一句话是,"老兄,孔子曰:'居上不宽,为礼不敬',宽则得众,否则,同事们又何以为敬?"他或许是看到了学院的氛围,提出了这样的建议,希望副院长能在管理上有所变更,如此建言,学者风范,不是谁都能随口拈出"孔子曰"的文言。现在想想,古士子的文章担当,恐怕早已经融化进了兰老师的举手投足间,不刻意而为,却时时处处体现。

终究,兰老师不胜杯酌,大家说让年轻人去送一下吧,于是,就让我去送他回家。副院长也有酩酊之态,想必他上任之际,希望众心拥护,而我当时却因为学校调用,到其他单位任职。他多少应该有点想法,醉后竟出言不逊:"张老师,年轻,不靠谱,怎能送?"

我那时,也是年少气盛,受不得委屈,但受学院众位前辈熏陶,倒也稳得起,虽未发作,却不能不回击,就对副院长说:"《世说新语》上有一典故,孔文举有一语,今日可送与你,'想君小时,必当了了'。"

这一段典故原文是:"孔文举年十岁,随父到洛。时李元礼有盛名,为司隶校尉。诣门者,皆俊才清称及中表亲戚,乃通。文举至门,谓吏曰:'我是李府君亲。'既通,前坐。元礼问曰:'君与仆有何亲?'对曰:'昔先君仲尼与君先人伯阳有师资之尊,是仆与君奕世为通好也。'元礼及宾客莫不奇之。太中大夫陈韪后至,人以其语语之,韪曰:'小时了了,大未必佳。'文举曰:'想君小时,必当了了。'韪大踧踖。"

大意是,孔融十岁时,随父亲到洛阳。当时司隶校尉李膺很有名望,能去拜访他的都是才子名士或者内外亲戚,门卫才通报。孔融前往拜访,就对掌门官说:"我是李府君的亲戚。"入门后,李膺问:"您和我什么亲戚?我怎么不知道呢?"孔融说:"古时候,我的祖先仲尼(孔子)曾经求教于您的祖先伯阳(老子),这样看来,我和您算是老世交了。"李膺和宾客们都赞赏他的聪明。

太中大夫陈韪晚来，有人讲述孔融的应对，陈韪说："人啊，小时聪明伶俐，将来大了未必出众。"孔融听了，就说："想必，您当年就是很聪明哦。"陈韪受此挤兑，大窘。

后来，离京华，奔赴西南，与朋友谈起这些旧事，朋友大笑说："文人之间斗嘴吵架，都这么酸，这么累，费劲。"

如今，我讲给我的学生听，讲的时候，我在想，这些所谓的酸言酸语中，有一种真精神在，这种精神，应该是一种书卷气，一种根源于诗书传统中的执着与风雅。

有了这种真精神，学院的老师相聚一起，才会形成薪火传承的风气，春华秋实的勤奋耕耘，如同蒲公英般肩负使命的传播诗文，一代一代地培养着来自五湖四海的民大人。他们散去的时候，再次耕耘，开辟沃土，传承着这种真精神，正如一位民大人写的一句诗："花落化为千粒籽，绿尽南疆塞北地。"

如此，为记，为故人，为民大，为真精神。

2015年12月27日　星期日　成都　散花书院

一个汽水品牌的历史意识

在去新都的路上,难得的冬日暖阳,同车的几位朋友相互说着关于可口可乐的往事记忆。其中一位说:"想来,最近几年都没有喝过可口可乐了,好像是变老的节奏,听说,变老的标志之一就是只喝白开水,不喝饮料。"我接上一句,"你说变老的节奏,估计我也步入了这个行列,'老年人常思既往,少年人常思将来'。可不是嘛,一说可乐,勾起怀旧念头,就想起大学时候,顶着大太阳,在操场打完篮球,大汗淋漓,口干舌燥,喝一杯冰凉的可乐,简直就是NBA赛场上艾弗森在带球炫酷、科比跳起投三分的感觉。"

此行,正是前往可口可乐的成都生产基地。

按照活动的计划,西南各大企业的营销精英们需要在可口可乐巨大的彩带标示前合影留念,按照惯常的摄影动作,摄影师会喊:"各位,看镜头,一起喊,茄子!"大家会很配合齐声拉长音"茄——子——"可是,这个地方的摄影喊法却不同,"各位,看镜头,一起喊,芬达!"众人欢笑,深深赞许可口可乐的细节,于是大家喊"芬——达——"张大嘴巴,露出白牙,众人欢笑的样子被定格在可口可乐的标示中。

进入可口可乐博物馆的展区,可乐瓶盖形状的桌子,可乐瓶子形状的灯箱,可乐发展历史的油画,都一一展示在众人面前。各个年代可乐家族产品和纪念品都陈列在展台上,其中大可乐玻璃瓶的存钱罐和北极熊憨态可掬喝可乐的木雕成为大家喜欢的纪念品,很多人买来带回去准备送给孩子。可口可乐的快乐就这样被带回了各个家庭。

其中一个颇为古典的玻璃瓶子,里面还装有可乐,我拿起来,看到标签上写着"开业纪念,1998年3月28日,成都可口可乐有限公司"。服务人员在旁边细声细语地对我说:"先生,你要小心点拿啊,我们博物馆只有这一瓶了,算是文物了。"原来成都可口可乐开业纪念的瓶装,成了孤本了,陡然间,生出一种历史的庄重感,手中自然用力握着,以防滑落,拍完照之后,我小心翼翼地将它放回了原处。

对可口可乐的兴趣,更多地集中在这个汽水品牌的历史上,尤其是在董事长罗伯特·伍德鲁夫手里发生的巨变。34岁的罗伯特·伍德鲁夫从接手可口可乐开始,便自称自己"不过是个推销员",但是,他却让美国的糖水,漂洋过海,跟随美国大兵的脚步,在第二次世界大战期间,占领全球。以至于他曾经自豪的一句话成为管理学上的一道考题:"即使一夜之间在世界各地的可口可乐工厂被烧毁,我也完全可以凭可口可乐这块牌子,东山再起!"

日本海军偷袭珍珠港,美国对日宣战,参加第二次世界大战,罗伯特·伍德鲁夫的好朋友塞班上校正在菲律宾麦克阿瑟将军麾下任职,打电话说很想念可口可乐的味道。罗伯特·伍德鲁夫突发灵感,立刻行动说服国会将可口可乐划为战时供应前方将士的必需物品,并通过一系列的宣传营销,快速地使可口可乐成为美国大兵战争士气的保证和故乡思念的载体。同时,他还借助脱水饼干的思路,将原料运到国外,组建装瓶厂,高产量、高效率地投入生产。罗伯特·伍德鲁夫向全世界宣告"不管美国的军队在什么地方,也不管公司花多少成本,一定让每个美国军人只花5美分就能买到一瓶可口可乐"。可口可乐公司派往前线的技术工人甚至获得军职,冒着生命危险,为前线提供家乡的味道,以鼓舞前方将士,他们被称为"可口可乐上校"。

此种情况的出现,一方面是可口可乐公司在战争大浪潮中,勇立潮头,创造奇迹,搏击风流;另一方面是美国军人远离故乡,面对生死考验,度日如年。

从《拯救大兵瑞恩》《最长的一天》《狂怒》《兄弟连》等关于第二次世界大战的电影和电视剧,我们可以看到当年的美国青年们,在欧洲大陆的生死相搏,命悬一线。正如1942年尼尔森·麦特卡夫为纽黑文铁路局创作的那幅广告作品——《4号上铺的兄弟》(The kid in Upper 4),讲述了那位一身军装,躺在4号上铺,却在深夜睁着大眼,即将踏上前线的年轻人的故事。

"凌晨3:42,在一列开拔部队的火车上,战士们裹挟着毯子沉沉入梦。

两个小伙子睡在下铺,还有一个小伙子躺在上铺。他们不是普通的旅行,明天将身处海外。

但其中一个人却毫无睡意,翻来覆去,夜里他的双眸凝视着黑暗。

他就是睡在4号上铺的小伙子。

今夜无眠,他想了很多:

——镇上小店的汉堡和汽水的味道,在高速路上开车兜风的大叫,那条叫皮皮的跟屁狗狗,还有时常写信的漂亮女孩,还有妈妈给自己快要织好的袜子……

想一遍又一遍,就是想不完。突然间有些难受,眼角开始把泪流。没关系,孩子,车厢里那么黑暗,别人看不见。

即将奔赴的千里万里之外,那些地方的人们并不认识这个小伙子。但是全世界的人们都在祈祷他的平安,盼望他的归来。

这个4号上铺的孩子,虽然他很想家,但是仍然义无反顾,奔赴疆场,炮火中,泥泞里,他将会给这个满目疮痍的人间带来和平、自由与希望。

各位,当你下次乘车的时候,请记住这个4号上铺的孩子,他是一名战士。

倘若你站着,就等于给他让了一个座;

倘若你坐着,就等于给他腾了一个卧铺,让他有体力,明天要葡匐。

倘若你用餐没有位置,说不定,他或者他们正在抓住难得的机会,享受没有枪炮声的晚餐。

为了还这些子弟兵的人情,我们能做的就是照顾好这些尊敬的客人,这也是我们唯一能做的事情。

——纽黑文铁路局敬上!"

这幅广告感动了美国后方成千上万的百姓,他们夜以继日地投入生产,各行各业同仇敌忾,源源不断地为前方输送战略物资,并成为民主国家的兵工厂和弹药库。

前方的巴顿将军,铁流滚滚,带领美国的坦克部队,横穿法国,突入德国,成为所向无敌的盟军精锐。巴顿将军深信源自故乡的可口可乐可以提高作战士气,他要求自己的坦克车开到哪里,装瓶厂就要建到哪里,他甚至说:"我们只要把可口可乐运到前线就可以了,德国佬肯定不战自败。"于是,凡有美军处,就能看见可口可乐的瓶子,美国大兵在作战途中竟然喝掉了100多亿瓶可口可乐!

更有甚者,盟军的最高总司令德怀特·艾森豪威尔上将在给美国陆军参谋长马歇尔将军的急电中要求,"本军先行要求300万瓶可口可乐,以及每月可以生产两倍数量的完整装瓶、清洗封盖设备,请提供护航。"异国他乡的战争岁月,朝不保夕的残酷现实,让可口可乐成为一种来自故乡的慰藉,犹如家信般的温暖、故友般的相伴,正如中国的古诗一样,"君自故乡来,应知故乡事,来日绮窗前，寒梅著花未？"

　　如果说，是可口可乐把握了战争中人们的心态趋势，获得了极大的市场份额与情感转移，那么，战争结束后它竟然成为一种符号的互动与延续，这或许是历史意义中的持续效应与永不消失的印象记忆。

　　可口可乐成为一种战胜的符号，通过一系列历史人物的演绎，达到了登峰造极的地步。

　　负责盟军远东战事的麦克阿瑟，一向特立独行，在将士奖励上也是别出心裁，他在可口可乐易拉罐上签上自己的名字，作为象征自由的奖品颁发给荣立战功的战士。而负责欧洲大陆反攻的艾森豪威尔，沉稳持重，不苟言笑，在战后面对记者采访时，却突发奇想，吩咐身旁的卫兵："给我一杯可口可乐好吗？"喝光之后，他立刻板起脸，严肃地说："我还有一项要求，"停顿一下，留给大家安静的片刻，然后慢慢地说："再给我来杯可口可乐。"

　　可口可乐就这样在历史的滔天巨浪中，风靡全球，跟随着麦克阿瑟的舰队，跟随着巴顿将军的坦克，跟随艾森豪威尔的诺曼底登陆，一往无前，踩着历史的脉搏，与世界同呼吸，进入千家万户。

　　在中国，从中美建交开始可口可乐便成为首批打开中国大门的国际品牌，进入中国市场。如今，世界互联网大会在乌镇召开，可口可乐旗下的产品冰露矿泉水的蓝色包装上，印制了乌镇古建筑的飞檐画角、小桥流水的图案。你也可以认为这是一个国际品牌的融入，那你是否想过，可口可乐踩准的是历史跳动的脉搏。

　　可口可乐，不过是一瓶红色的汽水，可是它却浸入了历史滚滚向前的河流中，奔涌向前，激荡起了无穷的浪花，冲击着我们的心情与体验，成为历史参与者的符号和情绪表达。如今，你躲也躲不过它。

　　可口可乐，把握了历史，就把握了未来。因为历史的意识，不仅仅是对过去的认识，更是对未来的参与和创造。

2015 年 12 月 23 日　成都　新都

雉鸡翎　扛大刀　谁家的闺女叫俺挑

办公室的空调坏了，忍不住跺了跺脚，取暖的方式看来还是靠运动啊。

要说冬天的取暖，还真是打雪仗、滚雪球、堆雪人，才会产生冬天一把火的效果，要不就去滑雪。北京近日虽说雾霾有点重，但是兄弟李富擅长奔袭，稍微跑远一点，就进了山区，到了高山滑雪场，晒到朋友群里，惹得大家羡慕嫉妒恨。

因为，滑雪场看着寒气逼人，但是总有几分浪漫的感觉，难以言说的非分之想。似乎电影、电视剧中的男主角和女主角都会在滑雪场相遇，然后碰撞，然后发生点什么。尤其是韩国电视剧《冬日恋歌》《来自星星的你》等，只要雪花飘落，就能想到女主角长长的睫毛，闭上眼睛的瞬间……

可是，我们少年的时候哪有滑雪场啊，甚至连个溜冰场都没有，即便村东头有几个较大的池塘，结了厚厚的冰，虽然可以偷偷地在上面滑动，但是也没有冰鞋让我们尽情地疯。何况我们也没有见过溜冰滑雪的样子，只能本能地寻找一种原始的技能，破冰打鱼。

我们会在池塘厚厚的冰上，凿开一个洞，池塘的鱼儿们自然会跑来换一换气。小伙伴们顾不得刺骨的冰冷，照样伸手抓鱼，直到自己的双手变成红萝卜的颜色，才在棉衣上擦擦手，用柳棍穿起鱼，找个背风的地方烤了吃。

抓了这些鱼，是不敢拿回家的，担心被骂，因为家长害怕孩子一不小心掉到冰窟窿中。而且，那时冬天的棉鞋、棉衣并不多，一个孩子估计也就一套，不是现在防水防潮的运动鞋、羽绒服，一旦湿透了衣服人就容易感冒。

如果是在学校，我们自然不能这么野。在没有雪的日子里，教室里是冷飕飕的，窗户的玻璃也不知道被哪个高年级的调皮蛋用弹弓打破了。学校经费少，索性就不装玻璃，直接用塑料布凑合了，可是这塑料布也经不住北风吹，忽闪忽闪，东破一块，西破一块的。

取暖只能靠自己，你可能会想，这好办啊，你们可以踢足球、打篮球啊。不说足球还好，一说足球就来气。如果小学的时候，我们乡中心小学有一个足球场,哪怕有一个足球该多好啊。说不定我们就能成为足球能手,还用惋惜中国足球何日出头么?学校的篮球更不用说了,只有一个篮球架,更不要想木地板场地,也不能想塑胶场地,还不能想水泥场地,所谓场地就是泥,下了雨,满地稀泥。而且,全学校只有一个篮球,破得球面都毛了,老师还当成宝贝,只有上课的时候让大家玩一会。所以,我们那个时候打篮球,真叫一个抢啊,而且是拼命地抢,根本谈不上带球运球,抢到就投篮,激烈程度简直就是现在的美式橄榄球。现在想来,那个时候打球抢的不是篮球,抢的是稀罕啊。

虽不知道北京、上海的孩子在那个年代是怎么度过寒冬腊月的校园生活的,黄河岸边的孩子们,却用自己独特的游戏方式来抵抗寒冬,度过单调而快乐的少年时光。

下课铃一响,我们就像羊群一样涌出教室,到操场上,很快地就会组合成众多的游戏单位。每一个单位都是两队人组成。于是,我和小伙伴儿横着站一排,手挽手,个个儿穿着花棉袄,有的还缺个扣子,但是并不影响气势,雄赳赳,虎视眈眈地向对面挑战。

开始扯起嗓子齐声喊:"雏鸡翎,扛大刀,谁家的闺女叫俺挑?"

对面的小孩儿,也站成一排,手挽手,毫不示弱,个个儿都是英雄好汉,齐声回应:"挑谁?"

我们会接着大声喊:"挑二梅!"

"二梅不在家!"对面的小孩儿回应道。

"挑恁弟兄仨!"我们继续叫阵。

"俺弟兄仨不说话。"意思是,他们弟兄三个之间相互不搭理,看你怎么办?

"挑恁弟兄自家!"我们这一排总要找一个对象,来挑战,不能落空啊。

"来吧!"对方完成了既定的程序,摆好了架势,等着我们放马冲过去。

这个时候,我们队会派一个个头稍高、看上去身强力壮的小孩出马,往对方阵营中狂跑冲击。如果能够冲散对方的人墙,就能把冲倒的人带到本队中,加入本队,队伍扩大,如果冲不动人墙,我们队的队员就会被对方留下来,成为他们的人员。

我们第一次冲击不管成不成功,对方都会主动地像我们一样开始喊:"雏鸡翎,扛大刀,谁家的闺女叫俺挑?"然后,我们双方完成对答程序,他们开始放马来冲击我们。

这一来二往的游戏,抵御了寒冷,消耗了时光,上课铃响的时候,我们喘着气跑进教室,坐在板凳上,把帽子拿掉,每个小孩儿头上都开始冒白烟。

这个游戏只在小学一二年级的时候玩，等到上了三年级，就已经觉得太简单不好玩了，我们便开始玩一些摔面包、吹三角、弹琉璃弹等具有技术含量的游戏。我们从未去想过，为什么"雉鸡翎，扛大刀"的游戏是那样设计的，也没有人告诉我们这个游戏是从什么时候开始流传的。

因为对家乡文化的追寻，对故土难舍的怀念，我开始关注家乡的豫剧和故事，才逐渐地清晰梳理出小时候的儿戏，原来也有着古老的深意和忠勇仁义的道理。

"雉鸡翎，扛大刀"的游戏原来是源自豫剧中武将的装束和远古历史中的战争规则。

豫剧中的武将，一身盔甲护心镜，头盔后面多插雉鸡翎，色彩鲜艳，气势凛凛，演员穿上这身装扮，举手投足，威武神气。大宋元帅穆桂英、东吴大都督周瑜、美猴王孙悟空的装扮都是要戴上雉鸡翎的。至于扛大刀，是马上将军的绝配，关云长青龙偃月刀，黄忠也用刀，女将中厉害的角色，如大刀王兰英，当然，穆桂英也用刀，所以长兵器中的大刀是沙场征战的象征。后来，毛泽东盛赞彭德怀的勇武气势是"谁敢横马立刀？唯我彭大将军"。

两军阵对战，是相互点将的，如张翼德夜战马孟起，戏剧中的台词便是双方的骂阵，相互通报姓名。张飞："呔！谁人是马超？来与张飞战过！"马超："爷爷来也！"然后，两个人就拍马挥刀，战在一处，每一次冲击则是调转马头是一个回合，所以说两个人挑灯夜战，大战三百回合，不分胜负。"雉鸡翎，扛大刀"游戏中的相互叫喊，就是两军阵前双方将领点名骂阵挑战传统的沿袭。

至于为什么是"挑二梅"，应该是中原大地对杨家将一门忠烈的仰慕与纪念。开封的天波杨府至今仍在，甚至还传说有两个湖，一个杨六郎杨家的湖，是清澈的，一个是潘仁美潘家的湖，是浑浊的，一个忠，一个奸，百姓心中的那杆秤总是千古流传，为社会人心守住底线。"二梅"的角色应该是佘太君带领杨门女将出征中的一个相关名字，"挑二梅"有着很强的点将之风。

中原人，就是用这样的历史讲述方式，将善恶忠奸融入孩童的血液中，来固守华夏文明中的那份正直与刚勇。

小伙伴们，现在正是冬天，要不要来"雉鸡翎，扛大刀"？

2015 年 12 月 21 日　星期一　成都

人生本是风景，如花繁盛

德阳，一个不大不小的城市，有三星堆的古老历史和绵竹年画的民俗。因朋友之约，要给一家绵竹年画的主题酒店做一下文化创意的咨询，才有了第一次的德阳之行。

到了目的地，青砖的院落，墙边遍植绿竹，门墙上写着四个古朴的大字——景盛酒店。走进去，从前台背景布置，到沙发的靠背，到走廊地毯，到头顶的灯笼，甚至是电梯的装饰，都是绵竹年画喜庆活泼的主体，无论是仕女的画像还是村童的抱鱼，都是把古老的图案再一次转移到新的时尚生活之中。

大家不禁惊叹，果然是主题酒店，与普通酒店的确大相径庭，有着浓浓的文化底蕴和文创风格。

酒店的老板是一位中年女士，利落而大方，朋友介绍的时候说"女企业家，黄总"。

黄总迎来各位远方的客人，布茶张罗，寒暄之后，切入主题，谈及为什么做绵竹年画的主题酒店的时候，她说："我觉得做普通的酒店，其实就是普通的商业，没有挑战，也没有价值。"

这样的开场白，大家倒是充满了疑问，那么什么样的商业才有价值？什么样的酒店才值得做呢？

她接着给大家介绍她的思路与观点："德阳市要发展文化旅游产业，实现产业结构的转型升级，自然会出现产业的倒金字塔结构的业态布局。对于我来说，在这个浪潮中，我想打造属于自己的作品。江浙的同仁们在做主题酒店，做的是一种创造，一种文化的传承与创新。""有价值的商业应该是能为这个社会的美创造点什么、传播点什么，我想给社会提供一个独特风格的体验。"她笑着说。

她的主题酒店虽然做得还不是特别的惊艳，但毕竟方向明确，初具规模，衍生产品开发已上轨道，俨然是德阳市的文化旅游业向前迈的一大步。而在金融业和房地产业奔腾翻涌的时代，在一个小城市中，一个企业家的作品意识，让我们肃然起敬,想必这是一个特殊的年代吧。

我在前几期的微信公众号中曾经写了《打理自己,一个未来的作品》,讲到自己的好朋友廖笑凡就有着强烈的作品意识和价值创造精神,奔跑在自己的梦想道路上。

回到酒店感慨良多,翻开随身带的书,是著名的摄影师严明写的《大国志》。读到他写《江湖再见》一篇,"几年前的一个冬夜,我和陈卓住在山东日照海边,熄灯后聊天,聊到最后,气氛严肃深沉。他问了我一个大问题:'为什么要拍照片?'我说:'是真心想在离开这世界后留下照片。'后来陈卓告诉我,那次他震撼极了——我居然跟一个要'青史留名'的人住在一起!"读到这一段,我如受电击,原来这个世界上,有太多不安分的人,有太多的人已经有了作品的意识,有太多的人和廖笑凡是同一类人,他们"是真心想在离开这世界后留下照片"!

我越来越深地理解了朋友对生命价值的领悟,对自身价值的审视与创造,无论是严明这样的摄影师,笑凡这样的青年创业者,还是黄总这样的企业家。正是因为这些人的存在,这个社会才不会是死水一潭,才会浪潮滚滚,奔涌向前。

我在理解别人的同时,也在尝试着去理解自己,与自己对话,更明白地认识自己。近些日子,我写了很多母亲的故事,在写千层底布鞋的时候,我突然意识到,我这一辈子只有一双母亲做的布鞋了,以后的人生路上,我再也不会有第二双了。坐在散花书院对着电脑,泪水滴在了键盘上,边擦边写。

朋友们劝我:"你写了很多关于母亲的随笔,写她纳千层底布鞋,写她勤俭持家舍不得吃好白菜,写她在院子里种菜,写她做各种好吃的面食,写她喊你回家吃饭……你的伤感我们知道,但是你不能总是沉于这忧伤之中,不能自拔,你总要在新的日子里好好地过,那样才是你母亲所希望看到的。"

朋友的良言相劝,我也明白,而对于母亲,我写下这些文字,是想对她有个交代。

什么交代呢?我想帮她完成一部作品,一部关于她曾经到这个世界上来过的作品。她离开了这个世界,她的作品当然是她的子女,耕读传家,几个孩子从上学开始到成家谋生,都很争气,从未让她费过心。而且,三里五村都知道老张家的孩子懂事大方,努力自强,与人和善,给她带来了好名声。但是,她应该有一部属于她自己的作品,让她的音容笑貌,让她的慈祥勤劳,能够传给下一代,留给这个社会。

姐姐和姐夫看了我的公众号写的关于母亲的文章,会哭。但是,我对他们说:"你们不要哭,这是咱们的家族历史。母亲虽然走了,但是,她走过的路、做过的事,留给了我们,我们要能看到其中的力量,其中母亲创造的属于她自己的价值。尽管她没有读过书,但她的一辈子就是一本厚厚的书。"

母亲是老张村的一户普通人家的二闺女,外祖父按照辈分排行给她起名张孝梅。她从年轻时候嫁给家境惨淡的父亲起,便开始撑起我们这个家。难以想象,她是怎样从缺盐少米、雨天没柴烧的境况中,把我们这个家打理得井井有条,日子过得红红火火。母亲不识字,我上小学的时候,读《刘秀传》,母亲在煤油灯下纳鞋底,我就把"刘秀追王莽"念给她听,她笑着和我一起分享其中的精彩和趣味。母亲不会骑自行车,回娘家的时候,总是步行过去,因为晕车,坐不了公交车。街坊四邻家有什么事,只要能帮上忙的,她都会帮一帮,亲戚朋友有困难,她总是出手很大方。如今她走了,什么都没有说,却留给了我们——坚韧勤劳,淳朴厚道。

将来,我有了孩子,我会打开这本书,一篇一篇地给孩子讲:这是你的奶奶,她虽然离开了这个世界,但是,她创造了属于她自己也属于子女们的幸福生活,她创造的价值和作品至今都在影响着我们。

一个企业,一个美的体验,一种生活的勇气,都是人生的作品,都可证明我们曾经到这个世界走过一趟,都可告慰自己,告慰自己的亲人,我们都不曾碌碌无为。

我想我应该给黄总的景盛酒店建议一个广告语:"人生本是风景,如花繁盛。"

2015 年 12 月 19 日　星期六　德阳

寒夜客来茶当酒

12月17日晚，成都降温，夜色寒。我出门的时候把外套裹了又裹，双手揣在大衣兜中。朋友们饭后约在了会展的顺兴老茶馆，在这个寒夜去赶一杯茶的场子，还是要有一份难得的情调的。

茶馆灯光柔和，环境简洁，几位兄弟正在放外套，看来也是刚刚赶到。坐下后，服务员过来递上茶单："请问，几位点什么茶？"

我接过茶单，还没有翻上两页，正想问大家，是喝普洱，还是飘雪，还是竹叶青呢，何旭老兄伸手阻止说："我带了茶叶，自己的茶叶，自己采的，自己揉的，给各位尝一尝。"

何旭自己做的茶，大家自是叫好期待，他把茶从包里拿出来，交给服务员去沏茶。然后坐下给我们介绍："三姝媚红茶，不是种植的，而是野生的，就长在文君故里的山水邛崃，那一片山，云雾缭绕，所以我叫它'荒野红茶'。"

经他这番描绘，我也多了几分好奇，就插话问："何兄，你这红茶，既然野生，自是大地精华，那么，同是红茶，比之安徽的祁门红茶有何不同呢？"

何旭感到大家对他的茶的关注与兴趣，兴致来了，眉飞色舞地说："三姝媚红茶与祁门红茶不同，其他就不说了，单说品起的味道，祁门红茶浓郁醇厚，三姝媚淡雅悠长，我推荐它是'大雅之选'。"

话音落，茶的清香已经飘来，沁进了鼻子，溜进了胸腔。服务员把一杯杯的红茶端上桌来，透亮红润，水汽缭绕，这成色犹如晶莹的琥珀，经历了沉淀与锤炼，纯正圆润。赶紧端起来，呷一口，从舌尖氤氲，在嘴里化开，犹如水墨山水画的渲染笔法，笔落宣纸，墨便在水的滋润下在纸张上，慢慢地慢慢地，幻化出青山隐隐水迢迢的江南，幻化出二十四桥明月夜的扬州。这红茶，慢慢在周身流转，沁润血脉，滋养心田。

"怪不得人们说——'茶'一字，是一种生活状态和生活理念，是'人在草木之间'，是一种道家的山水智慧，返璞归真。"我的一席感叹，惹得何旭上前来："张老师，看来是喜茶之人，可否写篇关于茶的文章，也是对我的三姝媚红茶的一个鼓励。"看来吃人嘴软,喝人家的茶也要用一篇文章的交换呢。古往今来,这样的例子可不少,据说,老子的《道德经》也是因为要西出函谷关,当地的官员不放行,他作为交换才写的。传说,郑板桥也曾经因为吃了一顿肉,画了一幅竹子作为回报。

既然如此,为了这"大雅之选"的三姝媚红茶也要动动笔了。

这样的寒夜,这样的茶,一样的温暖,却是不同的时光,寒夜品暖茶的缘,要说说大学同宿舍的兄弟老蒋。

我们上大学的那个年代,每个人似乎都有一个鲜明的爱好,老杨喜欢看哲学,我喜欢翻历史,老蒋则喜欢研究词学。他那个时候着了迷,读游国恩的书,读王力的书,读吴梅村的词,读李清照的词,他的女朋友更是陪着他在潘家园的旧书摊,淘一些关于词学的书,回到学校就如获至宝地向我们展示他淘来的成果。夏天的时候,他躲在自己上铺的蚊帐里,开着台灯,沉浸在长短句的平平仄仄之中。记得一次在宿舍交谈的时候,说起未来,说起理想,老蒋说:"将来如果致力于词学的研究,估计人到中年的时候,应该能够成为这个领域的专家吧,至少也能出相当多的具有创见的研究成果。"他讲的时候,眼睛炯炯明亮,似乎未来的道路清晰在前方。

毕业的时候,宿舍楼道中一片狼藉,到处都是纸张和脸盆,兄弟们坐在楼道的地上,一人举着一瓶燕京,相互期许,青春的日记就这样进入尘封的记忆。我们本就来自祖国的五湖四海,相聚在一起,随后就又散落到南北各地。

老蒋,离京城,辗转湖南,而后进入机关,偶尔打电话,谈起最近的日子,便是打球、喝茶的节奏,舒坦倒是舒坦,心中总有一股子不甘之气。

2012年的时候,我早已到成都,开始适应这个城市的缓慢步伐和连绵细雨。不久,老蒋竟然也离开省委机关,到成都工作,他独自在蔷薇爬满的古巷中租了房子,先把一箱箱书从湖南运来,方寸小屋,算是落脚之地。

我们都是远离故土,到一个陌生的城市开始闯荡,新的生活来不及多想,来不及看远方,脚下已经开始匆匆忙忙。老蒋总会招呼兄弟几个,到小屋,烧开一壶水,泡上铁观音,好好地扯一扯这本书那本书。

成都冬天很快来了,一天我在市里忙活,忙完就已经是深夜,打电话给老蒋。老蒋说:"来喝茶吧,挺冷的,暖和下。"

忙忙碌碌的大成都,熙熙攘攘的春熙路,我从东走到西,从南走到北,繁华喧嚣成一梦,醉后复醒。安静之后,想一想,翻翻通讯录,能打电话在深夜中喝杯茶的朋友还真不多。

敲开门,老蒋已经把水烧上,水沸腾的声音,那么真实,可以将纷繁复杂的浮躁通通轰走。"铁观音？还是碧螺春？"老蒋问。"铁观音吧，够味儿。"那个时候喝茶还没有什么境界，就是一个形式。

几杯暖茶下肚，我才从疲惫中恢复精气神，老蒋这才开口说话："兄弟，寒夜客来茶当酒，你这夜色中带来满天星斗，可要给我讲一讲你碰到的逸闻趣事哦。"

"我这忙得晕头转向，何曾在成都的高楼大厦中看过咱们故乡村庄的满天星斗？工作中碰到的都是群魔乱舞，那些人习惯了满街横着走，你说，我还哪有心思发现一些逸闻趣事？"我都觉得我已经被折腾麻木了。

"你看，你看，如果你能看到无限的夜空，是不是就看到了山河入梦的漫天繁星，不仅仅是这成都的夜空。横着走的螃蟹，不是很有趣么，你看他横行到几时？还不是眼看他起朱楼，眼看他宴宾客，眼看他楼塌了。古今兴亡多少事，都在一壶笑谈中，来，喝茶！"老蒋依然是信手拈来的诗词句，豁达随性的浪漫心。

"老蒋，说得容易，做起来难啊。"我当然也懂老蒋说的道理。

"那，你看这些茶叶，如今的芬芳悠长，还不是因为它们努力地吸收清风朗月，而不是去和身边的蒿草一争短长。茶树是植物中有灵气的主，它们生下来就是创造芬芳的，它们与江上之清风，山间之明月相伴为朋，虽在深谷之中，依然枝叶舒展，自顾自地美丽修炼。终究，它们是要成仙的，成为茶叶，才会在水中变幻，把这仙气升腾，成为大自然对社会的馈赠。"老蒋的这一番话，倒是入心醉人。

和老蒋喝这铁观音，一如在山寺中拜了一拜观音，通透，开阔，意境深远，却又拈花微笑，醍醐灌顶。

如今，寒夜一壶暖茶，再忙再累，都要慢慢地咂摸生活中的滋味，慢慢地品，慢慢地回味，才能悟出其中大自然嫩绿枝叶的灵气精魂。

寒夜客来茶当酒，三姝媚红茶是不是应该被当作一杯红酒呢？

2015年12月18日　星期五　成都　散花书院

刘邦不想在村头喝闲酒了
——从历史看管理

在中国传媒大学读研究生的时候，鬓发斑白的老师在讲台上眉飞色舞地讲着新中国成立后的新闻传播史，其中很有趣味的故事是讲到一家电影制片厂筹建之初的窘况。从各个行业汇聚到电影制片厂的人才，开始了分工。

"你原来是做什么？"厂长问。

"画画的。"一个人回答。

"那好，你就做布景设计，美工师。下一个，你呢？"厂长说。

"我原来是照相的，摄影。"一个人回答。

"那好，你就做摄像，摄像师。下一个人，你呢？"厂长继续问。

"厂长，我、我什么都没做过，但是，我酒量好、朋友多。"一个人困惑地说。

"好，你就来做导演。"厂长斩钉截铁地布置下去。

最初听这个故事的时候，只是觉得有点荒诞，用来形容草创之初的凑合很是形象。等到工作之后，经历了被别人管理与管理别人的岗位训练，日渐觉得这个故事中有着寓言般的深意。

这简直就是关于管理分工理论的汉高祖刘邦的白话传媒版，而刘邦的原版，纯粹是一个草莽英雄，也的确是泗水亭长淳朴真性情的风格："仁而爱人，喜施，意豁如也。……好酒及色。"性格豁达大度，喜欢交朋友，不怎么干活，不管是田里的活还是家中的事。

就是这样一个人物，在乱世群雄并起的时刻，身边聚拢了一群朋友死党。一代霸业百战成功，得了天下的刘邦，在洛阳南宫大摆酒席宴请功臣诸将。席间，还是兄弟创业的意气，老刘坐在中间，问哥儿几个："大家都聊聊，想什么说什么，你们直说，为什么我得了天下，而项羽却丢了天下。"善于总结，善于反思，还真是老刘的优点。

高起、王陵为老兄弟率先就说："我们跟着你东征西讨，南征北战，攻城略地，有了好处，你会慷慨奖赏，可谓有福同享，有难同当。项羽这个人，表面上对人礼貌，但是却妒贤嫉能。功劳大的将领，被他整掉了，贤能的人才，他又不能放心使用，打了胜仗不记功，攻下城池没有好处，所以，谁还愿意跟他干？天下自然不是他的。"可不是嘛，韩信、陈平、英布这几个刘邦阵营的中坚力量，都是从项羽那边跑来的，死心塌地地跟着刘邦打天下。

陈平刚来的时候，有人就私下里诋毁陈平人品作风。因为这是单位中能力差、鼠目寸光的人常用的伎俩，外来人才的进入会对他们的生存形成威胁，他们就通过打小报告、嚼舌根的方式挤走外来人才。刘邦不但没有受他们影响，反而给了陈平更高的职位、更大的权限、更多的资金和独立的项目管理权。陈平不仅出奇策，辅助老刘打下天下，还在老刘驾鹤西去之后，仍能够和周勃一起，同心协力从吕后手中重新安定汉家政权，身居丞相位，辅佐新君："上佐天子理阴阳，顺四时，下育万物之宜，外镇抚四夷诸侯，内亲附百姓，使卿大夫各得任其职焉"，从而开启了"文景之治"的盛世。

而韩信呢，经萧何推荐，从一个治粟都尉，不过是一个管理后勤的小吏，一跃而为大将军，统领三军。以至于，韩信后来实力雄厚，可以左右楚汉命运，有三分天下、鼎足而立的可能。有人劝他离开刘邦："当今两主之命悬于足下。足下为汉则汉胜，为楚则楚胜。"他没有动摇，而是说："臣事项王，官不过郎中，位不过执戟，言不听，画不用，故倍楚而归汉。汉王授我上将军印，予我数万众，解衣衣我，推食食我，言听计用，故吾得以至于此。夫人深亲信我，我倍之不祥，虽死不易。"

高起、王陵说的是事实，项羽力拔山兮，所向无敌，可是他的私心私利，就是舍不得到手的江山财宝，结果，江山财宝只是在他手中过了一下。老刘听了以后，喝了一口酒，对大家说："你们啊，讲得有道理，但是只知其一不知其二，你们只是觉得激励机制很重要，但是对于卓越人才来说，他们视金钱如粪土，他们要的是价值的实现。'夫运筹策帷帐之中，决胜于千里之外，吾不如子房。镇国家，抚百姓，给馈饷，不绝粮道，吾不如萧何。连百万之军，战必胜，攻必取，吾不如韩信。此三子者，皆人杰也，吾能用之，此吾所以取天下也。项羽有一范增而不能用，此其所以为我擒也。'"

所以，同样是作诗唱歌，项羽的《垓下歌》唱"力拔山兮气盖世，时不利兮骓不逝"，觉得自己依然天下无敌，只是时运不济，没有想过其实自己从没有发挥出别人的长处与威力。而刘邦的《大风歌》唱"大风起兮云飞扬，威加海内兮归故乡，安得猛士兮守四方"！猛士守四方，当是集合众人的力量，才能四方安康！

刘邦一语道破古今兴衰成败的关键——人才使用，尤其是卓越人才的使用！

老刘不过是一介村夫，能够起事反秦，是被逼得无路可走，只能和乡里乡亲的兄弟们振臂高呼，揭竿起义。而他曾经见了秦始皇的排场和威严，总算是触动了内心深处的野心和欲望，开始意识到"大丈夫当如是也"，不能仅仅满足于在村口的小酒馆中泡个妞、喝杯酒、赊个账、打个架的生活。

萧何月下追韩信，回来后对老刘说："诸将易得耳。至如信者，国士无双。王必欲长王汉中，无所事信；必欲争天下，非信无所与计事者。"也就是说，"我保荐归保荐，至于你老刘用不用韩信，要看你对未来事业的设计。如果封王割地，当然不用韩信这样的人才；如果图谋天下，必须用能够图谋天下的人才。"

老刘自己的才能自己知道，文武没有雄才，有的就是掌控四海的野心，要实现自己的这份野心和抱负，可不就要找一些专长之才，找一些在各自领域中最牛最优秀的人才，才能所向披靡。你韩信将兵多多益善，但是我老刘提供的是平台，我擅长的就是"将将"。如果是一个企业的话，刘邦提供了一个企业发展的愿景——统一天下的帝国，然后就是使用能够实现这一目标的人。

混吃等死的单位，那些容不下锐意进取人才的领导，总觉得自己就代表这个单位各个岗位上的最高才能，自己擅长攻城、自己最懂后勤、自己就是孔明，其他人都是需要自己去指导的，否则根本做不好事。这样的领导能看到的世界是自己的一亩三分地，在自己的小天地中作威作福，装疯卖傻，何曾见过大山大海，大风大浪。

对一个电影导演来说，他的确没有其他人的专长，但是他"酒量好，朋友多"就说明他性格大度宽广，能够组织协调资源，这就是领导的心胸与气质了。这样一个"一无所长"的人简直就是秦朝的泗水亭长。

想必四川出了太阳，江淮间出了月亮，蜀犬吠日，吴牛喘月，也是这个道理。人才使用的重要性，老刘明白的常识，对于很多没有见过太阳、没有见过月亮的人来说，是会犯哮喘病的。

2015 年 12 月 12 日　星期六　成都　西南石油大学

刘邦不想在村头喝闲酒了

当年非典，生死归程

12月3日晚，小雨，天冷，四川图书工作委员会年会在学校召开，我应图书馆长的邀请，在报告厅为学校师生做一场讲座，题目是"为什么要读历史？"

近几日，姐和姐夫也在成都。晚饭时候，我就对他们说："你们晚饭后也别坐在这儿看电视了，要不到图书馆听我的讲座吧，也好给我提提建议，怎么样才能更浅显易懂，更妙趣横生。"

他们两个没有上过大学，参加一场大学里的讲座也算是尝个新鲜，冒着冬雨，随我一起到图书馆，到了门口，就被保安截住了。我只好回过头，对保安说："他们是我姐和姐夫，是来听我讲座的。"想必是姐夫长得粗粗壮壮，衣服穿得也是松松垮垮，一幅干力气活的人的模样，的确与学校的师生有明显的差异。经我解释，他们这才被放行。

在主持人热情洋溢的介绍之后，我站在报告厅的讲台上开始我的讲座。我从自己写的两首诗讲起，第一首是《书单》："边城——查令十字街84号，书店的灯光，偷影子的人，看见：那些忧伤的年轻人，南渡北归，理想丰满，跌宕一百年，寻路中国！"第二首是《赋得书香聚群英》："晚窗撑暖灯，雪夜慕侠客。希冀越前朝，赤壁伴东坡。举酒仙共舞，聊斋鬼泼墨。酣卧梦红楼，西游藏经阁。路遥书人生，董桥描月色。唏嘘狼图腾，泪下巨流河。射雕笑江湖，水浒煮三国。开卷有益心，挥笔走龙蛇。江安绕牧马，华阳良友多。谁能迎阁下，鹿桥未央歌。"两首诗都是用书名、作者组合而成，蕴藏着读书人的光荣与梦想、沉郁砥砺与昂扬开朗。

从楚汉讲到三国，从正史讲到戏剧，讲人世间的我们，其实是一个一个孤立的灵魂，需要在纵向的历史长河中获得智慧，获得温暖，获得趣味，所以读历史是让大家不迷误、不孤独、不粗俗。

我在台上旁征博引、引经据典地讲着，姐和姐夫就坐在观众席的最后一排看着我，看着——他们从小看着长大的兄弟。时光总是在一刹那之间恍惚，这情景一如上小学五年级时候。柳色青青，在学校少先队联欢会上，我穿着白衬衫，脖子上系着红领巾，站在操场的中间说相声，姐就站在人群中看着我，那个时候，她是不是担心我会紧张，会忘词。

如今，一晃就是二十多年，但记忆似乎还停在昨天。

从初中，我就开始骑着自行车离开自己的小村庄到外地上学。上了大学，则是"一朝辞此地，四海遂为家"。母亲总是唠叨我，上学去那么远的地方，工作又到了那么远的地方，回趟家都不容易。有时候我还是会和她耐心地解释，为什么要在北京，为什么不回郑州。可是，我自己最清楚，人生的路上，有些时候，哪能容得自己来选择。

看那历史深处，假如韩信听了蒯通的建议，假如楚霸王过了江东，又有多少个可能，历史的发展或许又是另外一番光景。无论是豪杰英雄，还是普通百姓，一个人的人生就是在历史的迷宫中徘徊前行。人生，是一个单向度的旅途。对于一个个体的人来说，前方的路总是新的，一旦选择，时光不能倒流，昨日不可重现。我们走着一条无法回归的路线，所以面对前路的交叉口，往往是心怀忐忑，不知所措，难以抉择，唯恐迷误在未知的歧路，难以把握所企及的前途。

如果迎面碰到了突发的事情，有社会的变革，有矛盾的冲突，我们不能完全依赖父母的呵护，何况有的社会大潮汹涌波涛，我们如同一叶小舟风雨飘摇。小小的我们，在困惑中来回踱步，急切地渴望得到一个诸葛亮的锦囊，能告诉我们如何应对自如。

我记得我的大学老师说得很形象，她说自从离开甘肃农村老家，一路上便是连滚带爬，拼学历，拼职称，顾不上姿态优不优雅，拉拉扯扯地带着家人进了北京城，恐怕只有喘气擦汗的时候看看所谓的人生风景。

我们读书的时候，不也是这样吗？周六、周日和国庆，那青春放歌的日子里我们都在打工，卖熊猫、卖海尔、卖康佳、卖创维、卖海信，还有松下、索尼、飞利浦甚至三星。领工资的时候，才能逛一逛商场，买一台随身听，专门听英语，即便是里面的电池没电了，也要把电池拿出来咬两口，咬得奇形怪状，放进去再接着听。比较有经营头脑的同学，跑到天安门广场卖柯达胶卷和电池，低价进，高价出，发展旅游经济。吃供需差价的确聪明，但可苦了系里的辅导员老师，半夜警察打电话给他，让他到天安门派出所领学生。

姐和姐夫也一直觉得，我应该回郑州工作，离家近，能够相互照应。我毕业那一年是2003年，正是国家第一批扩招的大学生进入社会之际。网络上流传着叶圣陶的《多收了三五斗》的改编版《多招了三五成》，每一场大型招聘会都是对毕业生心理素质的考验和体力的锻炼，真是人头攒动，好单位的展台前密不透风。

也就是那一年，北京"非典"。

当时身处其中，接收的多是手机上的小道短信息，印象最深的是两条："今晚，北京封城，运送重症患者出城，请关好门窗，防止细菌侵入。""近日，柳絮飘飞，请关好纱窗，SARS病毒有可能随着柳絮传播。"人心惶惶，满城恐怖。

而我和我的同学——老蒋和张磊，大胆地不带口罩在街上逛荡，乘公交车的时候，发现长长的车厢，空空荡荡，除了司机就是我们，简直就是专车待遇。到了商场，货架上的方便面都已经卖光，当然紧缺的还有白醋和香烟，传说是可以消毒的，还可以增强人体的免疫力。

当时也正是找工作的毕业季，河南广电局打电话通知我回去参加考试，我便叫上同宿舍的老杨一起。

去火车站的路上，我们两个买了口罩，觉得还是安全为重。到郑州考完试，即将登上返程的火车时，收到朋友短信："北京严重，勿回。"看这语气，形势已经是十分严重。但是，我不回北京回哪呢？对我来说，工作还没有定下来，怎么好意思回老家？

咬咬牙，心一横，回吧。简直就是生死归程。

登上火车，抬头一看，整车厢坐满了人，每个人都带一个白口罩，露着眼睛以上的面容，没有交流，没有声音，更没有微笑的表情，恐怖片里就有这样的镜头啊！"萧萧易水西风冷，满座衣冠似雪！"

我们也像大家一样，带上了白口罩，喝水的时候，把口罩往鼻子下面推一下，凑着瓶口喝一点，赶紧再拉上。

回到学校后，北京公布了相关的数字，疫情严重。学校封闭了，要想回家，只能是家长千里奔袭，开着车，把孩子偷偷地运走。一天中午，朋友给我拿了一袋板蓝根中药，说是只有两袋了，患难的时候，如同武侠小说中救命的解药。

学校中也建立了隔离区、隔离楼，我则是在这一段时光中散漫地翻着书，准备着研究生的复试，而我们那一届的研究生复试，竟也是前无古人，后无来者。我守在宿舍电话前等着老师的电话"面试"，后来的导师周鸿铎教授在电话中提问，我在电话中回答，完成了师生之间传媒经济学话题的第一次学术对话。

接下来的日子，就是等研究生的录取通知。校报的小师妹后来采访我，

"师兄,那么危险的时候,你还勇敢地坚持在学校,怎么没有逃离北京?"

"逃离北京?我工作还没找到,研究生的录取还不确定,我能往哪逃?"何况,我哪有能力逃啊。我想笑,却没有笑出来。

后来,"非典"终于结束了,我毕业的时候,除了毕业证,还有一个系里面出具的纸质证明,盖着系的红色公章,上面写着"经检查,未得过非典,特此证明"。我至今都留着那份证明,它是我那段岁月的见证。

很多年后,看到柴静的书——《看见》,她写非典的时候,去首都医科大学附属佑安医院的病房中,采访一位非典感染者:"问她现在想得最多的是什么,她看外头:'要是好了,真想能放一次风筝。'……镜头,跟着她的视线摇出窗外。五月天,正是城春草木深。"

"城春草木深",五月的北京城正是草木茂盛,读起来却是那么的肃杀之气,阴森森的,可是,每一次读到这一句,我就有一种说不出的伤感,有点悲壮,有点家国情怀的悲悯之心。

经历了2003年的"非典",犹如劫后余生,不能说大彻大悟,却也明白了脆弱的生命,经不起折腾。就这样,我接着读研,后来留在了北京城,柳絮飘飞的季节中,我依然行色匆匆。

找工作那些年,就像个晕头的苍蝇,到处碰撞,到处寻找希望,如同后来的歌——《在路上》。姐和姐夫每一次给我打电话,姐都很难受地说:"当年你找工作的时候,我们咋就没有想起来给你一些钱呢,让你多来郑州看看,说不定就不用在北京。"往往,这个时候,姐夫会在旁边叹口气说:"那个时候,咱们不是没有想到,就是想到了,又能给几个?"

我则是很风趣地开导他们:"靠自己拼打,恰恰是享受了过程,人都是走一遭,就像西游记中八戒和悟空吃人参果。人家有可能是把人参一口吞了,咱是一口一口地尝,才能知道人生的滋味。"

人常说,长兄如父,长姐如母。现在觉得姐的唠叨劲儿真是越来越像母亲,操这心,操那心,感觉都是事儿。她和姐夫准备回家,临行前,把冰箱的饺子分袋装好,腊肠装好,对我又叮嘱了一遍又一遍……

咳,人要是不长大该多好,我还是那个刚从院后小河中捉鱼回来,一手拎着网,一手提着鱼,脸上身上都是泥的村野孩童。

2015年12月7日 星期一 成都

雪夜同窗读禁书，冰酒一壶

"铁马秋风冀北，杏花春雨江南"，用这两句诗来描述中国的北方和南方最是恰当。

南北气候的差异，滋养出南北的气质差异。北方有长城雄关，南方有园林翠竹，北方好汉，武松打虎景阳冈，必借干戈成勇武；南方士子，唐伯虎点秋香，须凭诗酒养疏慵。北方人给人的印象是豪放粗犷，大碗喝酒；南方人给人的印象是温婉精致，小杯品茶。

就如同苏东坡在同友人闲谈中，问及词的风格："我词何如柳七？"朋友说："柳郎中词，只合十七八女郎，执红牙板，歌'杨柳岸晓风残月'；学士词须关西大汉，铜琵琶、铁绰板，唱'大江东去'。"这两种风格，表征南北，好比北方的风、大漠孤烟，南方的雨、小荷柳岸。

不过也不尽然。如今，南北混杂，流动频繁，已经很难再用风格来区分中国的南方和北方了。

但是在生活上，尤其是到了现在这个季节，南方细雨，北方寒冽，北方一直羡慕南方的湿润，南方则一直羡慕北方的暖气。我在北京读书的时候，进了房间便觉得温暖如春。头天晚上，把袜子洗了，晾在暖气片上，第二天早上，便热腾腾干燥燥的可以穿了。后来到珠海实习，虽然是冬天不穿棉衣，但是早上起来的时候，刚钻出被窝，寒气袭人，直打哆嗦，冻得拿着衣服到阳台上穿，因为外面要比房间里暖和。洗了的衣服，一天一天总是湿漉漉的，不出太阳就干不了啊。

如今，有了雾霾，大家的关注点似乎不再集中在冬天起床时的南北差异了。大半个中国的冬天，都在雾霾里面，无论你是在北京、天津、石家庄，还是在上海、杭州、武昌，真是穹顶之下，共命运，同呼吸。

雾霾严重的时候，看微信的段子也是一种乐趣，调侃之间，表达情绪和意见却是别样的幽默。

前两天北京城雾霾爆表，PM2.5值在500以上，大雾黄色预警，属于严重污染。这个时候，朋友圈则是段子手们的天下："今早，我大雾中摸索出门，看见路旁一老者，独坐桌旁，肩披白褂，桌子上摆一小圆桶，里边都是签。我上前去拿起圆筒晃了半天，抽出一支递上前去，说：'老先生，人生如雾，何处是路？给解一卦吧。'老者说：'你晃我筷子干啥？我卖个早点你晃我筷子干啥？'"更有好事者，专门画了一个漫画，一个母亲和她的孩子站在雾中的对话："妈妈，为什么你那么漂亮，我却这么丑？""因为空气太差。""你骗人，我从来没有听说过空气差会影响孩子的长相！""会的，孩子，我认识你爸爸的那天，根本就看不清他长什么样。"

所以现在一个城市的天气，不用看央视的气象预报，只需要看微信的朋友圈就可以了。北京雾霾，朋友们会发天安门广场看不见毛主席，朝阳路看不见大裤衩。突然一阵风，吹蓝了天空，各种诗、各种感叹、各种秀北京蓝。哦，只要北京天蓝，你给北京朋友打电话，他们的心情奇好，谈业务的时候语气都不一样，看来天气是真的影响业务啊。

不过，北京城代表的北方，近日飘起了大雪，纷纷扬扬，素裹了故宫，银装了后海，给普通市民平添了几许生机和乐趣。远在南方的我，竟然也羡慕回忆起北方的雪，想去看一看北京的雪，不自觉地会哼起那首《北京的雪》："北京的雪下了整夜，舍不得向过去告别，寂寞的长街，剩我一个人被凝结……"

北京的雪，让人想起北京的雪夜。

在定福庄的中国传媒大学读书的时候，当雪花朦胧了北京城，我们躲在图书馆，忘记窗外的寒，享受着"雪夜读禁书"的快感。

闭馆，我们不得不背起书包，瑟缩单薄的身躯，双手哈着热气，看到校园道上昏黄的路灯，雪花飞舞在冬的夜空。"咯吱""咯吱"地走在路上，我和我的同学，脖子缩一缩，把围脖紧紧地塞进棉衣中，还是挡不住钻进胸口的寒风。

可这寒冷却挡不住校园的笑声，可能是大一新来的南方女生，没有见过雪，才会如此的不怕冷，新奇地享受着北国的风雪柔情。

我们还是赶紧回宿舍吧，宿舍不远处，有一个简陋的小饭馆，从窗户看过去，一盏暖灯，雾气腾腾，想必有一盘热的小菜正在锅中……

陕西的后生李晓斌，最近在读《千古文人侠客梦》，我们两个一路顶着风，就像林教头风雪山神庙时一样，"那雪下得正紧"。

"兄弟，这大雪天，适合喝点我们老家的西凤酒，火辣辣地入喉，再整两块熟牛肉，犹如水浒中的林教头。"他哆嗦着对我说。

月白风清 醉 流光

"走，去小饭馆，坐一坐，听听雪声，煮酒论英雄。"我竟然不顾囊中羞涩，像极了古龙笔下的侠客，捏了点碎银，就到野村中沽酒。

白色世界中的两个黑影，钻进小饭馆，跺跺脚，抖落肩上的雪，哆哆嗦嗦地找了一个角落落座。这里何曾会有西凤酒？我们自然是明白的，喝得起的也就是普通燕京了，红星二锅头都不敢奢望。

老板给我们拿来几瓶啤酒，都已经冻得瓶内结冰。李晓斌晃一晃，把瓶中的冰碴晃动，"好，可以喝，放这儿吧"。我自然是小心地点菜，当然不敢"整两块熟牛肉"，那是林冲杀人亡命的菜，我要是点了，恐怕我的这两周食堂饭卡就要亏空。两个人两盘菜，荤素搭配，醋熘土豆丝，大葱炒鸡蛋，四瓶普通燕京，一人两瓶。

清代才子涨潮在《幽梦影》中写道："因雪想高士，因花想美人，因酒想侠客"。我们两位有雪夜高士的雅致，却没有高士的财力，有侠客的风范，却碰不上慷慨的店家。

秦琼卖马也好，杨志卖刀也罢，一文钱当然是会难倒英雄好汉的，我们就在自嘲的历史传说中，塞上长城空自许，点评金庸，点评古龙，点评梁羽生。一杯一杯冰冷的啤酒相碰，不是火辣辣地入喉，而是激灵灵地穿胸，竟然也喝得"三杯吐然诺，五岳倒为轻"。

店外雪落无声，店内我们已经瓶空盘净，手舞足蹈，还在相互争论着民国，争论着唐宋，争论着《世说新语》，争论着千古文人侠客梦。

夜深，小饭馆要关门，我们起身，晃晃悠悠踩着厚厚的雪，一边踹着大树，一边大声地相互质问："大学你到底学了什么真精神！"

很多年过去，再也没有在雪夜喝过冰啤。

偶然间，也会重读起《世说新语》中的"王子猷雪夜访戴"："王子猷居山阴，夜大雪，眠觉，开室命酌酒，四望皎然；因起彷徨。咏左思《招隐》诗，忽忆戴安道。时戴在剡，即便夜乘小舟就之，经宿方至，造门不前而返。人问其故，王曰：'吾本乘兴而行，兴尽而返，何必见戴！'"

雪夜酌酒，四望皎然，山河入梦，映照千年。

李晓斌毕业回到陕西，我辗转到四川。如今一场大雪，长安的古城墙，必然风骨开阔，沧桑容颜！

而我们是否已经在世事艰难中，没有了"中原北望气如山"，当年的兴致、当年的楼船夜雪，都飘飞在"铁马秋风大散关"的残梦中，都遗留在了"雪暗凋旗画，风多杂鼓声"的唐诗书卷中，没有叩响长安的城门，黯然伤魂。

王子猷的山阴在南方,我们的雪夜在北方。在这个寒夜,听着窗外的雨声,想着北京的雪夜,还有北京的岁月。

2015 年 12 月 5 日　星期六　成都

大河两岸豫剧魂

去年的这个时候,我在深圳出差。大清早要从福田区红荔路的四川宾馆赶去大梅沙开会,路途不近。拦了一辆出租车,我坐在后座上半睡半醒地看着车窗外的南国风光,绿树阔叶、高楼林立,的确与我生活的北方,风雪凛冽、草木枯黄,风景大不相同。

正像1999年《南方周末》的新年献词——《总有一种力量让我们泪流满面》,"这是新年的第一天……阳光打在你的脸上,温暖留在我们心里。这是冬天里平常的一天。北方的树叶已经落尽,南方的树叶还留在枝上……"曾经我和我的同学们都能熟练完整地背诵出这一篇柔韧有力、大诚至正的文字,其间充满了新闻人的理想与良知、担当与朴实。我当时就想,只有广东这片改革开放的热土,包容与开放、爱拼与勤奋,才能诞生并滋养出《南方周末》这样的报纸,曾经一纸风行,国民启蒙。

开出租车的司机年龄与我相仿,早晨的样子看上去有一丝疲倦。冬日的寒气挡不住我去赶会议,也挡不住他拉生意。深圳特区就是这样在青年人急匆匆的步伐中,开始一天熙熙攘攘的生气。

行车半程,他打开车里的音响,放出来的竟是一段豫剧:"家住河东在火塘,头一辈爷爷是火山王;二辈爷爷杨继业,金刀令公美名扬;三辈爷爷杨延景,威震三关白虎堂;我的父名讳杨宗保,人称'喝天小霸王';佘太君是俺曾祖母;穆桂英她是俺的娘。"正是《穆桂英挂帅》中杨文广东京汴梁城刀劈王伦夺帅印,与妹妹杨金花在校场对着大宋王的唱词。

"兄弟,恁是河南人?哪嘞?"我用河南话,问道。

"是啊,老乡啊,俺是许昌嘞,你嘞?"他听到乡音,开心地答道。

"俺是新乡人,听见你放《穆桂英》,我就猜你是老乡。"我说。

"是啊,你说这深圳是好啊,可是总想家啊,想家的时候,我就听豫剧,好受多了。"他这慢慢感叹的一句话,或许是想起了家乡的父老乡亲,想起了家乡烩面和胡辣汤。

"一听到这一段，我就觉得要努力多挣钱，春节好回家陪父母。"老乡之间打开了话匣子，总是会聊起过年回家的话题。

　　杨文广表家乡的唱词中，有杨家将的一门忠烈，有天波杨府的世代功勋，作为我们小百姓，想起的却是自己家族上拄杖的老祖父、老祖母，倚门送儿远行的老父亲、老母亲。乡土的脉络，就这样神奇地通过杨文广，温暖天涯游子思乡的心。

　　老乡如此，我何尝不是啊，听到亮堂堂的豫剧响起，我会本能地用指头敲着节奏，想起爱听豫剧的父亲，想起他曾经牵着我去村里的戏台，挤到前面看《七品芝麻官》。

　　穿着红色的官袍，戴着带翅的乌纱帽，小眼睛，白鼻子，嘴边一撮小胡子，清苑县的县太爷唐成，简直就是个小丑的样子。可是他不驱赶拦轿喊冤的民女，敢接老百姓的状纸，看状纸的时候，非常认真，右手上拿着头，左手下拿着尾，眼睛凑上去，脸都贴到状纸上，从上到下来来回回，晃动的脑袋带动着乌纱帽的帽翅一圈一圈地晃动，当时看来煞是有趣。尤其是，一品诰命夫人坐在唐成的大堂案桌旁，一副不可一世的样子，就像村里村干部一脸横肉的老婆，双手掐着水桶腰，扯着嗓门，站在街上骂街一样的凶悍，却最终被唐成法办，看得真是出了一口恶气。

　　大概那个时候，就已经觉得当官就应该是这个样子，对百姓爱民如子，对强暴刚直不阿。到了县一中读书的时候，就已经开始和同学们有登车揽辔，澄清天下，指点江山，激扬文字的书生意气了。

2015年11月20日　星期五　成都

七品芝麻官的红薯

高二的时候,班级准备迎新年的晚会,大家要出节目,我当时和几个好朋友就准备唱一段豫剧,可是从《朝阳沟》《过昭关》《三哭殿》到《铡美案》《五世请缨》都是有难度的,而《花木兰》的"刘大哥讲话理太偏,谁说女子不如男"又实在不适合男生唱,最终商量来商量去,还是《七品芝麻官》选段中的《下乡察看》比较合适。用借来的随身听和磁带,翻来覆去练习了好几遍,总算是在调调上了,两个好朋友,一前一后还给我做了轿夫。

没有乌纱蟒袍的戏服,没有生旦净末的画脸谱,没有鸣锣开道"肃静""回避"的道具,也没有鼓锣弦梆的配乐。我拿了一把折扇,他们两个一前一后,三个人就在联欢会上粉墨登场了,想必是有点滑稽的。因为是主角,一门心思别忘词,也没有注意观众的表情和反应,如今那时情景竟然都在岁月的回忆之中。

"想当年在原郡我把书念,凉桌子热板凳铁砚磨穿,盼到了北京城开了科选,我辛辛苦苦前去求官,三篇文章做得好,万岁称赞,恩命我任河南信阳,五品州官"。中国传统士子的科举历程,大多如此,不论是唐朝的白居易还是宋代的欧阳修,要实现经国济世的抱负,就必须经历十年寒窗后的科场。

"到吏部去领凭,我把那严嵩见,老贼要三千两磨墨钱,我说道啊莫说三千,就是三钱我也没有,这个老贼他恼羞成怒,把我降到保定府清苑县,五品州降到了个七品官"。人世间的善恶自古就有,官场中的"老贼"的确让人切齿,大明朝的锦绣河山最终还是亡在了贪官腐败上,崇祯皇帝吊在了煤山,八旗清兵闯过山海关。可是宦海的险恶,却不会顾及谁家的江山社稷、百姓的死活,任你文章写得再好,人品多么正直,也不如白银三千。

倒是小小的七品芝麻大的官儿,上任三天,"百姓们纷纷告状到衙前,权贵们犯法要不惩办,我怎当百姓的父母官,我宁叫南牢地草长满,不叫我的好百姓受屈冤"。我的同学听我唱这一段的时候,七品芝麻官的"当官不为民做主,不如回家卖红薯"的格言在我们懵懵懂懂之间,已经种在了少年心田,并潜滋暗长，成为日后步入社会中价值判断的楚河汉界线。

前面的"轿夫"低下身子，后面的"轿夫"踮起脚，我在中间问，"伙计，咋回事儿?"两位"轿夫"齐声说"太爷，路不好走啊"，我拉长音调说，"那就稳着点儿——"他们两位说，"好嘞，稳着点儿——"我的县太爷的戏也就唱完了……

我读大学的时候，正是河南电视台《梨园春》栏目最红火的时候，男女老幼打擂台，父母在家极喜欢看这个。参加工作的第一个春节，我专门到国美给父母买了一台影碟机，为的就是让他们更方便地看豫剧。豫剧也随着电视荧屏风靡大江南北，长城内外，甚至走出国门。宋代形容柳三变"杨柳岸晓风残月"词的影响力，说"凡有井水处，皆能歌柳词"，如今，真是同样可以说"凡有华人处，皆能唱豫剧"。

2015年11月21日　星期六　成都

一部《琅琊榜》，满怀士子心

果真是因为电视传播的威力，豫剧才有如此强大的传播力和生命力？不是的，电视只是一个传播的渠道与载体，没有观众的喜爱与痴迷，自然不会有《梨园春》的收视率。其中的原因在于豫剧本身的神奇与魅力，而这种神奇与魅力，总在我的心里，却不能清晰地梳理表达出来。

直到近日读经济学家盛洪写的《能不忆唐宋》一文，他写道，"今天大凡一个中国人……多少会背几首唐诗宋词。""家长总觉得应该让孩子背诵唐诗宋词。因为它们很美，只是不知道为什么这么美。"的确，平时我们脱口而出的"凤凰台上凤凰游，凤去台空江自流""星垂平野阔，月涌大江流""白日放歌须纵酒，青春作伴好还乡""竹喧归浣女，莲动下渔舟""大江东去，浪淘尽，千古风流人物"等，这些美丽的诗词，我们除了欣赏其才情很少去探究其深层次的内涵。

每一次回河南老家，我都会让自己的几个小外甥站在一起，认认真真、字正腔圆地从《春晓》《枫桥夜泊》背诵到《关山月》等。只要他们能够将学的唐诗熟练地背出，我都会奖励。可如果你要是问其中的原因，我还真要想一想，或许是为了提高下一代的文学修养与审美？

盛洪以散文的笔法、舒缓的文字，却又铿锵的逻辑节奏，剥丝抽茧，层层递进。他写道，"所谓的诗人们、词人们其实就是活跃在唐宋政治舞台中的士大夫，他们中的大多数人都担任过台谏官员。如唐代的陈子昂、李白、杜甫、白居易、杜牧、张九龄、高适、王维、张说、柳公权、崔道融、元稹、司空曙等；宋代的范仲淹、欧阳修、司马光、苏轼、王安石等。"我们从他列的这一长串的名单中，发现唐诗宋词的名家几乎都在其中，而"作好诗的制度条件是，要排除任何外在威胁对内心创造过程的干扰。显然谏官和诗人这两种身份之间存在着互动，而共享着同一种文化精神"。

这一共同的文化精神便是"士志于道"，而"道"便是天道，便是"百姓安康，社会繁荣"。余英时在《士与中国文化》一书中，也同样写道，中国传统的士大夫，一方面是"佐君行道"，另一方面便是"得民行道"，从心忧天下的视角上，天下士子与皇权是平等的。

不然的话，一部《琅琊榜》，这一带有宫斗意味的古装剧，为什么会引起如此大的共鸣？一时间，观众为江左梅郎所倾倒，其效应前所未有。究其原因，《琅琊榜》所承载的情感价值远不是《甄嬛传》的儿女私情，而是黎民百姓，天下冷暖的士子精神。从太子到誉王，再到悬镜司，几番生死相搏，靖王终主朝政，祁王、林帅、赤焰军冤案得雪。梁帝面对事实，与梅长苏相辩，说："祁王、林燮他们忽视的是朕的天下……"梅长苏肃然反驳，"这天下，是天下人的天下！"

盛洪写士子们"关怀天下，就是关怀自己的天下，天下人的天下。有了这样的视野，才会有天下豪情。""天下是他们的视野，'君'和'民'都在天下之下，天下之中。有天下情怀，思绪和想象才能在天地间自由驰骋，才会有风流千古的诗篇。""以天下为己任才会有张扬豪迈的人格"，才会有李太白的"天生我材必有用，千金散尽还复来"，才会有杜子美的"三吏三别"，才会有白乐天的"卖炭得钱何所营？身上衣裳口中食。可怜身上衣正单，心忧炭贱愿天寒"，才会有范仲淹挥毫的千古名篇《岳阳楼记》，"居庙堂之高，则忧其民，处江湖之远，则忧其君。是进亦忧，退亦忧。然则何时而乐耶？其必曰'先天下之忧而忧，后天下之乐而乐'乎"！

盛洪认为唐诗宋词的美，源自士子行道的深远历史与制度环境，"那就是士子们心怀天下，傲视君王，替天行道，关爱苍生的精神。思绪不会被禁忌打断，才情则装上了自由的翅膀"。他穿透唐诗宋词的优雅表面，看到的是"以天下为己任：唐诗宋词背后的政治精神"。

而戏剧也是一种艺术形式，和唐诗宋词一样，在华夏的人文历史中源远流长。在文化的长河中，有主干滔滔大江，也有支流潺潺溪水，有正史的叙事大传统，也有野史的传说小传统，同样，都在负起"仁义礼智信"的儒家传承。如果说唐诗宋词是天下士子的庙堂，那么戏剧则是普通百姓的江湖，而豫剧便是儒家文化的中原读本和呈现形式。

豫剧是民间的豫剧，唱在市井巷陌焚香处，演在乡村集头田埂边，能给你唱"李世民登龙位万民称颂，勤朝政安天下五谷丰登"，也能给你唱"小仓娃我离了登封小县，一路上我受尽饥饿熬煎"；同样，能给你唱历史深处的"保皇叔历艰辛重把业创"，也能给你唱国家建设中的青年"咱两个在学校整整三年"。在普通百姓的眼里，借助豫剧辨识红脸的忠诚与白脸的奸诈，传颂杨家将戍边卫国的英烈，敬仰包青天明镜高悬的公正……

龙应台看了《四郎探母》，感叹文化的力量，才明白为什么《伊底帕斯》和《李尔王》能在星空下上演几百年。因为文化是柔韧的线，串起一个一个像珠子乱滚离散的个人，形成了我们的社会。

常常听村里老人们说，"这唱戏啊，都是叫人学好"，一个"好"，让人读出了豫剧唱腔中的儒家文化。乡土中国的大道至简，江湖社会黑白分明的善恶判断，野村边寨普通百姓心中的敬天秤杆，是对还是错，咱们小民也会评说。是非面前怎么做，一代一代就在豫剧的故事和舞台上，实现了教化与礼乐。

唐诗宋词的美，是因为士子的天下情怀，豫剧的美，是因为百姓的善恶判断。江山更换，岁月荏苒，儒家的魂魄，文化的脉络，深深地扎根在大河两岸肥沃的厚土中，伴着日月星辰，伴着农人清早除草的露水，伴着他们牵牛荷锄的晚归，乡邻和睦，鸡犬相闻，在每一家每一个人身上滋长出"好"来。

大姐一家子做橱柜小生意，给自己的产品起了一个名字叫"好日子"，或许就是一种河南人骨子里的"好"。想必，他们在工作之余，想家的时候，也会听银环和栓宝唱的豫剧，尤其是银环上山的时候唱"朝阳沟好地方，名不虚传，在这里在这里我也住不烦啊，我也住不烦"。

我把这篇文字，一段一段地发在微信公众号上，一位鹤壁的河南老乡在广元工作，看了文章，专门告诉我，"兄弟，四川的广元，有一个豫剧团，至今仍在演出……"

2015 年 11 月 23 日　星期一　成都

文字中灵魂传递的差事

立冬了，朋友圈中开始为红叶和初雪所刷屏。想起北京的香山，那里不仅有红叶，还有众多文化名人的故居或墓地，有曹雪芹，有梅兰芳，有冯友兰，每一次经过都是一次朝拜，每一次经过都是一次洗礼，苍松翠柏，风雪卧佛。

蒋勋在讲座《美，就是做回自己》中谈到，北京是一个有着深厚人文底蕴的城市，有齐白石，有曹雪芹，还有沈从文。他和林怀民到北京的时候，沈从文先生刚刚过世，林怀民一下子就在沈先生的灵台下跪下去了，"沈夫人很惊讶，她不了解，我们在台湾的时候，沈先生的书是'禁书'，我们偷偷在底下传，并且觉得，如果有一天能跟沈从文说：你一直是我的老师，该是一件多么棒的事情！"林怀民从内心深处，就已经把自己当作从文先生的弟子，存在一种神往的认同。这一拜，执弟子礼，万千言语。

听蒋勋讲林怀民的故事，竟也让我意识到，自己心中当是也有一位老师，遥远的海天茫茫，已乘黄鹤西去，却又近的日夜在自家书房，讲史论诗。同事曾经问我，"张老师，我们发现，你很喜欢在讲座中谈起钱穆，而且，你总是说钱穆先生，言语中充满崇敬。"我笑了一下，正好手边有一本《新亚遗铎》，于是，打开书的扉页给他看，上面是我写的一行工整的钢笔字"慕先生高风，读先生书，如入钱门"。钱穆先生的国士风范与坚毅恢宏早已经让我浸润于心了。

毫无根据的师生情谊，绝无关系的师生传承，因书而结缘，你能说是一种偶然吗？这其中一定蕴藏着些什么，一定有密码一样的东西可以打开，可以说明。

应该是一种神交吗？五柳先生陶渊明不为五斗米折腰，觉得自己曾经是"误落尘网中，一去三十年"，唯有守拙归园，开荒南野，后檐植榆柳，堂前种桃李，深巷中狗吠，桑树颠鸡鸣，方觉得"久在樊笼里，复得返自然"的舒畅。苏东坡被贬谪黄州之际，读了陶渊明的诗，觉得陶渊明便是他的前身，"他越读陶诗，越觉得陶诗正好表现自己的情思和生活"，晚年在《与苏辙书》

中说:"深愧渊明,欲以晚节师范其万一。"

应该是一种影响吗?流沙河写自己十四岁的时候,读《水浒传》,"昼夜狂读,仿佛着魔,那些江湖好汉,简直就是我的兄长。他们闯祸逃亡,抗官落草,攻州牢,劫刑场,我都尾随他们,目击其事,身历其境,惊心动魄。"江湖中的兄长们,带着他这位小弟景阳冈酒后打虎,相国寺倒拔垂柳,痛快淋漓经历着"沧州路上的大雪,草料场上的猛火,大泽桥上的快刀,野猪林中的飞杖"!流沙河被这些大哥们影响,性情大变,柔弱而豪放粗犷,喜行侠仗义之事。

神交也好,影响也罢,因书而敬慕师者,因书中侠客而倾慕浔阳江畔的芦花瑟瑟,千百年播越,历久弥新,如钱塘大潮,浪涛滚滚。这便是文化所承载的思想与魅力,带着穿透时空的力量,打动一代又一代人的心灵,不因历史的翻滚而陈旧,不因政权的变革而减弱。

文化的力量如此神奇?龙应台在《如果你为四郎哭泣》中,以《四郎探母》一场戏来探讨了"文化为什么重要"这一问题。她写八十五岁的老父亲,看《四郎探母》,"我好比笼中鸟,有翅难展;我好比虎离山,受了孤单;我好比南来雁,失群飞散;我好比浅水龙,困了沙滩……"

她的老父亲早已经是泪流满面,剧场中和她老父亲同样酸楚的国民党老兵们,都是少小离家老大失乡。杨四郎快马加鞭奔宋营,跪在佘太君的面前"千拜万拜,赎不过儿的罪来"。杨四郎历尽千辛终能见到老母亲,能向老母亲哭诉心中的歉意与思念,可这些白发苍苍的老兵们呢?故土远隔千重海,至亲早已两阴阳。难以自拔的乡愁中,有着假设当年的愧疚与自责。人,最痛苦,莫过于自我的内疚,又无法释怀。龙应台意识到,原来"艺术像一块沾了药水的纱布,轻轻擦拭他灵魂深处从未愈合的伤口"。

对个人来说,她写道,"文化艺术使孤立的个人,打开深锁自己的门,走出去,找到同类""孤立的个人因而产生归属感"。每一个人都有一个灵魂,每一个孤独的灵魂都希望寻找温暖与前路,文化便是混沌社会中那盏映照灵魂的灯,穿透迷雾,找到归属。

对社群来说,那是一种情感凝聚的基础,"'四郎'把本来封锁孤立的经验变成共同的经验,塑成公共的记忆,从而增进了相互的理解,凝聚了社会的文化认同。"如同一个小村庄,因共有的祠堂,才有了规则与相互的礼让。

"人本是散落的珠子,随地乱滚,文化就是那根柔弱又强韧的细丝,将珠串起来成为社会"。林怀民敬慕沈从文,流沙河跃入梁山泊,那文化的血脉,汩汩鲜活,脉搏跳动,跨越江河湖泊,穿越唐宋民国,串起来的华夏魂魄,从庙堂到乡村，从海岛到故国。

　　文化牵动的是人心，滋养的也是人心，人心与人心之间的维系柔软而坚韧，像蒲公英一样在时代浪潮中随风飘摇，柔而无形，却能在任何贫瘠抑或肥沃的地方，触地生根，倔强重生，不灭不息，前赴后继。

　　蓉城十一月的凌晨，夜静落雨声，寒意袭人，我从睡梦中醒来，在床上辗转反侧，心里一直翻涌着这篇文字，想写出来，不知道是不是钱穆先生又翻开了《国史大纲》，不知道这是不是文化的力量，让我自觉地担负起文字中灵魂传递的差事。

　　哆嗦着从温暖的被窝里爬起来，披上棉衣，打开电脑，写下这文字一行行。

2015 年 11 月 14 日　星期六　成都

不辞长作蓉城人

近日,应朋友之邀到四川歌剧院观看了首届四川艺术节中的"四川文华奖"剧目《薛宝钗》,由成都市川剧研究院国家一级演员王玉梅领衔主演。

优雅的唱腔,婀娜的身段,水墨的舞,飘逸的裙袂,恍惚间我们走进了荣国府,随宝二爷和宝二奶奶一起,荣辱跌宕,情意周折,葬花潇湘无限泪,繁华一梦撑残局。人世间纵情易,宝玉出家,荣府败落,柴米中持家难,宝钗守拙,前路颠簸。王玉梅真真把薛宝钗演得叫一个活!

在节目单的简介上,这样写道"这是一部用川剧续写《红楼梦》的作品,这是一部全国首个以薛宝钗为一号人物的作品,这是一部回归川剧古典美的作品"。

走出剧院,我问同来的朋友,"你知道为什么这部川剧是全国首个以薛宝钗为一号人物的作品吗?"身为成都人的朋友,想了一想,然后摇了摇头。

"因为这里是成都。"我笑着说。

"这跟成都有什么关系呢?"朋友睁大眼睛不解地问。

"因为成都人务实。"我说。

"务实?"朋友更是不解。

"成都人的务实,是一种生活态度,这种务实是一种注重生活质量的浪漫,过日子要过好的日子,而不是追求单纯虚无缥缈的云端之恋。"我解释道。

"嗯,有道理,我们的确更喜欢薛宝钗,贤淑端庄,持家有方,林妹妹的才情和性格,我们也只能欣赏,谁要是娶了她,受不了啊。"朋友深表同意。

在我碰到的天南海北的朋友里,谈起中国的城市,他们有一个共识,那就是中国有两个城市最有魅力,一个是杭州,一个是成都。杭州是因为西湖的妩媚,苏东坡诗词歌赋,白娘子神话传说,舟行碧波上,鱼戏莲叶间;而成都则是因为有令人神往的生活,街头巷陌火锅,春夏秋冬温和,三国武侯英雄气,草堂杜甫秋风歌,锦官城赏蜀锦,宽窄巷丢魂魄。

成都人注重生活,以悠闲而著称,无论什么季节,只要阳光明媚,不管是不是周末,整个城市的角落,翠竹掩映,河畔树下,到处都摆上了茶桌和竹椅,人们坐着躺着，歪七扭八，喝着茶，嗑着瓜子，吃着豆花凉面，摆着龙门阵，各式各样的宠物狗则卧在主人的腿上或者脚上，甚至负责看钱，陪伴主人打麻将。掏耳朵、擦皮鞋、卖水果、卖丁丁糖的穿行在这些茶棚茶楼之间，生意可是不错。根据统计，无论国内外的游客，成都都是其旅游的必选目的地，来成都就是为了慢一慢自己的生活，让时光听从自己的掌握，发发呆，出出神。

一方水土养育一方人，成都人爱生活，悠然自得，源自得天独厚的环境优势。群山环抱、绿水萦绕中的成都平原，自古以来就被称为"天府之国"，秦汉两朝都是后方粮仓基地，支撑大军出关中，逐鹿中原，扫平天下。

不到成都不知道成都的水好。记得2007年第一次到成都，朋友带我喝茶，是在青城山下一个简陋的茶棚。几元钱一杯茶，喝了一下午，四体通畅，唇齿留香，追问茶的名字，店家说，"没名字，后山上自己家种的，自己家采的，就是村茶吧。"当时就冒出一句诗来，"若能杯水如名淡，应信村茶比酒香"。

到京城，回味起青城山脚下村茶的余韵，竟然触发了喝茶的兴趣来，任凭多么好的茶叶，铁观音、碧螺春、金骏眉，自己在家泡，还是到专门的茶馆品，就是喝不出四川村茶的清香来。于是向成都的朋友打电话倾诉此事，朋友说，你要知道成都的水是岷江水，从雪山融化一路奔流，都是在青山绿树间，可谓得天地灵气，自然精华，北京的自来水能比吗？2013年的时候，我读《南方周末》，上面一篇关于北京水的报道，题目是"给我一瓢北京水，清清白白的北京水"，的确是没法比。

不到成都不知道成都的土好。尽管是北方人，又在北京城读书生活了很多年，2012年迁居成都，才发现唐诗中的"巴山夜雨涨秋池""随风潜入夜，润物细无声"的不同意境是可以在不同季节亲身感受的。

我所住的小区正在建设，有一些土丘还在闲置，可是小区的业主们就在坡坡上、坎坎上、沟沟里撒了一些种子，几场雨水过后，不几日，就长出了绿油油、肥硕硕各式各样的蔬菜来。豌豆尖、藤藤菜、红油菜、白萝卜、下锅粑、厚皮菜、小葱、韭菜等，这让我一个北方人，真是羡慕，怪不得杜甫会在诗中写"夜雨剪春韭，新炊间黄粱"。要知道，到了冬季，北方能吃的蔬菜也就是大白菜和白萝卜，还需要窖藏，就算是现在有了大棚和温室，蔬菜的味道也不敢恭维。

看来，北方人的耕作才是真的靠人吃饭，寒来暑往，施肥拔草，捉虫打药，不敢有半点马虎。成都的耕作简直就是靠天吃饭嘛，播下了种子，不用费太多的劲，眼见着庄稼疯长，只是偶尔拾掇拾掇。大概这样才会有时间喝茶晒太阳。

成都的土壤不仅养蔬菜，还养花。春天里虽说百花香，最惹人的还是油菜花、红叶李和春海棠，黄的粉的红的，一丛丛一束束一簇簇；夏天当然看荷塘，不过栀子花和黄桷兰倒是清香了整个城市，因为人们会摘下来，把栀子花挂在家里，把黄桷兰挂在车里和身上，那沁人心脾的清香醒神明目，可持续好几天；秋天桂花遍蓉城，人们都微闭着双眼，贪婪地呼吸桂花的香味，都恨自己的鼻子长得有点短，也有人摘下桂花做成桂花酒和桂花糕；冬日里来，蜡梅芬芳，无论是公园还是小区，颇有诗意"疏影横斜水清浅，暗香浮动月黄昏"。只是芙蓉花感觉四季都开，也因此成都才叫"蓉城"。

这么好的水土，自然会孕育出舌尖上的成都。北京的领导来成都开会，在车上看到街上的门店招牌，就对我感叹，"你说，那个'勾魂面'该有多馋人呢？竟然能把人的魂给勾走。"我就对他讲，成都的小吃各有特色，如果一家一家尝起来，半个月都不会重样的。成都不仅仅有火锅，还有串串香、钵钵鸡、盆盆虾、担担面，在名字上多种多样，亲切一点的有双流老妈兔头、廖记老妈蹄花、皇城老妈火锅，总之，都是老妈温馨的味道。领导打断我说："你还是别讲了，再讲我就舍不得走了。"

这么好的水土，也会孕育出别样精致的城市景观。且不说浣花溪的园林古典，百花潭的幽静参禅，望江楼的诗意盎然，但看一下成都的人工湖：东湖、安靖湖、北湖、锦城湖、青龙湖等，如同翡翠一般，水雾萦绕，白鹭翩翩，把这座城市恰到好处地镶嵌。

有水的城市便有灵性，成都有府南河这条玉带穿城而过，府河两岸古树参天，小径蜿蜒，石板栏杆有岁月之感。树下垂钓，夏可纳凉，秋可观景，河中鱼虾当是愿者上钩，钓翁之意不在鱼，在乎河风与涛声。成都众多的湖泊湿地，滋养着这个城市的温婉脾气，调节的不仅是城市的气候，还有市民的心情。市民们运动休闲，出门便是湖光树影，芦花橘柚，伸伸胳膊，弹弹腿，在草地上扎个帐篷，"仰观宇宙之大，俯察品类之盛"。"道法自然"的精髓被成都人领略得淋漓尽致，也不枉李白当年写"九天开出一成都，万户千门入画图。草树云山如锦绣，秦川得及此间无"。

上天眷顾成都，所以三国时期刘玄德以益州一州之力维持三分天下，依靠的不仅仅是诸葛丞相的理政干才，还有巴山蜀水的屏障，成都平原的沃土，都江堰的灌溉和锦官城的蜀锦。不过，往事越千年，成都已非偏安一隅的小城，如今的成都可是国际化的大都市，时尚荟萃，引领潮流，流光溢彩的城市风景丝毫不逊于北京、上海、广州，春熙路的名声近几年恐怕要远远超过北京的王府井和上海的南京路。

然而，再大的环球中心，也大不过普通百姓的市井生活，没有耐心的功夫，炖不出苍蝇馆子里的浓汤一锅；再大的宏观叙事，也大不过婉转起伏的川话，没有轻松的心态，听不出成都话中的风趣幽默。成都人务实，有工作有业务，也要舒服，要谈总要坐下来，碰一碰，磨一磨。不用担心谈业务的场所，这里没有风尘仆仆，也无需风风火火，成都的大街小巷多的是茶楼、书吧、咖啡厅，如良木缘、漫咖啡、星巴克、格调书屋、散花书院和方所。

那些知名的、不知名的茶舍书屋隐藏在这个城市的各个角落，一杯茶、一本书的午后时光，独处的、群聚的，都给这座城市提供了心灵休憩打盹的空间。壶里天地宽，杯中日月长，蓉城的调调就是让你在明窗净几间，看到玻璃杯中绿茶的枝叶缓缓舒展，洁白的茉莉花瓣浮在上面，荡荡悠悠飘出一缕水雾，香气四溢，这杯茶的名叫"碧潭飘雪"，这场景，简直就是魏晋人物的风花雪月。一个"茶"字本就是人在草木之间，是不是那一刻有"偷得浮生半日闲"的窃喜，有"向天借了一下午"的嘚瑟？而在北京，我曾经在三环内的区域，找了几个街区，没有找到一家可以歇歇脚、喘口气、喝杯茶、坐一坐的地方，庞大的车流，裹挟着其中的每一个人，滚滚向前，不能停歇。

写了这么多成都的好，有人会问，张老师，不要给成都打广告啊，成都难道就没有不好的地方吗？有，就是成都这几年偶尔会摇一摇晃一晃，毕竟是冲积平原，孔明选的地方，能会有错？但这一晃，反而让成都人更加活得洒脱，更加用心地品味春花秋月，更加珍惜亲人相聚、朋友相惜的幸福当下。

现在正是锦官城的十一月，立冬刚过，北京城早已经飘了初雪，冷得尤其像《琅琊榜》中的金陵，梅长苏在书房生起了炉火，想必北京的朋友们也享受起了暖气。想起在北京的时候，朋友请我喝酒，发短信说："晚来天欲雪，能饮一杯无？"正是白居易的《问刘十九》，"绿蚁新醅酒，红泥小火炉"，真是一杯酒暖心，朋友相唱酬。

如今人在蓉城，朋友总会问我"成都可打算长待"，我说，"此身此城两相宜，不辞长作蓉城人"。我也早已经喝不习惯号称有三百年历史"产自牛栏山里面"的二锅头了。还是尝一尝四川的酒吧，绵软悠长，醇厚飘香，你看这些品牌：五粮液、水井坊、剑南春、青花郎，是不是这些名字都让你醉了？

北京的故人旧友，如果看了此文，是否触动了你紧绷的弦，想飞来成都一叙？如此良辰美景，我们怎舍得共剪西窗烛的诗意，月夜秉烛，同赏一枝春，犹如宋代杜耒笔下的《寒夜》，"寒夜客来茶当酒，竹炉汤沸火初红。寻常一样窗前月，才有梅花便不同。"

2015年11月11日　星期三　成都

你觉得那些事情可以炫耀吗？

"人之初，性本善，性相近，习相远……"每每听人议论起《三字经》《千字文》《弟子规》和《声律启蒙》等蒙学经典的时候，都有一种莫名的感伤，我们成长的过程中，没有在学校中学过这些老祖宗传下来的东西。只有在爷爷的唠叨中偶尔听到个别的词句，想必为我起名字的时候，爷爷应该是从《三字经》中获得的灵感和寓意。

至于我的父亲上小学的时候在干什么，姑妈是这样对我说的："你爸爸小时候总是浪费煤油灯，偷偷地在灯下看三国啊水浒啊，不务正业，经常被你奶奶逮住骂一顿。""你爸爸还经常去镇上的戏院看戏，什么伍子胥过昭关，穆桂英挂帅，他都是要去的。"听起来，我怎么觉得我父亲就像电影里地主家的少爷一样，那么有风雅之趣。

后来问起父亲这些陈年旧事，他说那些都是好年景时候的事，"三年自然灾害"的时候，整天想的就是如何能早点下课，到地里翻一些能填肚子的野菜。学校的黑面馍馍，就像"自来火匣子"（火柴盒）那么大，米汤里从来都见不到大米是什么样子。后来，他每当看到几个孩子不好好吃饭的时候，都会讲他小时候的黑面馍馍，还会用手比画大小。

农村的小学是有秋假的，老师们要秋收，孩子们自然也要回家帮忙干活。我在秋假的主要任务是看守地里已经刨出的花生，等着晒干，然后才是颗粒归仓。皓月当空的时分，父亲会在田野里带着幼小的我，伴着蛐蛐的鸣叫，给我讲"桃园三结义""三英战吕布""关云长千里走单骑""赵子龙浑身都是胆"等《三国演义》中的故事，也会绘声绘色地给我讲《水浒传》中的黑旋风、花和尚、鼓上蚤和小李广。

以至于我在少年时总是幻想自己有一身的武艺，高来高去，独来独往，提单刀，蒙黑面，身轻如燕，飞檐走壁，在月黑风高夜，去除暴安良，济贫扶弱。偶尔还和小伙伴们做一些木制的刀枪棍棒，有模有样地练上两把。而我对文学历史的兴趣，对传统文化的认识，以及路见不平、拔刀相助的侠义情怀，也应该是得益于父亲小时候的煤油灯和戏台子。

在小学读高年级的时候,有一个小英雄叫赖宁,他因为救山火而牺牲,而我们的校园生活中,最熟悉的照片就是他戴着红领巾的样子,站在山火中,一脸的坚毅。在老师的教导下,我们每天的思想品德课都会讲如何向赖宁学习,做好人好事。我们甚至盼望有一次大火发生,能让我们这些"祖国的未来"一显身手,在火灾中保护国家的财产。

火灾这样的大事,毕竟不是谁都能碰上的,做不了英雄,也要做个优秀少先队员,大家都争先恐后地做好事,比如,老师的教鞭到了年底可以捆成一捆回家当柴烧。校园中长着两棵针叶松,在华北平原农村的小学校园中属于稀有的植物,大家自然是十分爱惜。我们班的同学为了做好事,抢着把松树浇了一遍又一遍,愣是把其中的一棵给浇死了!

我就在这个学榜样、做好事的过程中长大了。到了高中,小县城的老师给学生讲道理更有乡土特色。本可以讲"宝剑锋从磨砺出,梅花香自苦寒来",他们却讲"出水才见两腿泥",明摆着是要和插秧放在一起说。本可以讲"有自己的观点和想法才有新意",他们非要说写作文"吃别人嚼过的馍馍没有味道",谁还敢尝试抄袭作文,尝一尝别人嚼过的东西呢?本可以说"考试不要作弊",他们却说作弊是"文贼",谁也不愿意背上"文贼"的名声。

上研究生的时候,读到人类社会学中有一个理论:"大传统"与"小传统",而余英时教授则认为在历史学领域中这一理论与中国的"大历史"与"小历史"理论是相通的。到此,才明白,我的成长中,就是接受学校教育与我父亲的教育,是一个国家叙事与民间传说的相互结合,从而实现了一个历史传统价值的塑造与引导。而这两个传统,也很鲜明地帮我塑造了一个历史符号般的"杨延昭与潘仁美",让我学会判断社会中的是非曲直。

一个时代一个时代变迁,我也不再年少,如今,我作为一名老师坐在台下,看年轻人登上求职应聘的模拟舞台。他们几乎都是这个学校的精英,学生会主席、班级团支书、社团负责人等,他们有很多骄人的业绩,策划晚会、组织秋游、赢得辩论等。他们身着不怎么合身的西装,穿着锃亮的皮鞋,手拿着麦克风,侃侃而谈,有的还会在自我介绍的环节献唱几句流行歌,台下传来阵阵的掌声与欢呼声。

然而,有的选手会在很认真介绍自己的能力的时候,说"我替别人写过论文,我觉得我的文字功底是可以应聘贵公司的",还有几位选手说"我做过'网络水军',我具有较强的营销能力"。

我突然觉得自己似乎有点不太适应,难道说,我已经落伍了?难道说"枪手"和"水军"都已经成为可以证明自身能力的履历,可以拿来炫耀了?我特别想问一问,年轻人,你觉得那些事情可以炫耀吗?

"价值观"三个字,在平日里看了太多次,以致麻木,听了太多次,以致无声。今天,这三个字,怎么这么沉甸甸,却又充满无力感。

出会场的时候,我接了个电话,是在家乡读小学的外甥打来的,他想让我帮他买一本《增广贤文》,我说"正好家里有,马上给你快递过去"。我还准备把《三字经》《千字文》和《弟子规》一起给他寄过去,很急切地希望他能早点看到。

2015 年 11 月 9 日　星期一　成都

那些郁闷的年轻人

记得许知远曾经写过一本书叫《那些忧伤的年轻人》,书中写他一天晚上在读李敖的书,读到兴奋处,渴望大声地呼喊,渴望在他的小屋里又蹦又跳,渴望对着他的全班同学大声地叫:"你们知道李敖吗?"

这种深深的共鸣,让我想起自己大学时代,背着母亲给我装好的被子,还把学费一起塞进了编织袋,母亲说:"这下,你就可以安心地在火车上睡觉了,不用担心学费会被偷走或者是被劫走。"

路过郑州的时候,先到儿时的好朋友就读的中专落脚,兄弟相见,高兴地把普通话改成家乡话,"黑喽睡在我宿舍吧,中不中?""中,可中,省钱,还能多唠会儿"。

进校门的时候,兄弟突然说:"咱们能不能把布袋翻个个抬啊?"我才发现,原来编织袋上有一个大大的补丁,兄弟俩大笑着把编织袋转一下抬进了他们学校的大门。

刚刚从黄河岸边的小县城走出来,看着省城郑州五光十色的霓虹灯与高楼大厦,一切都是新奇,一切都是陌生。说话的方式,也逐渐从浓郁的河南封丘话转成普通话,火车一路哐当把我拉到了更大的城市,那里有我的大学。

还没有来得及看一个城市的名胜与景点,也没有尝试地走进麦当劳与电影院,也没有偷偷地去瞄女生的刘海与脸蛋,就已经按照原有的习惯老老实实地去教室上自习了。同宿舍的同学会大老远地喊着我的名字说,"替我占座,三排靠后!"后来,我又多了一项业务,就是把寝室的老大和老三的情书送给我们联谊女生宿舍中的老六和老四,因为尽责,从未出现过一次信件分发失误。大学生活的开始便是在这样的朦胧中与拎着水壶打水、背英语单词的日子里开始了。

渐渐的,我发现了一个不同于学校其他地方的场所,也是我一直梦想的地方,因为小时候总是做梦,梦见天上的飞机空投了几个带降落伞的箱子,我会在我家堤南的田野里,仰着脸追着降落伞跑很远很远的路,直到箱子落地,我扑上去打开箱子，里面装满一本一本的连环画……大学里的图书馆，便是芝麻开门的藏宝宝库。

图书馆是我的大学里最好的建筑，宽敞明亮，安静舒适，桌子和椅子都是上等的实木，就算是看书看累了趴着睡觉，也是很舒服的。在这里我读到了西南联合大学，原来中国还有一所这样神奇的大学：闻一多先生可以在课堂上讲"痛饮酒，熟读离骚，可以为名士"；钱穆先生上中国通史，不用点名，课堂里早已挤满了二百多人，座无虚席，迟到的人只得挤在教室外窗台旁或大门口旁听。

在图书馆的阅览室里，我碰到了书架上台湾的李敖，碰到了那个桀骜不驯、风流倜傥、才华自负的李敖，碰到了那个考台湾大学研究院的时候让老师们对他不敢提问专业问题，而是问"你以后在校园里还穿长衫么"的李敖。

我惊呼大学原来是这个样子，我之后的大学生活就如同许知远笔下的年轻人，在读了李敖作品之后的几年间，用各种方式寻找李敖的作品，了解李敖其人，李敖的种种特立独行的故事加剧了我对他的心仪。许知远写道"他会在高三那年，因为厌恶考试机制，就休了学，放心地养浩然正气；他会在考上台大法律系之后，再退学；他会上课不抄笔记，还理直气壮地说，那是中学生才干的事；他会'李敖情书满天飞，是个女孩就想追'地追逐台大的女生……这些最琐碎的事情，却映衬出一个顽强地按照自己的方式生活与思考的年轻人的形象，同时他又是充满了人性的血肉，而不是一具只会思想的尸体"。

在接下来的日子里，我的大学课堂上，同宿舍的兄弟们已经开始帮我签名，替我喊到，而我则像一头小牛闯进了菜园子，原来逃课在图书馆里随心所欲地读书，是如此的欢快。

图书馆的老师们已经能够叫出我的名字，甚至允许我帮助他们整理新到的书，让我至今都心存感激的是，他们往往会把新到的好书，给我留存起来，等着我去借。以至于，有同学好不容易借到一本新书，却发现书背上借阅记录卡上第一个名字就是我。

如今，我在课堂上对着教室里一张张仰着的脸庞，也想像李敖一样汪洋恣肆地从一本书讲到另一本书，从一个思想讲到另一个思想。但是，有一天，一个学生给我说："老师，我们正在办理免学不免考。"我说："这样固然是好，可是读书的时光毕竟有限，大学的时候还是要静下心来读书。"

学生和我说："我们也想多读一些书，好好地上课，可是，我们总是觉得很郁闷，因为担心找不到工作，看不到未来的希望，所以要早早地赶到社会上去实习，去考一些资格证书。很多课，我们看看教科书，是可以考过的。您的讲座，只要有机会，我们都会赶过来听的。"

　　社会真的需要这些郁闷的年轻人早一点对接所谓的岗位吗？我在国家数字出版项目的研讨会上，碰到几位业内人士，谈起大学教育的现状，他们说，"我们在招聘年轻人的时候，只问两个问题，一个是你最近读什么书？第二个是你自己的想法是什么？"他们说，第一个问题是看学习能力和探索新事物的能力，第二个问题是看独立创新的意识和长远发展的动力。

　　然而，这几位业内大佬对当下的教育很是困惑，他们说："一个青年的技能可以差一点，我们可以培养，但是一个青年的梦想和心性是要在学校里形成的。"可是，相对那些郁闷的年轻人，我很无奈，我想我应该写下这些文字，却不知道这些年轻人能不能看到。

2015 年 11 月 3 日　星期二　成都　华阳

江城十月登珞珈

十月江城,秋色老梧桐,枯黄的落叶错杂在淡蓝野菊的丛中,寒意顿生。

走在武汉大学的校园里,如同缓步攀登在莽莽苍苍的群山之中,参天古树苍劲掩映,连绵不绝的民国建筑敦厚朴实地矗立在山顶上。冲天的飞檐、青色的瓦、红色的窗棂,如同水墨泼出的藏画,竟然在岁月陈旧之中难掩绝世的妩媚与风流。

武汉大学给我的印象总是和樱花难解难分,听同行的朋友讲,春季樱花烂漫的时节,各地游人蜂拥而至,大学校园不胜其扰,但又无法闭门拒绝,无奈之下只好出了收门票的下策,俨然武汉大学的樱花道已经成为当世的景点。怪不得,在朋友圈里,武汉的几位大学老师都会在特定的时令,报春一样晒晒自己的大学校园。

虽然不是樱花盛开的季节,如今走在这条路上,仰望着一块块磐石建造的学生宿舍,恢宏的穹顶门洞,撑起往昔的亭台楼榭。能想见这一栋栋的建筑,经历了多少的风吹雨打,仍能默默地陪伴着楼下小路上的樱花开了落,落了开,年年岁岁,岁岁年年。樱花树下青年的笑靥,年年不同,却岁岁灿烂。在路边的书报摊上,有众多的明信片和手绘武大的图册,从中能看到樱花烂漫季节的盛况,那种惊艳,当是留给自己一个再来的理由。

这些民国的建筑群,至今仍在使用,学生宿舍、图书馆、教室,竟没有因时间的流转沧桑而生出破损之感,倒是周边的老藤柏松,无言地诉说着光阴的见证,图书馆的底座上刻着"中华民国二十年国立武汉大学建",旁边的一座教学楼的底座上刻着"中华民国十九年国立武汉大学建"。站在这些建筑面前,心有戚戚,有凭吊之感,恍惚间看到闻一多先生穿着一袭长衫,夹着书本,正缓步走来……

走进图书馆,门口有红漆实木雕刻的屏风,上雕"肃静"二字,在一楼的大厅墙壁上,挂着从武昌师范学堂开始的历任校长的画像,静静地仰望,能感觉到时光的流淌。是不是校方每一年都把这个场所当作新生入学教育的课堂，不得而知，不过，我却能强烈地意识到这是一个沉思的地方，如同西方大学的教堂，与神相通，叩问心灵。稚气未脱又个性张扬的年轻人在这思考我从哪里来，要到哪里去。历史深处沉淀而成的大学人文，凝固成这些先贤前人的画像神韵，后辈人再任性乖张，终究要在此碰上自己人生中的终极追问。

走出图书馆，站在门楼的平台上，极目远眺，正是珞珈山起起伏伏的山势曲线，染了秋色的郁郁葱葱的树林，五彩斑斓。正看到一群年轻人穿着学士服在拍照，不禁疑惑本不是毕业季节，怎么会有群体拍学士服的毕业照？想必是舍不得这宜人的秋山，留存武大的秋风冬衣，来填充自己大学里的四季颜色吧。

同行的朋友感慨，武大校园真是静心读书做学问的好地方，另一位朋友加了一句"也是谈恋爱的浪漫地方啊"，大家都深表赞同。树下的诵读声，朗朗动听，而樱花道上自行车的铃铛声，也一定是在提醒，后座上拖着一起上课的女生。

夜风起，晚灯亮，舍不得离开珞珈山，舍不得离开容易丢魂的校园。走到新牌楼前，朋友说这就是大门口了，抬眼望见新牌楼的上面写着几个篆书，文理工农医几个字是熟悉的，其中一个很是复杂，正在沉思间。一位老者用手指着那个复杂的字，热心地对我们说，那个是"法"字，是表明武汉大学当年的学科和学院，他说"文法理工农医"，竟然是我们熟悉的四川乡音。我们就问"先生可是四川人，在这楚地，竟然一口川音啊"。老先生说故乡是重庆，闻听我们从四川而来，如见到故人一般喜悦。他说从少小离开故乡，大半生都在武汉大学度过，从事专业教学，在三尺讲台上培育天下桃李。欧阳老师听他乡音不改，问及年龄，他说已年近八十，依然每天都要在校园里走走转转，才踏实。想必他的人生已经和武汉大学融为一体，一代一代的学人，一代一代的传承，积淀而成大学的底气与传统，那么这所大学，自然也就有了灵魂。

走出校门口，回过头看，灯火阑珊处，六个遒劲方正的繁体大字"国立武汉大学"，欧阳老师说，"合张影吧，这种风格的大学校门，国内不多，底蕴深厚，百年传承。"大家规规矩矩地站成一排，镜头闪光的一刹那，思绪翻涌，百年前的青年是否也曾站在此处，留影纪念，而后为家国奔走，青春却永远地留在了珞珈山？

武昌、汉阳、汉口，武汉三镇，自古为九省通衢之要地，这里历史的硝烟中有张之洞的汉阳铁厂，有黎元洪练的新军，有辛亥年的阵阵炮声，有抗战烽火的汉阳造，中国的近现代史中，怎么绕也绕不过武汉三镇大江城。然而一个城市如果要有灵性，靠的不仅仅是历史的厚重，还要有大学的熏陶和引领，这样的城市才可历久弥新，儒雅持重。

　　武汉江城，因有了珞珈山上的大学，便有了城市的灵性。珞珈山上，"江流天地外，山色有无中"。

2015 年 10 月 31 日　星期六　武汉　华中师范大学桂园宾馆

一段苦的生活，你就把它当苦瓜吃掉

两位年轻的警察，戴上白手套，打开工具箱，拿出黑色磁性粉，小心翼翼地用毛刷在墙壁和栏杆上刷着。立刻，清晰的指纹露了出来，警察再用镊子夹着贴膜，印下一枚枚指纹。

这场景不是香港警匪大片的镜头，是在我自己家阳台上的真实上演。小偷在凌晨的时候，沿着煤气管道，爬到五楼，翻过阳台的窗户，进入客厅，把我家里最值钱的电脑偷走了。

第二天早晨，报警后，警察前来现场勘查取证。朋友们得知此事，惊呼小偷简直是太业余了，偷张老师，这不是"鸡脚杆上刮油么"？

我觉得很是懊恼和沮丧，一方面是安全感的紧张，另一方面是丢失的东西，电脑里有我刚刚写好的论文《古典与时尚结合的闹市清幽——宽窄巷子》。我辛辛苦苦查资料、做专访、看实地，写了一个月，大功告成，正洋洋得意，突然，一夜之间回到了"解放前"，前功尽弃，"啥子都没得了"，突然觉得自己怎么这么倒霉，这么的不顺！

经常有同学会问："张老师，你会碰到生活的不顺吗？碰到你会怎么办？"人人生活中，都有得与失，得不到与失去，都会产生挫折感。于是，人人碰到生活的不顺，就觉得我们所处的是逆境，品尝的是生活的苦滋味的一段。

张老师这不就遇到了吗，对于一个大学教师来说，电脑是我的生产工具，而耗费心力写出的论文，就是我的劳动成果。我的生产工具和我的劳动成果被偷走了，这种失去带来的郁闷感，就像农民种地，一地的庄稼长势茂盛，临近中秋，丰收在望，一场洪水，化为乌有，真是欲哭无泪，叫天不应，用四川话来说是"相当的恼火"。

读书人失去劳动成果的滋味，生活中苦的一段，我尝到了，历史上的西南联合大学的金岳霖教授和北京大学的陈平原教授也都咀嚼品尝过。

抗日战争艰苦的时候，北大、清华、南开三校内迁云南昆明，组建西南联合大学，联大师生在炮弹的袭击下弦歌不辍，金岳霖当时正在写《知识论》一书。每一次日军的飞机轰炸，金岳霖都带着书箱和书稿往山里跑，躲到山坡草地上继续完善书稿。一次与同事聊天回来，发现书稿遗忘，再回去找，就怎么也找不到了。在战乱中丢掉的心血，使一向幽默的金岳霖，在那个时候怎么也幽默不起来了。

至于陈平原的书稿更是传奇。我上大学的时候，同宿舍几个同学在谈论当下学人的著作，陕西人李晓斌撇着嘴角，就像刚喝了一口浓烈的西凤酒一样，用浓重的陕北话不屑地说："你们说的那些书有什么趣味？你们看一下陈平原的《千古文人侠客梦》，那才叫一个精彩"。第二天冲到图书馆，我如获至宝地找到了这本书，席地而坐，背靠着北京秋日的阳光，坐了一个下午。这本书的前言中，陈平原给我讲了一个他的书稿遇到的劫难：1990年，他出差广州，把这本关于武侠小说理论的书稿放在皮箱里，在广州火车站，光天化日、众目睽睽之下，小偷硬是抢走了他的箱子！

丢了书稿、被抢了书稿，这算不算劫难呢？前两天著名的出版人张立宪做了马格南图片社的书叫《读》。书的推广是从一篇文章开始的，题目叫《你这样一个读书人，总能找到你的同类》，读来让人温暖，让人陡然生出一股浩然底气。我被偷书稿的劫难，所面对的劳动成果的失去，不也是让我找到我的同类吗？

现在要回答同学们第二个问题，面对这样的逆境，应该怎么办？我该怎么办呢？

草木一岁一枯荣，野火过后，依然是春风盎然，大地锦绣，因为根还在。生活中的苦不也是如此吗？因为生活的根长在你的心里，丢不掉，抢不走，偷不了。

知道有了根，就知道有了希望，有了希望的人是什么样子呢？是阳光的样子，是阳光打在脸上，温暖留在心里的灿烂。这种希望便是生机，这种温暖便是激情。沈从文便把这个道理讲给自己的学生汪曾祺，"一个人，总应该用自己的工作，使这个世界更美好一些，给这个世界增加一点好东西。在任何逆境之中也不能丧失对于生活带有抒情意味的情趣，不能丧失对于生活的爱。"这段话深深地影响了汪曾祺，现在也深深地影响了我。后来，沈从文在"文化大革命"中被下放到咸宁干校，他没有像老舍一样作别，而是给黄永玉写信，说"这里的荷花真好"！

红尘中的劫，生活中的难，迎面而来，躲是躲不过的，面对这样的逆境，能闻到荷花香，沈从文当是传了东坡居士的文胆诗魂。苏东坡遭贬长江边穷苦的黄州，生死飘摇，在江边一个破旧的临皋亭栖身。他写信给朋友说："寓居去江无十步，风涛烟雨，晓夕百变。江南诸山在几席，此幸未始有也。"正是在黄州这段苦乐生活中，苏轼写下了《大江东去》《前赤壁赋》《后赤壁赋》等绝世文章。他的乐观旷达，他愿意传给身边的邻人、朋友，即便是从黄州辗转到汝州辞别之际，他仍告诉老邻居们"人生底事，来往如梭。待闲看秋风，洛水清波。好在堂前细柳，应念我，莫剪柔柯。仍传语，江南父老，时与晒渔蓑"。

　　后来的文人们，应该是学了苏东坡的豁达与情趣，面对生活的难，内心深处的根会倔强地生长出风景秀丽的桃花源，落英缤纷，芳草鲜美。金岳霖又开始写《知识论》了，他依然觉得逻辑是很好玩的；陈平原希望那个劫贼看了书稿后会喜欢上武侠小说，朋友还专门为此拟了上联"车站遭劫平原君恨不早养士"，陈平原自叹此"平原"非彼"平原"，只好重写《千古文人侠客梦》，只是下联无人对上。

　　我呢，当然也像那些前辈同类们，重新写《古典与时尚结合的闹市清幽——宽窄巷子》，我就是担心小偷看了论文之后，等着看我的下一篇文章。不怕贼偷，就怕贼惦记啊。

　　在北京的时候，我是不吃苦瓜的，到了成都后，才知道苦瓜是好东西，清热解毒败火，也就乐意地咂摸其中的滋味了。同学们，生活中苦的一段，无论是失恋，还是困苦，看淡得失不易，我们能做到的就是——不怕，就当它是一节苦瓜吧，吃了它，清热解毒败火。

　　这苦瓜回味的时候，可以飘出荷花香呢。

2015 年 10 月 21 日　星期三　成都　华阳

小城秋夜

小城的夜微凉，街上行人已经少见短袖的衣着，大多都添了衣裳。

晚饭后的时光，走在青瓦屋檐下的小巷，依稀看到火锅、串串的招牌，飘飘荡荡溜出来纯正的麻辣的香，馋得你不自主地伸着脖子往巷子深处望一望，看哪一家的小店，灯火正亮，生意正忙。

这味道因为空气的清晰单纯，没有大城市的尾气和焦油调和，总能闻出来，哪一家是火锅店，哪一家是奶汤面，哪一家是串串香，哪一家是钵钵鸡，哪一家是盆盆虾，哪一家又是酱的鸭翅膀，炖的肥羊，洒了葱花，加了香菜，涮了刚从地里掐的豌豆尖。

由这单纯的家家飘香，感叹城市与城市之间空气的差异，原来仅仅是空气，也透着一个城市的味道。做一下深呼吸，能闻到小城青石板的青苔的湿润，能闻到黄桷树的暗香，能闻到山上的古刹幽静，能闻到小城市民的不急不缓的心跳，享受夜的恬淡舒畅。

街巷中，你家的竹子伸出院墙，我家的蔷薇花已开，东家的桂花树亭亭如盖，西家的小叶榕长长的胡须垂了下来。市民们走出街巷，走到坝子上，三五成群，伸胳膊扭腰杆，牵松狮遛贵宾，小犬相逢大松狮，主人在吼得凶，倒是松狮拽动自己的肥滚滚的样子，懒得理会这些小东西，晃两下就趴在地上休息了。最惹人的是家猫，夜色降临，就不用再像白日里闭着眼睛伸着懒腰，娇气慵懒的喵喵两声抖抖胡子，舔舔毛了。天性向往自由的它们，翘着尾巴，昂着头，精气神大涨，大摇大摆地迈着方步，不黏人，不理狗，不追耗子，不喊同类，真是一个独行侠，爬树、上墙、过街、穿巷，总是一副大爷行走江湖、利落洒脱的模样。

没有了汽车的喧闹和人群的熙攘，小城的街道更像一幅画，在缓慢时空中展开，人们如同上面的剪影，生活得不慌不忙。从文脉巷转回书院街，走回来的时候，小城里小店的灯光那么温婉，不像大成都的霓虹灯闪着白光。一家一家小店，忙碌完的店主，没有打烊，正搓着麻将。

打开手机，原来正是周末，朋友圈中有人晒北京城正是雾霾爆表，想必北京的朋友此刻还有可能堵在二环路上，那种奔波中的充实也是一种梦想，一个在路上的追求与希望。北京街道上的灯光，在这个秋夜，应该是寒气白冷，一路路的尾灯，显示北京的魅影，想起白衣飘飘的20世纪80年代的歌手张楚，唱的西出阳关的歌词："我不能回头望，城市的灯光……"

下午出成都，经崇州，过大邑，往西岭雪山方向而去，停脚的地方，正是文君卖酒的家乡。这邛崃的小城之夜，静谧安详，不敢高声语，恐醉踏歌人，一任思绪随着南河的水流淌。

这里曾是汉代繁华，商贾云集，丝绸路上，南来北往，千年的小城，万年的岷江，历经风霜，岁月悠长。多少帝王将相，策马扬鞭荡起尘土飞扬，可是邛崃的人们在南河的身旁，伴着河水冲刷青石的声响，农夫采茶，樵夫歌唱，喧闹处是浣纱的姑娘。无论是历史如何动荡，无论是世事如何沧桑，小城的人们该闲就闲，该忙就忙，搬着竹椅在大树下，有星星的时候，看星星，有月亮的时候看月亮。

回到住处，眼前场景依然是，昏黄的路灯，投下树影斑驳，猫影绰绰。天上洒下了细雨，恍惚间望见南河的古桥上，有一队队披着蓑衣的赶路人，正吆喝着瘦马，驮着小城的茶叶和丝绸，往西而去。恍惚间看见文君故里的塑像，正在自家酒旗摇曳的阁楼上，倚栏西望，司马相如的马车正在长安道上。

小城的秋夜，在子虚乌有的汉赋里，在巴山夜雨的唐诗里，在我的梦里……夜里敲打着西窗，我却挺愿意听着这秋雨的声响，让人可以安静地想一想，当然，也可以让人安静地什么都不想。

2015年10月17日　星期六　成都　邛崃

人到中年在蓉城

国庆节的第二天,铁像寺水街,行人们牵着泰迪、比熊,推着婴儿车,或者是扶着老人,懒洋洋地在河边散步,享受着成都秋日的阳光明媚和假日的舒心悠闲。

我坐在散花书院的窗户旁,抬眼看到窗外一丛墨绿的竹子在微风中摇曳,倒映在河水里的竹影如同水墨的画作。浓郁的太阳光穿过竹叶照射到我的身上,还有放在键盘上的手上,明明暗暗,竹影斑驳。

那竹叶在阳光的投射下,明亮疏朗,错落有致,层层叠叠,在半卷帘的玻璃窗里浮动着秋阳的暖,竹叶的凉。一丛竹竿的节节挺拔,陪衬着竹枝的柔顺倒垂和竹叶的清爽多姿,竹叶在动,竹竿是静,书院琵琶声起,犹如江湖侠客的山林归隐,远离纷争。山中古寺,湖畔兰亭,忍不住叫上一杯素茶,在氤氲的四溢茶香中,翻开一本书,字里行间,山一程,水一程,或快或慢,终究是写写心里话,走过的城,还有忘不了的情。

假日,原计划是要和大学两位同学小聚一下。三人同在京城读书,四年同窗,老郑喜欢踢足球,老蒋研究李清照,我在尝试做环保,各有梦想。十年之后,在大时代的浪潮和小人物的奔腾与漂泊的激荡中,尘埃虽未落定,却已尝到平凡世界中的春夏秋冬。

老郑是天府眉州人,毕业离京,到西北甘肃落脚,少年豪气投身国企,大约是2005年终又转回成都。老蒋是楚地荆州人,离京赴湘土,从学校到行政,颇有传奇。而我则是中原牧野人,曾经在华南拼打,舍不得北京城的漫天夜雪、香山红叶,选择在民大执教。2012年我和老蒋先后作别曾经的城市与单位,来到诸葛武侯曾经治理下的锦官城。三兄弟再聚首一地,唯有举杯,说不完大学校园中四年的美好光景——白发先生与漂亮女生,却都不愿再提及自工作后的十年摸索与十年折腾。

三个人,一座城,相互问候,相互支撑,不过相聚的时候总是很少,终于大家都放假了,说好的要到老郑家中,早上看到老郑发的微信,"闺女小病,要去医院,兄弟相聚改天。"原定的小聚取消或改期,是常有的事情,已经不比当年,说聚就能聚在一起浓酒淡茶,海阔天空,毕竟不是少年时候无家一身轻,来来去去如云似风。

正好到散花书院坐一坐,翻翻书,接了个电话是单位的好朋友老李,老李也是邀请我聚一聚。我说,"在散花书院呢,你可以来喝茶。"老李说现在不行,正在带着孩子逛书店,给儿子选字帖呢,因为儿子的字写得不好,这次月考被扣了一分呢。紧接着他就在电话中给我讲,他儿子这次数学考了140,英语考了130,语文考了115……

原来,不知不觉中,我们已经人到中年,不能再做青春任性的梦,那书生意气的琴棋书酒画,日渐转换为柴米油盐酱醋茶。在这个转化中,我们还没有来得及转身回首与留恋,就已经身不由己地跟着社会大众,坐在电影院里,看别人演绎我们的青春故事,开始把我们年少时的梦,当作暮鼓晨钟。尽管我们还在努力前行,可是社会只给我们留下面向大山大海呼喊的回声。

微信上流传一篇姜文写的文章叫"狗日的中年",转发者甚众,看来是引起了很多的人共鸣。岁月最是无情,任你是叱咤的将军、倾城的美人,都逃不过霜雪的白头与年轮的皱纹,即便是"春风得意马蹄疾,一日看尽长安花",也终归会"竹杖芒鞋轻胜马,一蓑烟雨任平生"。因为,对于这个世界,"我不是归人,是个过客。"

既然是人到中年,既然对于这个世界来说,我们是过客,那么这趟旅程中,我们要好好地看风景,既要做少安,背负家庭,张罗营生,脚踏实地一砖一瓦风尘仆仆,一粒一饭的有甘有苦却又笑着热爱那阳光与黄土;也要做少平,胸有波涛,翻滚汹涌,双手打拼一锹一镐风雨无阻,一字一句地探寻远方却又认真地痴迷那诗歌与前路。在《平凡的世界》里,愿我们,如少安一样拥有创造生活的执着与乐观,如少平一样拥有奔赴远方的诗意与豪放。我们依然昂扬,大声歌唱,"曾经像你像他像那野草野花……"我们依然对生活怀着质朴的爱,怀着倔强的认真与较真。

在北方话中,"老郑、老蒋、老张、老李",是从上大学的第一天认识的时候就开始叫,相互之间叫"老",是关系好。可是到了成都,有人叫你"老郑、老蒋、老张、老李",那你一定真的成了"老郑、老蒋、老张、老李"。如今,我们已经不再奢望谁会叫我们"小郑、小蒋、小张、小李"了。还好,我们在符合这个称呼的时候来到成都,已经过了"少不入川"的年龄,我们曾经奔波过大半个中国,丘陵平原,北雪南山,怀揣炽热的激情,不愿变冷。

背后的茶座旁,坐了几个年轻的男男女女,听口音就是外地人,他们一边热闹地说着成都的景点,一边在接电话时说着"没有在北京"。其中一个男的感慨地说:"成都这地方,我都想调过来了。"莫非,他们也人到中年了?

2015 年 10 月 2 日　星期五　成都　散花书院

睡在我同屋的兄弟

"兄弟，我在梆子井！"

"回梆子井了啦，福贵？"

"哈哈，我又回来啦，就在咱们四号楼下，管楼的大姐都换了啊。"

"你回母校读博士啦，哈哈，2015级传媒大学新生，还住梆子井？"

秦福贵，用他带着廊坊味的河北普通话，拐来拐去兴奋地给我打电话。我能想象他现在的样子，身高1米75的瘦子，穿着牛仔裤，T恤衫，张着大嘴呵呵地乐着，因为打手机，一定是在梆子井4号楼门口，歪着脖子，看着地上，来来回回地晃，拿着一罐燕京，偶尔地嘬两口，酒量不高，两口啤酒就满脸通红，一直红到脖子。

这是我读硕士时同宿舍的同学，传播统计学专业，师从著名的柯惠新老师，1978年生，宿舍的老大哥。2003年的时候，主持人王志还没有到传媒大学当校领导，胡正荣老师还没有结婚，康辉还没有著名到能够在母校新生开学典礼上发言。我们硕士宿舍住了三个人，还有一个是福建三明人廖笑凡，1982年生，本科福州大学建筑系，专业传播心理学。当我们还在苦苦寻觅女朋友的时候，福贵大哥已经结婚很多年了。硕士毕业的时候，他去了石家庄经济学院任教。

走的头天晚上，夜深，我们三个人并排走在传媒大学校园的小路上，路两旁是两排槐树，长得很是茂盛，把道路映衬得幽远深邃，昏黄的路灯把我们的身影拉长。我们三个在安静的路上有一搭无一搭地说着未来的打算，记得福贵说："在这读书这么多年，没想到广院这么美，咋就没好好看呢……"

第一次听说有个同学叫福贵的时候，我们本能地用北方话的儿话音，"福贵儿"，总能想起电影《活着》中的演福贵的葛优葛大爷。而且，福贵同学给两个兄弟讲想法的时候偶尔还会引用下《活着》中的台词："听人家说一喝水，一个馒头在肚子里就涨成七个，王大夫吃了七个馒头，七七就是四十九个，你说这么一大堆，他能不出事吗？"这句台词往往把我们哥俩逗乐，不过他会慢悠悠地说："活着不容易，要努力。"他往往会很认真地提意见说："你们两个不要把我的名字写成'富贵'，那样没文化，我是'福贵'好不好。"后来发现，福贵有一个几乎可以称得上特长级别的爱好，那就是他超级支持冯小刚导演的一系列的贺岁片，而且观起影来一遍一遍不厌其烦，尤其对葛大爷主演的情节和台词更是信手拈来，如《甲方乙方》《大腕》《不见不散》等。我想福贵内心深处一定有一个导演梦，尤其是他还帮助影视专业的女同学拍摄了一个电影作业，他演的主角。

如果一个硕士研究生宿舍里有一个喜欢倒腾乐器的文艺青年，应该是很有趣的事情。但是，如果一个宿舍有两个喜欢倒腾乐器又不是专业倒腾的文艺青年在倒腾，可以想象是什么样子。于是，回到宿舍，会发现本来廖笑凡一个人在咚咚咚咚地敲架子鼓，还是很有节奏感的，但福贵回来后，就会变成两个吉他所谓的切磋，尽管两个吉他手不在同一调调上。而我每次看到吉他，都想起两个电影的场景：一个是《铁道游击队》中游击队员用土琵琶揍鬼子的镜头，一个是《罗马假日》中赫本用吉他在派对上砸人的镜头，我想吉他抡圆了砸人是不是很带劲儿。

笑凡有当老板的冲动，他那个时候就已经在研究江南春和马云了，而我回到宿舍会向他们两个讲传播学中的《帝国与传播》，福贵则是有工作的经历和创业的经历，往往会看着我们两个在忙活自己喜欢的东西，他在旁边讲一些人生道理。记不清是哪一年的暑假，福贵说要骑行去西藏，大家不以为然，那个时候哪有心思去琢磨旅游的事，笑凡在广告研究所兼职，我在中央电视台兼职。暑假回来，福贵被晒得黑黝黝的，人也精瘦精瘦的，开始给我们讲述西藏的风景和见闻，尤其是骑行路上的趣事，叫我们好生羡慕。

在我和笑凡遇到困难和困惑的时候，大家就会卧谈一下。福贵有一次说："我原来不想上学，就跑来跑去，有一天我看到我爷爷70多岁了还在田里锄地，弯着腰，很投入，他那么辛苦，也从来没有对我讲过他多辛苦。生活，总是要向前，踏踏实实，不算什么辛苦啦。"这句话我记得很清楚，我当时在中央电视台做编导，早出晚归，折腾劳累都有点懈怠了，第二天我又早早地挤地铁上班去了。

我们住的梆子井公寓是中国传媒大学南门对面的大学生公寓，住着北京第二外国语学院的本科生和传媒大学的部分本科生与硕士研究生。两个学校的学生在停电的晚上，会以群体对骂进行消遣，发泄青春的情绪，往往是整楼整楼齐声呼喊，声势浩大。双方一直坚持"君子动口不动手"的原则，直到夜半警车开到宿舍区，用手电筒到处照射的时候，广院的学生还能大胆地用香港大片的配音对警察喊"我是重案组总督察黄启发,你们被包围啦,限你三分钟投降……"楼下手拿电筒的警察,就会说:"睡啦,睡啦。"

每一次从学校回宿舍都要过天桥,附近的一个楼盘叫"珠江绿洲",师弟师妹们经常发短信写成"猪江驴洲",如今这个楼盘已经暴涨,房价奇贵了。在梆子井的后面村子里,那个时候,有点像城乡接合部,一些夫妻店式的面馆和烧烤摊开得还很红火。我们在打完篮球的傍晚,为了打打牙祭,就会跑到一家山西人开的刀削面馆过过瘾。往往是谁兼职挣了点小钱,谁买单,但是买单的都会有要求,只能吃面不能点菜。

那家山西面馆,记忆中很小,仅仅放了三张桌子,油烟熏黑了墙壁,老板就是大厨,一边招呼一边削面。我们坐下,会喊:"老板,三碗削面,三碗面汤,大蒜,醋!""老板,先来三碗面汤!"老板总是匆匆忙忙在围裙上擦下手,端来几碗面汤,大家伙开始埋头在脑袋一样大的碗里喝面汤。毕业后,大家各奔东西,偶尔福贵打电话还会说:"啥时候,咱们还去吃削面,喝面汤吧。"想想毕业后这么多年,我似乎再也没有那样贪婪地喝过面汤了。

2006年7月1日,是我们领毕业证的日子,我已经到中央民族大学报到,被分在了文学与新闻传播学院工作,当天抱着行李和舍不得丢掉的一大摞《经济观察报》,安放在了中央民族大学的宿舍中。收拾妥当后,想起传媒大学的宿舍中,还有两位兄弟。于是,乘地铁穿了半个北京城,从西到东,从海淀区魏公村到朝阳区定福庄,我又躺到了自己睡了三年的床上,虽然没有被褥,光板睡着也踏实。他们两个问:"你怎么回来了?"我说:"回来踏实。"

如今,我在电话的这头问福贵读的哪个学院什么专业,他说是广告学院的广告学,这是他当年就喜欢的专业。巧的是上午,我刚打开母校的网站就有广告学院发展60年的巡礼,其中曹璐老师在接受采访的时候说,当年她去日本访学,在那里碰到广院的毕业生在日本留学。曹璐老师说那个学生很有想法,就问他愿不愿意回国回母校,母校建设亟须人才。后来这个青年就回到母校,创建了广告学专业,创建了广告系,创建了广告学院,这个年轻人就是后来广告学界大名鼎鼎的黄升民教授。

2006年夏季毕业,2015年的秋季开学,将近十年光景,同宿舍的兄弟在各自的人生路上积极地努力,每一个人都变成一座城市,每每电话响起,便是唏嘘不已。

福贵又回母校读博士,又被安排到梆子井公寓的宿舍楼住,按捺不住给我们两个一一打电话,让我们回北京的时候,记得回母校,记得回到梆子井找他。

  我们想回去,回到 2003 年 7 月的夜里,校园槐树的落花满地,昏黄的路灯下,我们并排地走着,说着广院的美丽……

2015 年 9 月 17 日 星期四 成都 散花书院

光阴的故事

成都九月，早晨八点，已经是凉意袭人，早早地去川大花园门口接欧阳老师一起去重庆出差。

小区门口来来往往的是跑步锻炼的、遛狗聊天的，还有匆匆忙忙买早餐的。我坐在超市门口的长椅上，翻开马格南图片社的摄影作品《读》，一页一页地翻看，世界各地的人们，在路上、在草地上、在图书馆、在菜市场、在学校、在地铁里、在岗哨上、在树上、在床上等，以各式各样的姿势享受着读书的时光。不觉间一个小时已经悄悄地溜走，正如我在书的扉页上写的，这里面藏着优雅的灵魂，我的灵魂这个时刻不也飞了起来吗？

欧阳老师9点下楼，用优步叫的车准时停在川大花园门口，打开后备厢，把行李放入，我肩上挎一个手提包，由于随手把刚刚翻过的书放进去，也就没有拉上手提包的拉链。

正要扣上车的后备厢，眼角的余光感觉到，一个东西偷偷地溜进了我的手提包，那么轻盈，似乎是跳进来的。打开手提包一看，原来秋天钻进我的手提包里来了！竟然是一片完整的发黄的杨树叶，是一片真正走完生命历程的叶子，没有虫蛀，没有伤病破损，老天竟然安排它到我的包里来睡觉，是上天安排的呢，还是它自己选择的呢？

我当时一下子想起来的就是"一叶落而知天下秋"，秋天来了。这片树叶的调皮让我有一份暗藏的欣喜，一定不能把它丢掉，它走过了一片树叶的时光，从嫩绿发芽，鹅黄伸展，浓绿泛光，到逐渐失去绿的光泽，在风中摇曳。从树高高的枝头上飘摇而下，选择在我的包里安睡，还给我带来一份飘飘悠悠的生命启迪，心里微微荡漾些许难得的诗意。这片树叶这么幸运，能够躲进包里贪睡，而且还碰到了喜欢疼爱它的人。人能这么幸运吗？

我要把它夹在我喜欢的书本里，正如我上小学的时候，学习自然课的时候的样子，老师讲银杏树是我国的活化石，小伙伴们就把活化石的树叶夹在书本里。很多年后整理书本的时候，还能飘落出来金黄的银杏树叶，被书本夹得那么平整，纹络分明，摸上去有年年岁岁、岁岁年年的印记。

到了重庆，因为是在西南政法大学的校园里开会，看到陆陆续续前来报到的新生们，同行的同学说，一直觉得自己很年轻，看见他们不着修饰，天然清爽的样子，才觉得自己真的老了。我安慰他说，咱们当年在传媒大学读书的时候不也年轻过吗？

这个季节的传媒大学似乎永远都在记忆里，永远都是天蓝云淡的秋日阳光，干燥稍冷的温度。我躺在梧桐树下木制的长椅上，用书盖着脸，挥霍着自己的大学岁月，校园广播台总是在傍晚、晚风乍起之时，响起罗大佑的沙哑沧桑的嗓音"春天的花开，秋天的风，以及冬天的落阳，忧郁的青春，年少的我……流水它带走光阴的故事改变了我们，就在那多愁善感而初次回忆的青春"，那旋律总是让我无端地生出一些莫名的惆怅，沉浸其中，却又无法自拔。就像晚风中的梧桐树叶，被吹落在地上，在操场上没有方向地随风飘零。

或许是人本能都在留恋着岁月，却又在青春年少的时候说不出这种光阴易逝、年华不再的表达来，也难怪，那个时候读《红楼梦》，是理解不了黛玉《葬花吟》中"一朝春尽红颜老，花落人亡两不知"的凄伤的。毕业的时候，我在校园跳蚤市场上花了一元钱，买了一盘罗大佑的磁带，用自己打工挣的随身听一遍一遍不厌其烦地听着《光阴的故事》，直到自己随口就可以哼出这首歌的旋律来。

树叶到秋季，走过一个轮回，人到秋季，完成了一个春秋。《三国志》中写东吴上将陆逊破刘备的时候，"春秋方壮"，意即正年轻，春与秋放在一起，便组成了人生的岁月。龙应台在《大江大海》的序言写道："火车错过，也许有下一班，时光错过，却如一枚亲密的戒指沉入大海，再多的牵挂惆怅也找不回来。"可不是吗，每一次去京城，都会到母校，都会走一走梧桐参天的小路，我和我的同学们曾经在这树下晨读，秋日的晨阳透过树叶缝隙闪耀在我们单薄的身上，捧书的模样，犹如青春的塑像，至今都叫人神往。而那些传媒大学的时光，再多的回访，再多的留恋，也都是回不去的彷徨，再也找不回树林里晨读时光。

找不回的时光，都成了故事，回又回不去，却总是在梦里翻来覆去，那些人，那些事，只能写成回忆。如今，越来越读懂了杜甫写李白的诗句，春天他写《春日忆李白》，"渭北春天树，江东日暮云。何时一樽酒，重与细论文。"秋天他写《天末怀李白》，"凉风起天末，君子意如何？鸿雁几时到，江湖秋水多。"杜甫追忆的不仅仅是情谊，不仅仅是李白，还有他那时的自己，那时的时代风华与惺惺相惜。

一片杨树叶的飘零与归宿，是大自然的造化，一个普通人的辗转与命运，却是历史大潮中的浪花。

2015 年 9 月 13 日　星期日　重庆

我们生活中的好白菜与坏白菜
　　——白菜原理

　　俗话说,"萝卜白菜,各有所爱"。既然用萝卜白菜来说事,可见萝卜白菜在百姓生活中的普通,尤其是北方人,无论是河南、北京,还是东三省,生活中的萝卜白菜既不可或缺,又司空见惯。深秋凉风起,农人冬藏忙,要为严寒的冬天准备足够的蔬菜,尤其是要挖一个地下的冷窖,窖藏一些蔬菜。所以,才有北方的歇后语"萝卜下窖——齐了"。因为,萝卜下窖前,要用刀把萝卜缨子切下来,保证萝卜不再长芽,切口处呈现的样子当然是平整齐光。

　　近日去内蒙古呼伦贝尔出差,住在自治区广电局安排的大酒店,以为会是典型的蒙古风格的奶茶奶酪的早餐,看了才发现,凉菜上了好几道,分别是:凉拌萝卜片、咸菜萝卜条、酱菜萝卜丝、辣腌萝卜丁。还有好几个萝卜的菜,我已经记不清具体名字了。也难怪出现这样的早餐,萝卜白菜,本身就是北方的一种生活方式吧。

　　我在书中和电视里,都看到故事里的老北京,白菜总是整火车地运送。白菜成为北京人冬天生活的战略物资,家家户户都要买。鲁迅先生的《藤野先生》一文被收入了我们的中学语文课本。至今,都能记得他对白菜的描述,"大概是物以稀为贵罢。北京的白菜运往浙江,便用红头绳系住菜根,倒挂在水果店头,尊为'胶菜'"。那个时候,就想,原来普通的白菜也有尊贵的时候,将来我们家的白菜是不是也可以运到浙江卖。

　　我的老父亲不怎么会做饭,一辈子都是母亲下厨,所以每当我回忆起家乡的饭菜的时候,我都会感慨地说一句:"这味道,真像我妈做的菜。"不过,父亲却因为走南闯北,见多识广,总是会给我们讲很多的故事,他讲的关于白菜的故事,在我的印象中比鲁迅先生讲的还要精彩。

　　父亲说,朱元璋小的时候,兄弟多,家里穷。年关头,天寒地冻,腊月初八那一天,已经揭不开锅。他看见墙角处有一个肥壮的老鼠,溜进了窝。他就想,我这么瘦,老鼠这么肥,它一定是在洞里藏了很多吃的。反正也是饿得慌，说不定老鼠窝里就有粮，他就拿起铲子，把老鼠洞挖了个底朝天，竟然挖出花生、黄豆、谷粒、大米等多种粮食，一数竟然有八样，凑合都放在锅里煮了。一家人吃了一顿热腾腾、香喷喷的粥，后来，这粥就被称为"腊八粥"。在河南的童谣中就一直传唱着"腊八，祭灶，春节来到"，喝了腊八粥，意味着就近年关了。

挨过了年关是春天，总算是不受冻了，朱元璋就和村里的几个穷小子胡大海、汤和、邓玉、常遇春等去给富人陈员外家放牛。这个陈员外也是不地道，总是不让几个小孩子吃饱，正是长身体的时候，这几个小孩子整天就是琢磨如何把肚子填饱。

胡大海坏点子多，常遇春胆子大，一天，趁着朱元璋不在，胡大海就撺掇常遇春。放牛的时候，他故意激常遇春，"常大胆，你不是力气大吗？你要是能把那牛拖十步远，我以后就服你，否则你就不要跟我吹你的力气大。"

常遇春一看竟然有人不相信自己的力气，就死猫上树了，跑过去和一头牛较劲，拽着牛尾巴就拖起走。那牛自然是纳闷，突然受人欺负，生气地拼全力往前方蹬。汤和、邓玉在旁边加油，常遇春额头冒汗，肚里空，再大的力气不抗饿啊，脚下一滑，这头牛冲出去了，前方正好是悬崖，掉下去摔死了。

大家一看傻眼了，胡大海这个时候站出来就问："兄弟几个，你们尝过牛肉味道吗？这头牛可是不瘦。"

一说到吃，兄弟几个早就前胸贴后背了，二话没说跟着胡大海在山沟里把牛给烤了吃了。但是，肥肉都吃了，不能忘了朱元璋啊，于是给他留了牛头和牛尾巴。

朱元璋回来，看到这情况，也没有办法，夜色降临，陈员外正好来找牛，兄弟几个手足无措，不知道该怎么做，胡大海的意思就是跑。朱元璋就让汤和把牛头塞到山缝的前面，让邓玉把牛尾塞到后山山缝。陈员外找来，朱元璋说："员外，牛自己钻到山缝出不来了。"陈员外当然不信，于是上前拉了一拉牛尾巴，这头牛竟然叫了几声。

看来是，真龙天子，上苍相助，帮他们渡过难关。陈员外大惊，知道遇到高人，不敢责备，只是不再让他们放牛了。

正是大饥荒之年，朱元璋没办法只好出家，当了寺庙的小和尚，到处化缘，兄弟们都各处逃生。当时兵荒马乱，老百姓的日子都不好过，小和尚走了一村又一山，家家都已不冒烟。终于遇到一个财主家，小和尚饿晕在门前，财主家的小丫鬟很善良，唤醒小和尚，就端给他一碗清水煮白菜，其中也就两三粒大米，那汤的清亮都能照出人的模样来。朱元璋因这一碗清水白菜而得救，他一扫而光，觉得这恐怕是人世上最好吃的饭菜了。

毕竟是英雄情怀，得救的朱元璋请教小丫鬟，这是一道什么名字的饭菜，这么好吃。估计，他也是找个理由多搭几句话，问个名字什么的，以求他日报恩。小丫鬟不好意思说是白菜汤，但是，白菜帮子看上去有白似玉，白菜叶子看上去绿似翡翠，几粒米看上去就如同珍珠，灵机一动，就说这是"翡翠珍珠汤"，抿嘴一笑，转身回庄园了。

朱元璋后来揭竿而起，金戈铁马，百战群雄，把元朝皇帝推翻，派元帅徐达与大将常遇春把蒙古人驱逐到草原大漠，建立大明朝。当年的小和尚已经贵为一国之君，大富大贵。真是应了当年草莽英雄陈胜的话"苟富贵，勿相忘"，静下来的时候，朱元璋总是怀念童年的苦日子，总是想起儿时的人和事，想起给财主放牛，想起给寺庙扫地，尤其是救过自己的那些人，于是，让手下人遍寻故里，以报当年滴水之恩。可故人们早已杳无音讯，真是"人面不知何处去，桃花依旧笑春风"。

一日，朱皇帝想起"翡翠珍珠汤"，不禁黯然伤魂，便下令御膳房，做这一道"翡翠珍珠汤"。御厨们使出浑身解数、看家本领、家传秘方，用了山珍海味、猴头燕窝，端上来一道又一道的美味佳肴、宫廷大菜，朱皇帝尝了一道又一道，就是不是儿时的那个味道。朱皇帝大怒，斩杀了几个御厨。马皇后知道此事，出来解围，以"饿时糠似蜜"的道理说服了朱元璋。

后世是不是受了朱元璋的翡翠与白菜关系的启发，不得而知，到了清代，竟然有匠人雕刻出了"翠玉白菜"，形象温润，娇脆欲滴，上面还有两只昆虫。如今这件国宝珍藏于台北故宫博物院，我在《博物院的美学经济》的讲座上，还专门讲了"翠玉白菜"的创意开发与文化价值。

传说归传说，野史归野史，但大白菜在百姓生活中的魅力却是无穷的。每一次回到家中，我总是开玩笑地说，不吃父亲做的"翡翠珍珠汤"，要吃母亲做的凉拌白菜心，清脆可口，唇齿留香。而且，母亲还能将白菜帮子做成醋熘白菜帮，酸辣炝炒，回味无穷。

母亲总是能把家里打理得井井有条，用"勤俭持家"来形容，一点都不为过。她能用西瓜和黄豆晒出"酱豆"，能用大蒜腌出"糖蒜"来。对于饭菜的做法，她舍不得一点的浪费，节俭惯了，就算是剩菜和剩饭也舍不得扔。

如果家里储存的白菜多了，她总是先把快要坏掉的白菜用来做菜，把好的白菜珍藏起来。就算是吃苹果，也是那样，总是舍不得被虫子咬了的苹果，用刀削去坏的部分，她会说"这样的苹果更甜"。我总能发现篮子里的苹果被削得奇形怪状。后来，家里买了冰箱，这下子，冰箱里总是满满的，有鸡有鱼，有舍不得扔的水果和馒头。这或许是他们那一代人，一种居安思危的紧迫感，也或许是为明天的长远打算。

好白菜、坏白菜，究竟是怎么吃的顺序才好呢？这个问题，周有光也碰到了，他还专门写出来，还给取了一个逻辑名字"白菜原理"。

周老先生现在已经是百岁有余，早年就读于上海的圣约翰大学，后来参与筹备并任教于光华大学，再后来娶了"合肥四姐妹"之一张允和，新中国成立后为汉字的简化和改革做出了重要贡献，可谓是历经沧桑。

他在《逝年如水》一书中讲到，1970年的时候，他被打成右派，进了"五七干校"，被下放到宁夏一个边远的地方劳动，有一段时间负责大白菜的储藏与保护工作。他发现窖藏的大白菜在宁夏是很娇气的，"隔几天又发现一些白菜坏了，有点烂，有点冻坏了的样子。赶快又把这个坏的拿出来，整理一下，送到厨房去。隔几天，照样又有一批坏了，赶快送去吃。白天太阳好的时候，还要把这个白菜搬出来晒晒，搬出搬进，所以很忙。选那些坏的拿去吃。有趣的事情就是，一直都是吃坏的白菜，坏了就吃，坏了就吃，从开头到吃完，全吃的是坏白菜。这使我明白了一个原理，这个叫作'白菜原理'，好的不吃，吃坏的。不坏不吃，坏光吃光"。

普通的大白菜吃出了原理，让我想起我的老母亲，她的仔细，她的舍不得，她的对子女的疼爱，她的对自己的将就，她的对自己生活的简单。她总是希望把好的东西留给明天，就如同把好的白菜留给子女，哪怕是让自己受委屈……

在过往的日子里，在过往的平凡岁月中，我们做子女的不也是该想一想"白菜原理"么：忙着奔波，忙着事业，忙着飞来飞去，总是觉得以后有时间了可以带着父亲母亲去看看大海，去看看草原。每一次回家，只是简单地陪陪父亲母亲，简单地和他们聊几句话，总觉得他们什么都不懂，不了解外面的世界，不了解城市的生活，总以为以后的日子很长，可以有很多话再陪他们唠。直到有一天，半夜里接到家乡的电话……才突然觉得，其实母亲可以吃很多的"好白菜"，其实我们可以陪着吃很多的"好白菜"。

记得很小很小的时候，电视台还在流行播新加坡的电视剧的时候，有一句主题歌的歌词大概是："城市生活中你曾失去什么？究竟是什么？"如今，天天生活在忙碌中的我们，对于自己的生活和人生，是否还有静下来的时间，想一想，我们生活中的"坏白菜"和"好白菜"呢？

我总是想，等不忙了，去一下江南小镇，感受一下"小楼一夜听春雨，明朝深巷卖杏花"的意境；等有钱了，开一家散花书院一样的书吧，琴声悠扬，书墨飘香……我是不是在等待中把自己的时间一点一点地消耗,忙着自以为不得不应付的"坏白菜",恍然间,那些"好白菜"的青春时光,已经转变成大叔样子的白菜帮。

道理,大家恐怕都清楚,那就不多说了,用吴晓波对他女儿说的一句话"把生命浪费在美好的事物上"来共鸣一下,各位朋友,让我们吃好白菜吧。

上新鲜的白菜心,不要酸菜。

2015 年 8 月 14 日　星期五　成都　散花书院

黄土地里长出的形容词

上大学四年级的时候,我的实习地点是在广东,正如后来筷子兄弟在"老男孩"中唱到"转眼过去多年时间多少离合悲欢,曾经志在四方少年,羡慕南飞的雁"。那个时候,同学们都很淳朴地认为,大学毕业了就是要到经济发达的地区,依靠自己的双手,创造理想的生活。

到了广东做一家地市台的实习记者,当然要学粤语,那个地方赞扬女孩子长得漂亮的用词是"靓妹"。后来港片看多了,就知道了香港赞扬女孩子则是长得"正点",如今到了四川,四川人的形容词就是"长得好乖哦"。同事就会问我,那你们河南人怎么说呢?我想了想,说"齐整"。"这妮儿长得真齐整。""齐整?""'齐整'是哪两个字?"

我就不得不费一番口舌慢慢解释,"齐整"是哪两个字,是怎么用的。其字面意思就是"这个人长得鼻子是鼻子,眼睛是眼睛,也就是五官端正"。这样的解释,同事们还是觉得不够有说服力,他们不理解河南人为什么这样形容人的长相。

读书多了也就慢慢地理解了河南的文化风格和源头。河南是农业大省,尤其是黄河的滋养与培育,肥沃了华北平原,可谓天下粮仓,中华农耕文明的起源恰恰兴起于此,所以河南被称为"老家"。而老家封丘县,更是黄池会盟所在地,陈桥兵变的爆发点,唐代的边塞诗人高适曾在此出任县尉,也就是现在的公安局局长一职,任上写了《封丘作》一诗,"州县才难适,云山道欲穷。揣摩惭黠吏,栖隐谢愚公。"如此故乡,当是黄河两岸文明的一个缩影。

一本书中说,西方的神是从天上掉下来的,中国农耕文明的神则是从土地中来,比如西方的生活节奏是以礼拜为单位,工作、生活、宗教,都有自己独特的时间秩序;而中华文明中对工作、生活、宗教的安排,则是以庄稼的生长周期和农业的劳作节奏为秩序,集中体现在节气文化上,比如小满,就是小麦灌浆的时候,正是将熟未熟的时候。《月令七十二候集解》:"四月中,小满者,物致于此小得盈满。"这时节中国北方地区麦类等夏熟作物籽粒已开始饱满,但还没有成熟，约相当乳熟后期，所以叫小满。耳熟能详的立春、春分、芒种、清明等，都是天地气候与农业的交融，相对应的是农民们对农活的安排和每一次节气的饮食习惯及特殊的拜祭仪式。

小时候，印象里总是有一些老年人会在特殊的堤坝高处，垒砌一座座小庙，不知祭拜的是何方神圣。长辈说这是土地爷的庙。不像现在的大雄宝殿威严宏大，土地庙大的也就是半间房，小的也就是几块砖。真是庙不在大小，有神则灵，虽然简陋，却是香火不断，仪式不在繁简，百姓心中赤诚。等到看了《西游记》之后，才恍然大悟，原来土地爷就是孙猴子孙悟空口中的"土地老儿"，而且孙悟空每到一处，只要是需要帮忙，问路探妖，都要找当地的土地爷。我也模模糊糊地理解为，之所以村里有那么多土地爷的庙，土地爷应该是像村干部一样，也是分片区管辖的。

一到春节年关的时候，村里的大爷大妈们会自发地组织一些演出，有腰鼓，有豫剧，还要摆上一些祭品，把蒸好的白面馒头垒成小山的样子，点上几炷香。这种祭拜的仪式和活动，在鲁迅的笔下被称作"社戏"。"社戏"往往成为一个村子中的大事，成为公共空间的公共事件，既是让土地爷乐呵下，也是让村民们自己乐呵下。土地爷的形象，不论怎么塑造，出场一定是从地里面蹦出来的。你看，最近很火的动画电影《大圣归来》，"土地老儿"那乖萌的样子，惹得时下的年轻人竞相购买他的形象公仔。

依照天庭的管理权限，土地爷恐怕是民间信仰体系中最基层的神了，可是老百姓最尊崇的的确是"县官不如现管"，平安日子、风调雨顺、家庭和睦、谷粒满仓都指望土地神的照顾。在我读小学的时候，祖父教我写毛笔字，第一个词就是"五谷丰登"。以后每年春节贴春联的时候，我写的"五谷丰登"都是要认认真真贴在院子里的，这"五谷丰登"应该就是对土地神的祈求吧。乡野之民如此尊崇土地，朝廷庙堂就更是重视江山社稷了，所谓"普天之下，莫非王土；率土之滨，莫非王臣"。

"社稷"一词是土地神和谷神的总称，而土地神和谷神是黄河流域，古往今来以土地为本、以农耕为业的中华民族至关重要的原始崇拜对象。北京大学历史系的李开元教授在《楚亡》一书中，写到秦亡汉兴，刘邦和项羽中原逐鹿，其中社稷仪式的更改，成为汉政权根植于关中秦土，扫平群雄的政治要素。他写道，"在古代农业社会，对于社神和稷神的崇拜，是上自王侯国家，下至庶民乡里的普遍信仰。古代国家有祭祀土地神和谷神的专用建筑，也称社稷，由君主定期主持祭祀，代表国家向上天祈求五谷丰登。因此之故，社稷往往成了国家的象征与代称。汉政权将秦社稷改为汉社稷，是宣布新的国家信仰，从此以后，旧秦国吏民的归属，由灭亡了的秦转移到新兴的汉，秦汉一体，汉继承平稳过渡，有政治军事深入到宗教信仰，由国家庙堂渗透到民间乡里，意义非同寻常。"而力拔山兮的霸王，忽略了战争从来就不是简单的战场杀伐，而是源自土地生命力的系统整合。十面埋伏中的汉军主力，以灌婴的骑兵实力最强，其中坚力量竟是项羽坑杀章邯二十万降卒的家乡父老——秦国的主力部队京师军。刘邦以关中为根据地，秦国降兵，尽为之用，萧何在后方源源不断地为前线输送着战斗力和组织纪律最强的关中兵员。由此看来，社稷转换，政权存亡，一脉相系。《礼记·曲礼下》中讲"国君死社稷亡"，就是要求国君与国家休戚一体，生死与共。就连清王朝都有一个皇家的规矩：历代皇帝"凡失寸土者不得入列祖灵位"，土地与政权，浑然一体，千古皆然。

从文化秩序到民间信仰再到国家社稷，都是从黄土地里长出来的，怪不得社会学大家费孝通先生在《乡土中国》中，提出中国人社会心理的"差序格局"是如此深刻地渗透在了我们生活的点点滴滴中。而我们黄河岸边的童年，也是泥巴中玩出来的。现在城市里长大的孩子不再会玩泥巴了，也没有条件玩泥巴，顶多会玩一下橡皮泥，离大自然是越来越远了。还记得前两年在中央民族大学工作的时候，一个女同事很认真地问我，"花生是长在树上的还是长在地里的？"

黄河土有一定的黏性，是做建筑的好材料，以往在没有砖的情况下，会用黄泥掺杂上麦秸混合而成建材，用来垛墙，当然这种材质的墙是经不住大雨冲刷的。黄泥巴就可以被捏成各种形状，如果能够烧制成功的话，就是现实版的《我们穿越吧》，难怪仰韶遗址的陶器会很多，想必原始社会的先祖们早已经把黄泥的可塑性发挥到了极致。黄泥到了小孩子的手上，就流传下来一个游戏。这个游戏的玩法就是，每一个小手里都会有自己和的泥巴，用自己的泥巴捏成小小可以放在手掌之上的平底盆的形状，盆底的泥要薄，能够达到口朝下一摔即破，底部形成一个巨大的爆破口是最好的。在摔之前，小伙伴儿们会聚精会神地大声赌，就是喊"片儿"或者是"蛋儿"，"片儿"是泥片，"蛋儿"是泥蛋。每一个人的泥巴都是自己的"私有财产"，都舍不得被别人赚过去，所以要视摔破盆底的样子判定结果。如果是个小蚂蚁洞口大小的适合用"蛋儿"，便于补窟窿，用泥不多；如果是拳头大小的洞，盆底几乎全部摔掉，就是适合用"片儿"来补底了。试想一下，如果是用"蛋儿"补进去，恐怕把一个小伙伴儿所有家底儿都赢过去了。一个人摔之前会问另一个人，赌"片儿"还是赌"蛋儿"，两个小朋友会在达成一致协议后，其中一个才开始摔，在根据规矩补完泥巴之后，另一个小朋友就可以摔自己的平底盆了。如此下去，来回拉锯，争得是面红耳赤，不觉然，往往是太阳落山，各自的娘会在村口喊名字，不得不依依不舍地散去，回家吃饭写作业。

每个人和泥巴的功夫和手法不一样，泥巴的坚硬与柔软的程度就不一样。这是一个很考究的工艺，太软了就捏不成平底盆的形状，而且盆底过于稀薄，就容易在摔之前破裂，对手监管是很严格的，他会认为你是犯规的。而且，口朝下的时候，就容易摔成一摊稀泥。太硬了平底太厚，摔的时候，盆底摔不破，就赚不了对方的"片儿"或"蛋儿"。摔也是很考技术的，要高高地举起胳膊，把平底盆口朝正下方，选一块又干又硬又平的地面作为受力点，用力要脆，"砰"的一摔，才能达到最好的爆破效果，才能把对方的泥巴挣过来。

这个游戏的名字没有一个书面的说法，我上网查了一下，有"摔泥炮"的说法，但也不是百科词典的解释，想必也是写回忆博文的时候，这位老乡因回忆童年而杜撰的，当然也有可能是地方的方言叫法。在我们河南封丘，这个游戏的名字叫"摔盆盆儿瓦"，形象生动。"摔盆盆儿瓦"的时候，最精彩最有悬念的时候，就是举起"盆盆儿瓦"，挑衅地问小伙伴儿，"要'片儿'还是要'蛋儿'"？对方做出明确选择后，"啪"的一声，"盆盆儿瓦"落地，一群小脑袋撅着屁股，会挤在一起看盆底摔成什么样。

黄河岸边孩子们的游戏都是黄土地里长出来的，何况河南话呢？我的家在大堤根，每一次站在大堤上，都能看到堤南的万顷良田，如果是小麦，则是麦浪滚滚，如果是玉米，则是排排向上。但不管是什么庄稼，都要按照播种的要求，就是整整齐齐种下，整整齐齐地生长。

在一块田地里纵向上一行行地播种，横向上保持特定的间距，既便于庄稼采光、施肥、灌溉，又便于除草、打药、收割。所以，谁家的庄稼长得好不好，一眼就能看出来，就如同阅兵一样，庄稼长势好，一排排器宇轩昂，精神饱满，挺拔整齐。忍不住会说，"这庄稼，长的，真是齐整！"

于是，"齐整"一词，就成了很高的评价，"你看，这妮儿长得可齐整！"

现在，你明白了吧，黄土里长出的形容词——"真齐整"……

2015年8月6日　星期四　内蒙古　呼伦贝尔海拉尔

妈妈纳的千层底

下午开会,在开着空调的会议室里,专家已经讲得热情高涨,听讲座的人呢,所剩已是寥寥无几。这个时候来了一个电话,说是快递。正好起身去校门口接收一下,没有专门回办公室换鞋,穿着布鞋就出门了。

出了办公楼,热浪涌来,看着办公楼门口的不锈钢做成的巨大的雕塑,一根根的不锈钢做成的粗壮钢架悬着一串串的钢铁鱼干,密密麻麻地挂在天空,明晃晃地泛着刺眼的光,一阵急躁和焦热冲到了心口。我想,要是有几棵大树该多好,不过几棵大树的确不值几个钱吧,要知道这是艺术,一种让人焦躁的艺术。突然间,有点口干舌燥,让我回到了小时候的课文中讲的骆驼祥子伏天里拉车的惨况,似乎还能记得老舍朴实的文字,"一条大狗,正热的吐着舌头。"

取了包裹,回来的时候,看到年轻的小伙子,正从办公楼往图书馆跑,我就冲他嚷了一句,"悠着点,跑那么快,别中暑了。""那么照顾人啊。"听着声音,转头望去,原来是周老师,穿着裙子,打着遮阳伞,手里拿着报账的单据,我问:"签字?""对,找领导。""上面,开会呢。"我用手,指指楼上。

"哟,什么时候改穿布鞋了?"周老师惊奇地发现我脚上穿的布鞋。

"穿布鞋舒服,天太热,没来得及换。"我说。

"北京老爷们都喜欢穿布鞋,有范儿,你从北京来,看来也有这习惯啊。"

我没有想到,穿布鞋还有范儿,而且,还跟北京老爷们的习惯连在了一起。想想,倒也是,北京老爷们的确喜欢穿布鞋和背心。

我穿的这双布鞋,是地地道道的千层底,什么是千层底呢,看到的读者,就不要去问度娘了,因为,是我娘给我纳的千层底儿。在此,我就给大家做一个权威的解释。千层底就是专指手工布鞋的底,主要是鞋底的制作是一个纯手工的过程。我不知道南方的布鞋是怎样做的,但是,在中国的北方,尤其是华北地区,基本的做法都是分为三个流程的。

第一阶段是"制板":先把做衣服剩下来的边角料,或者是穿坏的不能再穿也不能再改的衣服,剪成块状,用这两种原料,通过熬成稀饭一样的面糊,一层层地黏合,其中原理就如同早期的合成木材中的三合板的制作。将刷了浆的布料板,贴到墙上,让太阳暴晒。晒干之后,就可以看到一大块原料结实,变成硬邦邦的布料板了,从墙上揭下来,就能在墙上明显地看到刷浆的痕迹。童年的记忆中,几乎家家户户堂屋的墙上都有这样的痕迹。为什么是堂屋呢,因为在河南农村,堂屋,也就是院子中的正房,建造的朝向都是面南背北的,要接收太阳光,当然要在堂屋的墙上制作布料板了。

第二阶段是"纳底":按照家中成员脚的大小,用剪刀将原材料进行分割,并剪成鞋底的形状,然后,把这些原料板再一次黏合在一起,成为一枚现在的一毛硬币立起来的厚度,就已经是一个鞋底的雏形了。剩下的就是最为费劲的业务了,需要用大针才能穿透这么厚的底子,不像现在可以用机器,三下五除二,就可以把一双皮鞋搞定。这么厚的底子,该有多少层布料呢?数是数不清楚的,多了就是成百成千,所以,就估计是一千层吧。

不仅要用大针,还要用白色的足够粗壮、有足够韧劲的绳子,来做这些板材的铆钉,也可以说是纬线吧。这种绳子,被称为纳底绳,在我的记忆中,这些绳子,基本都是母亲专门自己提前一遍又一遍搓好的。以至于,小时候调皮的时候,偷偷地用家里的绳子,要找最结实的,一定是纳底绳这种棉线。

我们现在想象一下,用这么大的一根针,不能小了,小了直接会断掉的,用这么粗的棉绳,硬生生地扎进硬币立起来厚度的叠加布料板,该需要多大的力度?一针也就算了,恐怖的是一个鞋底需要几百次的穿针引线,用力勒紧,单靠手上的力度是不够的,往往还要借助工具。比如针锥,一种带着金属把的器具,头部可以把大针固定,主要用来在鞋底钻孔,然后才是用针扎;比如小钳子,用来拔针;比如顶针,一个铁箍圈,可以戴在中指上,没见过的人可以形象地理解为宽厚钢戒指,表面有很多的小坑坑,用来顶住针,使之能够用力地扎进鞋底。

而盛这些工具的是一个箩筐,应该是叫针线筐。我记得我们家的针线筐是用藤编织的,十分结实,还漆着红漆,应该是母亲的嫁妆吧,现在应该还很结实。甚至,从鞋底拉绳子的声音,我都能记得,是"嗤嗤"的声音。街坊邻居的妇女们,经常会在农闲的时候端着各自的针线筐,在日头不错的午后,坐着小板凳,围在一起,做着各自的针线活,聊着村里的家长里短。

第三阶段是"上面":也就是在千层底的工序完成后,开始上鞋面,我只记得，应该叫鞋帮子。鞋底多是白色的，而鞋帮子多是用黑色灯绒布和松紧带做成的。再用针把鞋帮子和千层底穿插在一起，一双地地道道的新布鞋就大功告成了。很多时候，母亲是在昏黄的煤油灯下，后来是度数并不高的电灯下（因为怕缴过多的电费），做的这些针线活。

穿新布鞋，并不是件舒服的事情，虽然好看，但是，新布鞋是要把脚硬塞进去的，不像现在的新鞋那么舒适。穿不进去的时候，也没有现在的鞋拔子，如果是用手指头提的鞋，会把指头挤红的。终于穿进去后，还是觉得夹脚，母亲总是告诉我们穿穿就大了，还让穿着鞋踢踢墙，这样鞋会宽敞些。的确，布鞋穿着穿着就会宽松，甚至还容易掉脚跟，那个时候就又要想办法塞鞋垫什么的了。做一双布鞋，这么不容易，就怕我们这种上蹿下跳的毛头孩子不珍惜，再好的布鞋也怕磨，尤其是水泥地，或者是骑自行车的时候耍酷，用脚当车闸，踩着前车轮，布鞋的鞋底磨损最快。父亲就会想办法让布鞋的寿命更长些，于是，就会给我们的布鞋钉掌，就是将橡胶车胎（是外胎，可不是内胎哈）剪成前脚掌与后脚掌，用钉鞋钉钉在千层底上。上小学的时候，往往会发现小伙伴们跑步的时候，一个比一个笨重，那是因为脚底都有几斤重的鞋呢。

我们家姐弟三人，还好年龄差别较大，于是大姐二姐穿过的布鞋，如果没有穿破的话，我是可以接着穿的。当然，布鞋都是一个样子，不分男女的。随着时代的变迁，母亲很少再做布鞋了，而出嫁了的大姐二姐都已经不会再做这些针线活了。现在想来，母亲做一双新的布鞋是多么的不容易，怪不得一双新的布鞋，只有在春节过年的时候，才拿出来让全家人换上。我想母亲后来总是说手上的关节疼，是不是当年做布鞋的时候累的呢？我们一家子，几口人的布鞋都是靠母亲的双手一针一针地剜出来的。

如果你看完了千层底布鞋制作的过程，估计也就听懂了民歌《中国娃》中的歌词，"最爱吃的菜是那小葱拌豆腐，一清二白清清白白做人也不掺假，最爱穿的鞋是妈妈纳的千层底，站得稳哪走得正踏踏实实闯天下……"小时候，没有穿过买的鞋，更不用说现在的皮鞋，别说耐克阿迪了，就连双星和李宁都是超级奢侈品，只能吞吞口水。上大学的时候，用奖学金买了双回力鞋，还舍不得穿，只有在上体育课的时候才敢拿出来炫耀。

上了大学以后，一年才回家一两次，城市的生活中，再苦再累，也要适应穿皮鞋，再也不习惯被布鞋夹脚的感觉。何况，布鞋穿不到场面上，布鞋也进不了运动场，布鞋似乎跟不上我在北京城跑来跑去的节奏了。上大学穿皮鞋、运动鞋，不管什么牌子，总还是比穿布鞋要体面些。每一次回老家，母亲还是经常会在我回家的时候说："穿皮鞋不透气，容易长脚气，给你准备了新的布鞋，你试一试？"我也是因为穿皮鞋的确长脚气，就会在回家的时候象征性地穿两下布鞋，可回北京的时候也不会带上布鞋。

工作了，开始穿名牌的皮鞋、运动鞋，而在家乡的母亲则有时间做千层底了，但是，谁还会穿呢，除了我的父亲仍然习惯穿布鞋。母亲就开始做一些棉布的鞋垫，一如以往的工序，只要我一回家，她都会高兴地给我准备厚厚的一叠鞋垫，装到我的行李箱里。写这些文字的时候，我敲着键盘，心里就如同腾讯企鹅头像在电脑有了网络的时候，不断地向上蹦，我的心里一直蹦着孟郊的游子吟："慈母手中线，游子身上衣。临行密密缝，意恐迟迟归。"

在北京的时候，经常在老领导的办公室，看到他们把皮鞋放在一边，穿着布鞋办公，当时想，领导挺讲究，但是来回换鞋不麻烦吗？那时候，还没有意识到布鞋的舒服，只是觉得布鞋应该是宽松些吧。2012年，从北京调往成都，母亲并不是很支持，总是觉得在北京拼打多年，日子总能过得很好，何况西南四川的生活习惯，河南人不一定适应，尤其是离家那么远。用她的话说，"人家工作都是越调越近，你呢，这工作却越走越远，要是来郑州该多好。"我总是找多个理由安慰她，四川是好地方，以后接你过去哈。记不清是最近的哪一年，母亲专门拿出一双布鞋给我，"你穿一下吧，四川潮湿，你在屋里穿，会对脚好。"我穿了一下，感觉不错，已经没有当年穿布鞋的难受记忆了，就把布鞋装到了行李里。到了成都，就把布鞋摆在了家里的鞋架上，一直也没有穿过。

去年春节前，母亲走了，我早上5点，从成都赶到家乡时，她已经躺在棺材里了。我摸着她的脸颊，是那么的冰凉，姨妈说："你妈睡得很安详。"

我把母亲的照片带到成都的家里，放在客厅的相框里。清明节的时候，我点了几炷香，坐在地板上，陪着她说话，告诉她我的近况，我的工作，我的生活，我的想法，还有我正在相对象。

我穿了布鞋，这一次是真的舍不得穿了，因为这一辈子啊，只有这一双了。我带到了办公室，进屋脱了皮鞋，换了千层底，那么透气，那么舒爽，踩着那么踏实，脚就像开始了自由的呼吸，找到了小时候踩着家乡春天的泥土地的感觉。折柳枝，做柳笛，摸树干，找蝉蜕，院子前是黄河大堤，院子后是一条小河，往前跑，爬大堤，往后溜，下河摸鱼。带着我的小猫，经常忘了吃饭的时间，这时就会听到母亲喊着我的名字，喊我回家吃饭。

这个季节，正是华北平原花生结果、玉米收割的时候。我的母亲躺在黄河岸边的万亩良田里，睡着；她的儿子，此刻，写着一篇关于她的文字。

写到这里，我抬头望向窗外，铁像寺水街的亭台楼榭的走廊里，红灯笼映照着行人，他们在缓缓地走着，三五成群，享受着仲夏夜的时光，悠然宁静，相伴着河水中的虫声灯影。

附：

送别我的老母亲（2014 年春节　成都）

黄河土埋了老母亲，

自家的田地里起了新的坟，
今冬植下的柳树枝等待着来年的春。

长满了梨树石榴枣树的大院子留下了老父亲，
他在唠叨老伴儿真有福分，
如果是他先走剩下的后事肯定费心。

从河南到北京到天府蓉城，
儿子山山水水走遍总要回家门，
可如今回家却吃不到娘包的饺子和馄饨。

还记得您对我讲眼睛花了线穿不了针，
弹好的棉花准备儿的新婚，
腌制的柴鸡蛋满满一盆。

这几天难受的还有街坊四邻，
他们串门儿再找不到那个人，
有什么事也缺了帮衬。

现在我能做的就是把娘的照片带上身，
将来有了儿孙，
告诉他们您的淳朴与辛勤。

黄河水啊万里长，
悠悠荡荡带走了我的娘，

没娘的儿子啊不想回故乡，
不想回故乡！

2015年7月16日　星期四　成都　铁像寺水街　星巴克

日暮乡关　黄河岸边

　　暑假，从成都双流到郑州新郑，一个半小时的航程，抵达郑州时，感觉大太阳火辣辣的，远没有成都的气候那么温柔。这就到了广告语中的中原大省，"老家河南"，我的老家的确是河南，我能熟练的在四川话"咋子？"和河南话"弄啥哩？"之间随意切换，但是，关键时刻表示同意和赞同的时候，我会说"中！"

　　从郑州开车到黄河岸边的家——封丘县荆隆宫乡荆东村，要经过开封黄河浮桥。这开封城，就是《东京梦华录》中的汴梁城，就是《三侠五义》中的"五鼠闹东京"的开封府，包相爷在此坐镇断案，杨家将在此演兵布阵。今天的河南人经常会自豪地说，如果是宋朝，上至皇帝赵匡胤、八贤王赵德芳、宰相寇天官，下至卖酒切肉的店小二儿，都要说咱们河南话，河南话就是官话，相当于现在的普通话，想想都"可得劲儿了"。

　　过黄河浮桥的时候，漫天黄沙，走在桥上，放眼望去，滔滔土黄色的大河，滚滚东流去，人在此地，平添了几分渺小与惆怅。空间如此空旷，天际线尽头茫茫苍凉；时间如此久长，多少唐诗宋词中的黄河从天上来，到东海去，逝者如斯，不止不息。

　　台湾诗人余光中在他的散文《黄河一掬》中写道，"古老的黄河，从史前的洪荒里已经失踪的星宿海里四千六百里，绕河套、撞龙门、过英雄进进出出的潼关一路朝山东奔来，从斛律金的牧歌李白的乐府里日夜流来，你饮过多少英雄的血，难民的泪，改过多少次道啊发过多少次泛滥，二十四史，哪一页没有你浊浪的回声？"所以，他走到黄河的身边，把手伸进黄河水，感受着黄沙从指间流过的清凉，我想，那一刻，他一定更深地感悟了戴望舒的诗句"这黄河的水夹泥沙在指间滑出"是赤子与这片热土的血脉相连，不舍不离。余光中回到台湾的时候，把鞋底沾上的黄河土轻轻刮下，珍藏在名片盒里。"从此每到深夜，书房里就传出隐隐的水声。"

　　我的老祖母没有余光中的文化与浪漫，但一样的是白发雪满头，拄杖步蹒珊。记得我去上大学的时候，要离开河南奔赴京城，已经是80岁高龄的老祖母，还在唠叨地对我说："走之前，要包上一包黄土，到了外地吃饭的时候，放到碗里一小撮儿，就不会拉肚子，专治不服水土。"那个时候，总觉得这是一个老迷信的叮嘱，也不会记在心上，可是，这岁月悠悠，竟然也逐渐印证了老祖母的说法。看《亮剑》的时候，晋军将领楚云飞最终在历史的烟尘中，率部撤退大陆，临走前捧起一抔故土揣在怀中，我不禁酸楚在心，故土难舍，此处有根。

　　从少小读书便告别父母，远离故里，每一次过黄河时，我都在心里默默地说，这是我的母亲河，我要努力地走出去，我要去看看外面的世界。可如今，少年早已过了而立之年，经历了珠江的热风，京城的大梦，还有杜甫笔下的锦官城，再一次回到黄河的身边，却又有了不一样的感触。我开始有了与黄河对话的冲动，河畔的堤防与良田，冲积而成的沙洲与浅滩，一定有我祖父的童年，我父亲的童年，我的童年。虽然想象不出更久远的先辈是如何在黄河岸边生活耕作的，却很感谢我是生在这样一片地方，长在这样一片地方，而我的先祖们也长眠在这样一片地方，沃野千里，大河浩荡。

　　翻开历史，黄河文明是这片大陆的滥觞，才子名士也多出自黄河的经行处。在唐代，开封的崔颢，游览黄鹤楼的时候，登高望江流，极目楚天阔，才思翻涌，挥笔写下"昔人已乘黄鹤去，此地空余黄鹤楼。黄鹤一去不复返，白云千载空悠悠。晴川历历汉阳树，芳草萋萋鹦鹉洲。日暮乡关何处是？烟波江上使人愁。"这首诗，让后来登楼者不敢轻易动笔，就连诗仙李白也要掂量几分，佩服地说："眼前好景道不得，崔颢题诗在上头！"

　　可是，崔颢的诗中，有一股乡愁，"日暮乡关何处是"，傍晚时分，家中的老父母是不是倚着柴门，翘首以待归来的游子？崔颢是不是想起了开封街头的小吃？是不是想起院子里窗前的桑树和石榴？是不是想起门口睡眼惺忪伸着懒腰的狸猫黄狗？崔颢的乡愁，让千百年以后的余秋雨专门写了一篇《乡关何处》的散文，向他致敬，说他是"在黄昏时分登上黄鹤楼的，孤零零一个人，突然产生了一种强烈的被遗弃感。被谁遗弃？不是被什么人，而是被时间和空间。在时间上，古人飘然远去不再回来，空留白云千载；在空间上，眼下虽有晴川沙洲、茂树芳草，而我的家乡在哪里呢？"对时间的怅然与无奈，对空间的留恋与追念，古往今来的才子佳人因为有此愁思，才会怀乡，才会想起故乡的山山水水，一草一木，想起故人，想起故事。

　　20世纪80年代，费翔唱火了一首叫《故乡的云》的歌，还记得大姐用工整的钢笔字，把歌词抄写在塑料封面的笔记本上，"天边飘过故乡的云，它不停地向我召唤，当身边的微风轻轻吹起，有个声音在对我呼唤，归来吧，归来哟，浪迹天涯的游子……我曾经豪情万丈，归来却空空的行囊，那故乡的风和故乡的云，为我抚平创伤。"满腹的才华，踌躇的志向，也终究抵不过将军头上的白发与美人脸上的皱纹，你说，那一刹的无力和颓废，能不发出自己从何而来到何处而去的追问吗？余秋雨自己也在追问：到底是上海人，慈溪人，还是余姚人？但是，不变的是他对孩童时在杨梅成熟的季节爬到树上吃杨梅，跑到上林湖边用瓷片打水漂的记忆。

对故乡的追忆，或许是人们内心深处的一种情感的必需，不仅在古代，也在当代。易中天在武汉大学早年的学生中，有个叫郑世平的，笔名野夫，后来，他写了一本书《日暮乡关——故乡故人故事》，书中让你读到岁月的深处。一个漂泊天涯四海为家的浪子，应该最怕寂静的时分，点一根烟，喷云吐雾间，想到的或许就是陈年旧事中的亲朋故旧，语气容颜。

如今，自己归乡，同样也是"近乡情更怯"，因为故人，因为故园，因为故土。

2015 年 7 月 15 日　星期三　成都　星巴克

读书的时光
——写给图书馆《开卷有益》

忙了一天工作，累了，拖着疲惫的身躯回到家里，躺在温馨的小床上，抄起一本书，我幸福的读书时光开始了。

读书，在安静的时光中，似乎能够听到时光流动的声音，像山间清澈的小溪水，叮叮咚咚的声音不大，却能拨动心弦；读书，是与一个老友交谈，秉烛而坐，心有灵犀，不需要语言，默默相对，却能倾诉交流，敞开心扉；读书，是在当下的时空中，让思绪随清风细柳，随雪花飘飞，做一次时空穿梭的旅行，听听子夜的吴歌、渔舟的唱晚抑或是孤城的四面边声，看看塞上的长河落日、江南的杏花春雨抑或是秦淮河畔的桨声灯影，如此翩然迷人，魂牵梦绕，却能收放自如，任意东西，纵然是欲罢不能，也可以掩卷而思，含笑入梦。

在书中能找到认同，交友求知音，读书求会心。正如钱钟书所说："一个真有幽默的人别有会心，欣然独笑，也许要在百年后、万里外，才有另一个人在时空的彼岸，莫逆于心，相识而笑。"于是，美国作家刘易斯·布兹比在他的《书店的灯光》一书中就娓娓道来了一个在书中认同的故事：他的朋友丽兹·斯扎拉伯第一次阅读海明威时是十四岁，她也是偶然听说有《永别了，武器》这样一本书。"她读了一夜，第二天逃课在家里把它看完。《永别了，武器》中多次提到苦艾酒，于是被情节深深打动的丽兹冲到她妈妈的酒柜前：咳，有苦艾酒！她倒了满满一牛奶杯，坐在起居室的大椅子上，不时啜上一口，就这么整整看了一天。到了微醺时，她拍打着座椅的扶手，对着空旷的房间大喊：'真的，真的，就是这样的，真的，真的，真的，他什么都知道，一点不错，我喜欢这本书。'"。

我想，十四岁的丽兹独自坐在椅子上看书时，那神奇的海明威一定是给了她一个神奇的窗户，让丽兹第一次感到一种强烈认同："她喝着苦艾酒并深深地感到与米兰街道上的亨利中尉和巴克利小姐的命运休戚相关，战争好像就发生在周边的山峦上。她自己不再是超然物外的了，丽兹确信她就属于这个世界，从骨子里确信在这个世界上还有和她一样的人。"读到此处的时候,我亦希望手边能有一杯散发着清香的苦艾酒,让我能够一点一点地啜着,回味着……

在书中能找到朋友,书中有忠肝义胆,书中有豪气干云。明代才子李贽读《三国志》,情不自禁地结交书中豪杰,大呼:"吾愿为莫逆交。"李贽在《三国志叙》中感慨三国是一个风起云涌的时代:"且古来割壤窃号,递兴倏废,皆强并弱款,并未有如三国智足相衡,力足相抗,一时英雄云兴,豪杰林集,皆足当一面,敌万夫,机权往来,变化若神,真宇内一大棋局。"三国一代,可谓时势纷争,英雄如浪花淘尽,是非成败转头空,青山依旧在,几度夕阳红。一本《三国志》,恰似一曲千回百转的慷慨壮歌,那些顶天立地的昂扬,视死如归的豪迈,真是让人荡气回肠。

以东吴上将甘宁为例:东汉建安二十年,孙权攻合肥未下,撤军还吴。大军已去,他和甘宁等将领还留在逍遥津北,身边将士仅剩千余人。这时突遭魏将张辽大军掩袭,双方兵力众寡悬殊,东吴君臣命悬一线。甘宁、凌统等将领拼死力战,孙权才得以退去。而甘宁在乱军之中,"引弓射敌,与统等死战。"甘宁竟然在生命的最后时刻,"厉声问鼓吹何以不作,壮气毅然",读到此处,唏嘘不已,所谓上将,甘宁甘兴霸做了最好的注释。这样的人物,这样的朋友,恐怕是千年不遇,书中,我们遇到了,我想我们应该是朋友。

读书的时光里,有很多的惬意和乐趣。可以"因雪想高士;因花想美人;因酒想侠客;因月想好友;因山水想得意诗文"。也可以"闻鹅声如在白门;闻橹声如在三吴;闻滩声如在浙江;闻赢马项下铃铎声,如在长安道上"。

五月初的蓉城,有雨有风来去匆匆,在这个安静的夜,偶尔有几声虫鸣。窗外,夜雨正浓,审视当下,竟无限感慨起来。离京城赴四川,已是三年,西南万里,关山江陵,风淡云清入川梦,依然是书卷意气,诗歌人生。端一杯飘雪,沁润着梁甫吟,心怀着草堂春,盘算着武陵的桃花源,琢磨着白首将来卧松云。

现在,我轻轻敲击键盘,陪你聊聊读书的幸福。陪你聊千江有水千江月,陪你聊梦里花落知多少,陪你聊飞雪连天射白鹿,陪你聊笑书神侠倚碧鸳,陪你聊城春草木深,陪你聊人迹板桥霜,陪你聊往事并不如烟,陪你聊光荣与梦想,陪你聊湘行散记,陪你聊一辈古人,陪你聊巨流河,陪你聊未央歌,陪你聊看见,陪你聊目送……

一脉心香,书在枕旁,这夜,并不漫长。

2015 年 5 月 29 日　星期五　成都　华阳

我们带你看风景

——《春风化雨》卷首语

几场春雨过后，校园里，杏花谢了，桃花谢了，李花也谢了，人间的四月天来了，清明便来了，正是植树的季节。我们文产院的第三教学楼周边，刚刚种下桂花树、红叶李树，还有一些灌木，估计用不了多久，三教周边便会郁郁葱葱，说不定今年的八月，就能闻到桂花的清香。而明年的这个季节，必然能够看到如云如雾般怒放的红叶李，一树李花醉春风，两树李花雾朦胧，三树李花春风起，树树李花惹人疼。想想，就让人期待，心旷神怡，如在画中。

对于植树，我打小时候就有浓厚的兴趣。有一次自然课上，老师讲到了扦插，也就是俗称的插条。那是一种培育植物的常用方法，剪取植物的茎、根等，插入土中或浸泡在水中，等到发芽、生根后就可栽种，使之成为独立的新株。于是，总是琢磨着自己有机会也尝试一下，说不定还能种出新的葡萄树、核桃树、苹果树，这样自己到了秋天就可以饱尝鲜美的果实，省得总是望果兴叹。

可是，村子里林木多，果木少，总没有机会捡到人家刚好剪下来的果树枝条。由于创造一株新的植物的心切，那种劲头按捺不住，只好退而求其次，见到乡政府剪下的冬青枝条，听说这类植物也是可以扦插的，便兴冲冲地捡了几个比较挺直的枝条到家里。在院子的角落，选了比较肥沃的土壤，挖了坑，浇上水，放入枝条，结结实实填上土，郑重其事地种下了自己的希望。

第一天，我就凑到自己种的枝条旁，期待能看到新的嫩芽，但是，它没有反应；第二天、第三天，冬青枝条依然不理会我对它的期待，依然是默默地沉睡着；第四天，我实在是忍耐不下去了，我天天给你浇水，你总要认真地成长啊，估计已经生根了吧，我就小心翼翼地拔了出来看看冬青是不是长了树根，果然，冬青的枝条的根部泛着青色，可是没有长出我期待的根须来，虽然失望，毕竟还是兴奋的，于是将枝条依然插入，浇灌了更多的水；第五天、第六天，我依然是拔出冬青枝条，看看有没有生根发芽，但是，总是失望地又将它埋入土中。父亲看到了我的这个奇怪的做法，就笑着对我说，"你这叫拔苗助长，生命的成长是需要一个过程的，需要慢慢滋养，不能求之过急。"我才明白自己做法的荒唐可笑，怪不得村里人都说"十年树木"呢，原来，一棵冬青的生根发芽不是一朝一夕的事情，它需要一个过程，一个汲取营养、慢慢消化的过程。

后来，上学读书的时候，看到柳宗元写的《种树郭橐驼传》，其中写郭橐驼是种树的能手，他种的树或者移栽的树都能够成活得很好，别人观察他、学习他的种法，却总是学不到精髓。而郭橐驼认为自己其实没有什么特别的妙法，只不过是按照树木生长的本性培植罢了。而那些种树不按照树木生长的本性的呢？"苟有能反是者，则又爱之太恩，忧之太勤，旦视而暮抚，已去而复顾，甚者爪其肤以验其生枯，摇其本以观其疏密，而木之性日以离矣。"看似很担心树的生长，早上摸摸，晚上看看，甚至掐破树皮看看树木是死是活，摇摇树根是松是紧，这不正是我所做的拔苗助长吗？怪不得我不能将冬青种活，原来是违背了冬青生命的本性。"虽曰爱之，其实害之；虽曰忧之，其实仇之"，原来，虽说是爱它，其实是害它啊。

从植树到治民，柳宗元"吾问养树，得养人术"，发现的是一样的道理，那就是要顺从人的本性，"顺天致性"，尊重人的生活规律，不去妄自打扰百姓的生活。

研究生毕业后，我当了大学老师，在工作和学习中，去思考"百年树人"的教育规律，去感受同学们在大学成长的过程，去领悟德国哲学家雅斯贝尔斯所说的教育是灵魂唤醒的哲理，尤其是看到叶圣陶先生说过的"教育是农业，不是工业"这句话，愈加觉得教育应该是"随风潜入夜，润物细无声"的潜移默化的影响与熏陶，而不是违背同学们本性的流水线的复制。农业生产的产品是有生命的，是需要水、土壤、阳光和肥料的滋养，耕耘、施肥、浇水、松土、除草，每一个环节都要按照农作物的生长规律和节气时令进行，还需要春夏秋冬的轮回转换，才能完成自然孕育的过程。那么培育人的过程不也是要尊重同学们的生命成长的规律吗？

教育中对同学们的培育，既然要尊重他们生长发展的本性，就不应该是生硬的。我们说培养人才，首先是培养人，其次才是培养才。而对于人的培养，需要的是过程，需要的是阳光与水的养料，需要的是顺乎天性的滋养。

作家唐弢写文章回忆鲁迅先生对他的影响，用了一个词，"如沐春风"。后来读钱穆先生的《国史新论》一书，其中详细阐发了《中国教育制度与教育思想》，谈到"教育重在教人……孟子曰：'如时雨化之'。一经时雨之降，那泥

我们带你看风景

土中本所自有之肥料养分，便自化了。朱公掞见明道于汝州，归谓人曰：'某在春风中坐了一月。'花草万木，本各有生，经春风吹拂，生意便蓬勃。此番生意，则只在花草万木之本身。在春风中坐，只是说在己心中不断有生机生意。中国人称教育，常曰'春风化雨'，所要讲究者，亦即春风化雨中之此身"。钱穆先生此一番对中国教育的解读，更进一步让我领悟了《幼学琼林》中关于教育的说法："弟子之称师之善教，曰如坐春风之中；学业感师之造成，曰仰沾时雨之化。"

文化商学院在开设大学语文、艺术概论这些人文课程的同时，为同学们搭建了现场写作大赛、《文商时讯》等实训平台，逐渐形成了"乐教乐学、人文日新"的读书思考的敦厚院风，恰是对学校"以德育人，以文化人"办学精髓的贯彻与实施。正如钱穆先生所言："故《中庸》乃特地提出一'育'字，曰'万物育焉'，又曰'万物并育而不相害，道并行而不相悖'。又提出一'化'字，曰'小德川流，大德敦化'。一切人事皆须有外面之教，而人生之内在则必须有育。故《易·蒙》曰：'果行育德'。天地功能则曰'化育'。化则由外向内，育则由内向外。育即是一种内在生命之各自成长。只在外面加以一启发，加以一方便。故又曰'十年树木，百年树人'。培育人类内在生命之成长，乃用百年长时期作一单位来计算，不如树木之短期十年可冀。中国教育大理想在此，文化大精神亦在此。"

文化商学院的教育当有文化的底蕴与特色，由外向内的化，由内向外的育，不正是需要我们为同学们提供阳光和水的滋养，提供经典的人文引导与和风细雨的人文熏陶吗？去读那些悠悠千载传承至今的中华文明中仁义礼智信的价值故事；去品味那些江南杏花塞北铁马寒钓鱼翁横笛牧童的诗意文字；去看一看古道热肠的朋友道义，路见不平的侠客风范，两朝开济老臣心的责任担当，漫卷诗书喜欲狂的家国情怀；去听一听思维碰撞、独立争辩的大学讲座，为你打开一扇窗，一扇心灵的窗。

同学们，如果你愿意，我们带你看风景，这里，春风微微，春雨无声。

2014年4月2日　星期三　成都　华阳　良木缘

同学，你是这所大学的创造者
——和同学们探讨大学生活的归属感

记得台湾作家舒国治有一本散文集《理想的下午》，他的这本书淡淡倦倦地飘散着旅途中午后的暖阳和茶香，让众多的青年神游于下午的时光。而此时，正是成都秋日里，银杏的一树金黄，周末的下午，一杯茶，一本书，我坐在格调书屋的桌旁。

书店里，古香古色的书架上摆放着诗歌、散文还有小说，读书的人安安静静的，只剩下翻书的声音。两个扎着羊角辫的小女孩儿，趴在角落，摆弄一个有公主雕像的音乐盒。上了发条，音乐盒里便叮叮当当地流淌出小溪水般的音乐来，小女孩儿怯怯地问："姐姐，这好像是天鹅湖的一段呢。"我们这些斜靠着沙发，拿着书的读客们，也竖起耳朵来，试着去分辨这音乐是不是天鹅湖的一段。或许，更多的是喜欢小溪水的声音，也或许是小女孩儿对音乐盒的喜爱，触动了各人内心深处的童年吧。

这样的书店，这样的格调，总是吸引我在周末的日子里，来这儿，度过一个理想的下午。因为，这个环境，这个氛围，让我找到一种读书的归属感，我愿意在这个地方，读书、思考、打盹、写字，打发我的时间。正像北京的风入松和万圣书园，"是谁传下这行业，黄昏里挂起一盏灯"，这是书店为读书人营造的一种温暖，一种味道，一种特殊的感情，一种志趣相投的默契和归属。

归属感，恰是前两天文化商学院召开的教学质量学生代表座谈会上，一位同学提出的想法。他说："一个大学应该给自己的学生一种归属感，让我们愿意在这儿，让我们永远挂念，让我们为我们的这段大学时光感到骄傲，无论现在还是未来。"一个学生对于自己的学校的归属感可能和一个读者对于一个书店的归属感不同，但是，因为温情难舍，因为内心感动，而产生的浓浓的珍惜之情却是一样的。

作为你们的老师，我还是一个学院的管理者，一直在努力为你们营造一种氛围：独立思考、人文情怀、坦诚坦荡、敬业乐群。让你们身处其中，成长的不仅仅是年龄，不仅仅是知识，更是你们的心灵和气质。所以，每年你们入学的时候，学院都会在办公楼前为你们挂内容别致的横幅。

"苹果，砸在头上还是拿在手上，脸谱，挂在网上还是画在脸上"——是在启迪你们的创新创意的大学生活；"读三国读史记读书中故事鉴往治今，行塞北行江南行路上历练经世济民"——是在期待你们读万卷书，行万里路，穷则独善其身，达则兼济天下；"你是那人间的四月天笑靥绽放在校园，我是这蓉城的九月雨清凉滋润于心田"——是在涵化你们清新的诗意，温婉的情怀。

因为，你温暖，所以，你愿意，这就是一种归属感。当你们正式提出"归属感"的时候，恰恰说明你们对学校的热爱，对大学精彩生活的期待。其实，归属感在社会学上应该是一种社会成员对所属群体文化的内心认同，并由此产生的积极影响。学生对学校产生的归属感是否强烈，要取决于一所大学的校园文化积淀是否深厚，能否对学生的成长产生深远的影响。

可是，大学校园的文化又是如何形成的呢？校园文化又是如何的滋养着一代又一代青年学子的呢？纵观古今，广览中外，大学校园文化的形成和传承需要学校和学生共同建构。譬如，历史上的西南联合大学的文化建构，一方面依靠梅贻琦、冯友兰、雷海宗、吴宓、刘文典、金岳霖、闻一多、朱自清、沈从文等群星璀璨般的大师云集。闻一多在课堂上讲《楚辞》的时候，点燃烟斗，开讲"痛饮酒，熟读《离骚》，乃可为名士"；刘文典则是在阴历五月十五，于月光下讲《月赋》。学生们搬着凳子坐成一圈，他老人家坐在中间，当着一轮皓月大讲《月赋》，"俨如《世说新语》中的魏晋人物。"联大教师的风采，已是一辈古人，却时时令后人神往。西南联大校园文化的构建另一方面，依靠的是自己培养的学生，更是颇具清高文人的浩然之气与"绿意葱茏的幽默感"。我们能从鹿桥的《未央歌》、何兆武的《上学记》、汪曾祺的散文集中找到一种读书的飘逸与为学的执着。汪曾祺写西南联大时期的学生泡茶馆"一起来就到茶馆里去洗脸刷牙，然后坐下来，泡一碗茶，吃两个烧饼，看书。一直到中午，起身出去吃午饭。吃了饭，又是一碗茶，直到吃晚饭。晚饭后，又是一碗，直到街上灯火阑珊，才挟着一本很厚的书回宿舍睡觉。"这种泡茶馆的文化对联大学生的影响颇大，汪曾祺写道："联大学生上茶馆，并不是穷泡，除了瞎聊，大部分时间都是用来读书的。联大图书馆座位不多，宿舍里没有桌凳，看书多半在茶馆里。联大同学上茶馆很少不挟着一本乃至几本书的。不少人的论文、读书报告，都是在茶馆写的。有一年一位姓石的讲师的'哲学概论'期终考试，我就是把考卷拿到茶馆里去答好了再交上去的。联大八年，出了很多人才。研究联大校史，搞'人才学'，不能不了解联大附近的茶馆。"

当然，回望历史，多是传奇，而现实中的感受或许更是真切。大学校园文化建构的要素，从学校角度来说，是人和事。对于人，是指教师的魅力和影响，其中，最主要的是任课教师的才华思想与人格风范，正所谓师范师范，"学高为师，身正为范。"对于事，则是学校的管理，是否能基于学生的成长与发展，是否能给学生一种主人翁的感受。

先说教师的魅力，我谈谈自己的亲身感受。我的母校北京广播学院，也就是今天的中国传媒大学，不过，我们习惯称自己的母校是"北广"或者是"广院"。同学相聚，每每提到母校，总是骄傲在情，温暖在心，那种骄傲源自广院老师们的立德敬业，为我们营造了学术争鸣、以才学论英雄的氛围，不用考虑同学的七大姑八大姨的什么背景，大家佩服的是一个人新锐创意与博览群书的功底；那种温暖源自当年广院老师们对我们成长的呵护与鼓励，他们济困惜才，奖掖后学，似朋友相助的温情之谊，在茫茫无助的人生江湖中，让我们体味到惺惺相惜的古道热肠。

在广院的校园里，老师和学生因某个问题而争论不休，这种现象让人司空见惯。而让我印象深刻的是，趾高气扬、自命不凡的广院学生，对几位老师心存敬畏，其中一位就是高鑫老师。校园里下课的时候，人群如流，道路自然不是很畅，可是，同学们会自然的分开，在道路中留出空间。一位老师穿着陈旧而整洁的西装，打着领带，瘦瘦的身躯，满头的白发，提着讲课的简易书包，矍铄地走来，旁边还跟着几位学生在探讨着什么。我每次看到这个情景，就感叹不已，大学的感觉不正是这个样子的"白发先生，漂亮女生"么，以至于有一次我在微博上写了一首小诗，来重温自己的大学时光：

　　我的大学，绿树掩映，花草葱茏，适合抱着书缓缓地走，从从容容；

　　我的大学，年轻人儿，白发先生，似乎有说不完的学问，厚厚重重；

　　我的大学，发呆写诗，未来入梦，期许自己闯精彩世界，西西东东；

　　我的大学，厌了枯燥，倦了背诵，喜欢一缕阳光带清风，惺惺忪忪；

　　我的大学，单车背包，耳机随听；这光阴是朵迷人的花儿，朦朦胧胧。

我有幸在上研究生期间，旁听了高鑫老师主讲的电视文艺学的课程。那精瘦的样子，站在讲台上，声音却丝毫没有苍老之感，讲到精彩处，他自己颇为激动，用粉笔用力地敲打着黑板，咚咚作响，白发都随着他在抖。到而今，我讲课的时候，讲到精彩处，手舞足蹈，恐怕多多少少也是受了高鑫老师的影响吧。

  我很是庆幸自己在广院读书，庆幸碰到了诸多的良师益友，张晓峰老师就是其中的代表。今年的四月份，李静霞老师发来一条短信："学勤，张晓峰老师走了，很是突然。"我看到后，很长时间没有回短信，平静了半天，才回电话过去，问及张老师的情况，电话里相互感叹他的英年早逝，他对人的谦逊温和，对学问的勤勉严谨。过了一段时间，几个在成都的同学相聚，我说"张晓峰老师走了"，桌上片刻宁静，后来同学们说，我们不能去送他，他又不喝酒，大家敬他一杯茶吧，感谢他当年对我们的培养。我们默默地为他倒一杯茶，倾洒。

  最初认识张晓峰老师，是在大四的课堂上，高高的个头，黑瘦的脸庞，戴着一副眼镜，沙哑的中年人的声音，又是主讲政治哲学的，颇有几分学究气。课堂上我们几个喜欢争论的，不免要和他多说几句，他后来送我一本专著，扉页上写着"学勤　雅正"，我那时年少轻狂，竟也坦然受之。我偶尔写一些小诗，还发给他一起分享。张老师对我讲"做学问需要积淀根基，但是文学创作却更多的靠的是一个人的才华天赋"，如今，学问不精，创作未成，真是有愧。

  后来，读研究生，上张老师的哲学史，仍能清晰记得他讲张载的"为天地立心，为生民立命，为往圣继绝学，为万世开太平"的儒家情怀，我也曾想这或许也应该是张老师的情怀和理想。我由于上学期间，半工半读，经常财政紧张，同学们之间也是经常发生"经济危机"，张老师估计也知道我的境况，在校园里碰到的时候，他总是很关切地问我："最近，你经济还好吧？"我总是不想老师过于操心，总会说，还好还好，过得去，最近在外面的兼职还不错。他就会说："年轻的时候不容易，有什么困难记得要和我说。"为了能把下一年的学费交上，2004年冬，我打算去广东实习，就像后来的《老男孩》中唱的"曾经志在四方少年，羡慕南飞的燕"，孑然一身，南下东莞。张老师得知后，把我叫到办公室，对我说："你到广东，人生地不熟，我有个学生现在应该在深圳市电视台身居要职，我给你写了一封推荐信，你可以去找他，想必多少能帮上一点。"我就这样带着张老师的推荐信，在火车上买了一个小板凳，到了东莞电视台，由于事先联系的东莞，诸事顺利，也就没有联系张老师在深圳的学生。

  后来，我到珠海北师大工作一年；又后来，硕士毕业，离开了朝阳区定福庄的传媒大学，到海淀区魏公村的民族大学工作，那是2006年；再后来，我调动工作，离开北京，来到成都，那是 2012 年。这一路过来，几经波折，自己的财产也就是固定资产，仅仅是几本书，随着我南下北上，东漂西落，闯荡谋生，实属不易，然而，张老师的信都完好的存着。写这一段文字的时候，我从包了几层的信封中找到张老师的推荐信：

  春雷同学：

  久疏问候，自你去深圳后一直未曾谋面，但也不时听到你的消息。

  我于 2002 年调入中国传媒大学，一切尚好，今有一事相托，我在北广的学生张学勤拟去贵台求职或试工作一段，该生非常勤奋，学习成绩不错，思维活跃，有很强的工作能力并有一定实践经验，特此向你推荐，希望能给予关照。

  余容后叙，新春到来之际，谨祝新年快乐，诸事顺遂！并向家人问好！

中国传媒大学社科学院　张晓峰
2004 年 12 月 29 日

  一张白纸，对折两次，他手写的字依然看得出运笔沉稳开阔，用词古朴坦荡，那份殷殷厚望，那份书生侠义，让我酸楚，让我珍重。

  想到母校，就想起这些老师，回到母校，就想找当年的老师们好好地聊一聊，如果能穿越，一定要对当时的自己说，好好读书，好好上课，好好地给老师端一杯水。

  同学们，这便是我的母校，让我们安放青春，让我们时时都能哼起校歌《年轻的白杨》，"校园的大路两旁，有一排年轻的白杨……"让我们无论到哪儿，都对定福庄的这个地方魂牵梦绕，因为在这里，我们的老师依然站在讲堂上。

  如果讲到学校的管理方面，最近倒是有个案例，让我很有感触。前段时间，我去了一所大学，晚上漫步在狮子山上，树林荫翳，灯光昏黄，一片静谧，教学楼灯光明亮，教室里学生在安安静静看书，我一下子有一种背起书包去上自习的冲动。走到操场时候，远远望去操场两边成排对等树立着几十个旗杆，当时我以为师大国际化做得很好，或许是为了表示国际教育的成就，每一杆旗帜代表一个国家。

  等到走近了才发现，原来是文学院、法学院、政治教育学院，等等，一个学院、一个学院的旗帜，颜色各有不同，随风招展，气宇非凡。其中一个学院的旗帜降了半旗，过了一会儿，有两个女生主动地去把绳子拉好，将这面旗升上去，她们两个一定是这面旗所在学院的学生，我想。师大的这个方法，不正是在为各个学院的学生营造一种归属感吗？一种集体的荣誉，一种千帆竞发、百舸争流的氛围。因为，通过这些学院的旗帜，学校在告诉学生，你就是这个学校的主人，在院系竞争中，你是那面旗帜下的一分子。

这只是学校在营造校园文化方面所做管理事情的小小代表，图书馆、住宿、餐饮、校园环境、校友工作等众多的方面，需要学校努力推进，为学生的成长和发展提供优良的条件和合适的氛围。

同学们，既然归属是一种感情，是一种双方的互动，需要双方的用心投入，需要学校和学生的持续创造。校园文化的沉淀和氛围的营造，需要学校提供优良的师资和科学的管理，而身处其中的你们，在享受归属感的同时，是否想过，你们应该为校园文化的营造做些什么，你们在这所大学中的角色是什么？难道，真以为是"铁打的营盘，流水的兵"吗？

台湾的教育家高振东有一篇著名的演讲——《天下兴亡，我的责任》，大家可以去看一下：如果教室很脏，我问："怎么回事？假如有个学生站起来说：'报告老师，今天是32号同学值日，他没有打扫卫生。'"这样，这个同学是要挨揍的。在我的学校学生会这样说："老师，对不起！这是我的责任。"然后马上去打扫。灯泡坏了，学生看到了就会自己掏钱去买一个安上；窗户玻璃坏了，学生自己马上买一块换上。这才是教育，不把责任推出去，而是揽过来。大家想一想，若我们都以这样的方式对待我们周边的环境，我们的社会，我们的国家是不是会有很大的进步。社会学有一个"破窗理论"，说的是如果一个房子的窗户破了，没人修补，过不了多长时间，其他的窗户也会莫名其妙地被人打破。继而，整栋楼的环境都会被破坏，再往外扩展，整个社区得不到大家的珍惜，就会犯罪丛生，社区荒废。相反，如果及时被修补，这栋房子就会保持较好的环境，不会向较差的趋势发展。其实，"天下兴亡，我的责任"和"破窗理论"在阐述一个共同的道理，就是我们要以主人的姿态认识和对待自己的环境。

学校是你们安放三年青春的地方，是梦开始的地方，也是永久的心灵港湾。这里封存了你美丽的大学时光，你们不是过客，你们是创造者。学校在为校园文化努力建设的时候，你们作为这所大学的主人，是否想起一句熟悉的话："我的同胞们，不要问国家为你们做了什么，而要问一问你们能为国家做些什么？"

各位同学，你们都属于文化商学院的历史上的 2011 级、2012 级、2013 级，这所大学的历史，由你们来创造，由你们来书写。

灯火阑珊处，人影云集的不仅是校门口的小摊点，更应该是教室和图书馆。或许，你应该叫上你的同学，对他说，"来，我们聊一下龙应台的《野火集》"，或者，对他说："我写了剧本，挺有意思，要不我们组建个话剧社吧。"

2013 年 11 月 24 日　星期日　成都　格调书店

春风化雨，生根开花
——写给文化商学院第二届现场写作大赛

从书店买了新书，在书的扉页上习惯性地写时间的时候，挥笔就是2012，然后，自己无奈地笑一笑，再用笔在"2"字的收笔处，再往下画一下，"3"字就出来了，从2012年11月到2013年11月，那么简单，只是变了一个小小的数字。可是，这又是多么的不简单，北京二环内的房价疯涨到十万元了，马拉松也跑了，上海自由贸易区开张了，成都的新二环开通了，林书豪开始在火箭打球了，阿伦·艾弗森也退役了。匆匆忙忙里，又是一年。

同学们，社会有大变化，我们每一个，多多少少也会有一些变化的，至少，岁月让你们慢慢长大，让我们渐渐老去。然而，作为老师，我们希望我们和你们之间是一种连续，不是简单的生命代际的接力，而是，希望把文化的价值传递，希望把求知的欲望启迪，希望你们把社会的道义坚守，希望你们能更具有创造力。

记得去年为大家的获奖作品文集——《当我们碾过时光》，写序言《掬水月在手，弄花香满身》，是期望各位少年才俊在读书的时光中受到温润浸染，在大学里不仅要看到春天的花开，秋天的风以及冬天的落阳，还要看到唐诗里《少年行》的意气风发、《琵琶行》的泪湿青衫，还要看到宋词里苏东坡的大江东去、柳三变的晓风残月……如今，文化商学院的现场写作大赛已经是第二届了，应王磊老师之邀，我为大家写下今年的序言。

在和社会企事业单位商谈合作的过程中，无论是国企还是私企，无论是电视台还是报社，谈到同学们的就业和实习的时候，用人单位的负责人虽然表述方式各有不同，但是意思基本一致——很需要一些"人"，踏实负责的人，坦诚正直的人，温情友善的人。估计你们还能记得咱们文化商学院党总支书记田伟在新生开学典礼上，在欢迎你们的致辞中说的：到大学里应该学的四项内容——"学会做人，学会做事，学会学习，学会与他人相处"。这恰恰说明社会与学校已经形成了高度一致的认识，那就是教育首先要培养人。

曾经创办新亚书院（香港中文大学的前身）的历史学家钱穆先生在《国史新论》中谈《中国教育制度与教育思想》，他认为，"教人做人，亦分内外两面。知识技能在外，心情德性在内。做人条件，内部的心情德性，更重要过外面的知识技能。"既然教人重在内部的心情德性，那么怎么教呢？钱穆先生写到，"此种所谓教，则只是一种指点，又称点化。孟子曰：'如时雨化之'。一经时雨之降，那泥土中本所自有之肥料养分，便自化了。朱公掞见明道于汝州，归谓人曰：'某在春风中坐了一月'。花草万木，本各有生，经春风吹拂，生意便蓬勃。此番生意，则只在花草万木之本身。在春风中坐，只是说在己心中不断有生机生意。中国人称教育，常曰'春风化雨'。"

那么，我们的现场写作大赛，不是动动笔写个作文就罢了那么简单。因为，这是我们人文教育理念的一个载体，一个平台，通过这个载体和平台，大家读书、思考、观察社会、体察内心、再读书、再思考……实现一个人文的外在的引导与感化，到内在的转化与滋长，这正是我们文化商学院教育大家的方式。从开设大学语文、艺术概论，到创办《文商时讯》《创意商学院》，到让老师们为大家推荐《平凡的世界》《美——看不见的竞争力》等经典书目，都在做一种最质朴、最结实、最稳健、最亲和的教育引导和氛围营造。身处其中，大象无形，大音希声，春风化雨，潜移默化，这也正是我们学校"以德育人，以文化人"理念的践行。

"以德育人，以文化人"，正是根植于深厚的中国历史与文化中的教育思想，从《中庸》的"小德川流，大德归化"，到普通百姓人家的"耕读传家"，从官方的修史编书，到民间的评书戏剧，都在把文史精粹以各种形式传承传播。台湾作家龙应台的《目送》感动着千千万万的读者，读到写她父亲的逝世、母亲的衰老的情节，"他和我坚韧无比的母亲，在贫穷和战乱的狂风暴雨中撑起一面巨大的伞；撑着伞的手也许因为暴雨的重荷而颤抖，但是我们在伞下安全地长大"。她回忆她的父亲是如何影响着他们的成长，"我们还记得父亲在灯下教我们背诵《陈情表》。念到高龄祖母无人奉养时，他自己流下眼泪。我们记得父亲在灯下教我们背诵《出师表》。他的眼睛总是湿的。"

《陈情表》是西晋李密写给晋武帝的。当时，晋武帝立太子，慕李密才学德识，下诏征密为太子洗马（太子的老师），而抚养李密成人的祖母刘氏已经是九十六高龄，体弱多病。李密上表，陈述无法应诏的原因。他写自己从小境遇不佳，与祖母相依为命，"臣以险衅，夙遭闵凶。生孩六月，慈父见背；行年四岁，舅夺母志。祖母刘悯臣孤弱，躬亲抚养。"他写祖母体弱多病，需要自己的照顾"但以刘日薄西山，气息奄奄，人命危浅，朝不虑夕。臣无祖母，

175

无以至今日，祖母无臣，无以终余年，母孙二人，更相为命，是以区区不能废远"。在对待晋武帝的知遇之恩和对待祖母的尽孝上，他写到"臣密今年四十有四，祖母今年九十有六，是臣尽节于陛下之日长，报养刘之日短也。乌鸟私情，愿乞终养"。报养短，尽节长，感人至深，无不动容。

《出师表》是诸葛亮写给蜀主刘禅的。"臣本布衣，躬耕于南阳，苟全性命于乱世，不求闻达于诸侯。先帝不以臣卑鄙，猥自枉屈，三顾臣于草庐之中，咨臣以当世之事，由是感激，遂许先帝以驱驰。后值倾覆，受任于败军之际，奉命于危难之间，尔来二十有一年矣。"虽不求闻达，然刘备的三顾茅庐，便开始了"两朝开济老臣心""先帝知臣谨慎，故临崩寄臣以大事也。受命以来，夙夜忧叹，恐托付不效，以伤先帝之明，故五月渡泸，深入不毛。今南方已定，兵甲已足，当奖率三军，北定中原，庶竭驽钝，攘除奸凶，兴复汉室，还于旧都。此臣所以报先帝而忠陛下之职分也。"后世为什么不管是正史还是野史，无论是评书还是戏剧，诸葛亮高居神坛之上不只是诸葛亮的忠君为国，更多的是尽职尽责的道义，既符合了鞠躬尽瘁的官方标准又达到了受朋友之托的江湖道义。历史学家许倬云在《从历史看人物中》一书中写道："诸葛亮代表忠心，虽然都是针对刘备，却不是君臣之义，而是朋友之义。也就是说，如不是三顾茅庐的那种诚意，诸葛亮不会呕心沥血，为刘备的事业打拼，明知不可为而为之，撑住蜀汉的天下——这就是信守对朋友的承诺。"这也正是《论语》中的"吾日三省吾身：为人谋而不忠乎？与朋友交而不信乎？传不习乎？"

龙应台写道："长大到有一天我们忽然发现：背诵《陈情表》，他其实是在教我们对人心存仁爱；背诵《出师表》，他其实是在教我们对社会心存责任。"龙应台的父亲就是通过这些中华传统的诗书，忠厚传家，诗书继世，尽管龙应台负笈海外，贯通欧美，可中华文化积淀，已经深深地扎根，流淌在她的每一份文章的字里行间，并感染着海内外的华人世界，才有刚柔并济的"龙卷风"。

后来，当别人问她，"你说吧，什么叫作文化？"她没有给出一个学究式的概念，而是坦然地温和地讲到，"文化？它是随便一个人迎面走来，他的举手投足，他的一颦一笑，他的整体气质。他走过一棵树，树枝低垂，他是随手把枝折断丢弃，还是弯身而过？一只满身是癣的流浪狗走近他，他是怜悯地避开，还是一脚踢过去？电梯门打开，他是谦抑地让人，还是霸道地把别人挤开？一个盲人和他并肩路口，绿灯亮了，他会搀那盲者一把吗？……独处时，他，如何与自己相处？所有的教养、原则、规范，在没人看见的地方，他怎么样？文化其实体现在一个人如何对待他人、对待自己、对待自己所处的自然环境。在一个文化厚实深沉的社会里，人懂得尊重自己——他不苟且，因为不苟且所以有品位；人懂得尊重别人——他不霸道，因为不霸道所以有道德；人懂得尊重自然——他不掠夺，因为不掠夺所以有永续的智能。品位、道德、智能，是文化积累的总和。"

　　一个人如何对待自己，一个人如何对待他人，我们的同学也在思考这些问题，也在面对这些问题。2013级会计与审计的蒋科同学写《独立思考的重要性》——"独立思考的重要性。就没有多余的解释，是一个人必须具备的条件。它是人生的一块敲门砖，是向上走，向远看的基石。它是你活出自己的身份牌。独立思考影响人的一生。想想看，一个不具备独立思考的人，他会有怎样的眼光去认识这个世界，怎样的态度对待自己的生活？"2013级会展策划与管理的向静同学则讲述了自己的《成长故事》——"小城故事多，我喜欢那样的一个小城，喜欢那个巷子口，喜欢槐树下那傻傻的女孩。一双大大的眼睛，一个甜甜的笑容。那女孩会在父母下班时向他们飞奔而去，给他们一个笑容，得到他们的一个拥抱。"2013级会计与审计的徐小媛描述了一个《梦里花落知多少》——"在席慕蓉的梦中，有这样的花，前世佛前相求五百年，只为了却今世的情缘，化为一颗开花之树，长在恋人必经的路旁，当恋人无视走过，梦已醒，花已落。落的可是花瓣？噢，不，朋友，那是痴情人碎了一地的心！这样的梦，你可知花落的情？"

　　同学们，文化就是这样积淀传播的，一个人一个人的影响，一个人一个人的感动。我们的教育是灵魂的教育，是生命的教育，需要发芽开花的过程，需要水分养料的精心呵护，不是批量的工业生产，不是成品的机器制造。正如德国的哲学家雅斯贝尔斯所说，"教育意味着一棵树撼动另一棵树，一朵云推动另一朵云，一颗心灵唤醒另一颗心灵。"

　　当很多年后的你，翻开我们文化商学院今日的《梦里花落知多少》，你能看到你的成长，你的思考，你的生根开花……

2013年11月8日　星期五　成都　华阳

茶亦醉人何必酒,书能香我不须花

——写给《开卷有益》

周五的下午,在二教为2013级会展班上大学语文,讲到了"生命的感悟与王羲之的《兰亭集序》",当我为同学们通读"永和九年,岁在癸丑,暮春之初,会于会稽山阴之兰亭,修禊事也。群贤毕至,少长咸集"之时,全班同学竟然不约而同地,齐声朗读"此地有崇山峻岭,茂林修竹,又有清流激湍,映带左右,引以为流觞曲水……"这出乎我的所料,一时间,琅琅读书声,充盈教室,抑扬顿挫,清脆回响,如山寺钟声,如林中清泉,带着一分天然,二分智慧,七分灵动,唤醒,唤醒,唤醒着书的清香,文的传承。恍惚间,能看到王羲之展纸挥墨,感叹生死,似乎此时,千年的牵绊,经久的沉思,都在这读书声中交杂,无限感伤。

一篇兰亭,若合一契,同学们和我尽管年岁不同,对文章共鸣的程度虽有所差异,然"所以兴怀,其致一也",对生命的感悟和对青春的感慨,却相同的有感于斯文。这就是经典的力量,这也是读书的影响。恰好,近日里,大学同学现为警察的老王从北京取道重庆,专程来成都,期望小聚。于是,成都地界上的同班同学,从四面而来,同坐一桌,竟然已是十年未见,话题谈到几家小孩可以打酱油之事,顿觉"昔别君未婚,儿女忽成行"。往日里,我对"往事如昨"一词,并无感触,面对十年未见的同学,谈及大学课堂上的逸闻趣事,真如电影般回放已经远去的少年时光。谈到当年的老师,老王说老师们也老了,他还夸张地指着自己的头发,说白发添了几根,我笑着嘲弄这位住在我上铺的兄弟,"扯,你上大学的时候,就已经'多情应笑我,早生华发'了。"老王很认真地说:"那个时候才几根,你看现在,白的多了,都是工作累的。"

大家席间开始说起当年的读书故事,提到我总是在床头放着《史记》和《三国》,睡前看看,还会慢条斯理、自言自语地说:"盗版啊,又有错误。"那个时候学子清贫,买便宜的盗版书,错误百出,做梦都梦到能买到一本正版书。说起高新区的老蒋,当年的毕业论文写的李清照,洋洋洒洒几万字,答辩的时候几个老师只问了一个问题："你怎么知道李清照和赵明诚是一起遭遇的呢？"老蒋那个时候研究李清照入迷了，整日里带着女朋友去潘家园的旧书摊，淘那些关于词学的旧书，回来就和我们这些舍友展示他淘来的宝贝。记得为这事，我们毕业多年京城相逢，我还专门写了一首打油诗"昨日酒浓燕京醉，清华园内笑春秋，七载幡然寻旧梦，潘家巷口夕阳愁"纪念他那时的风流才华。老蒋说："半夜的时候，写了李清照的词的考证，一口气好几页，兴奋地赶快叫醒下铺的老杨，老杨也竟然从睡梦中摸起眼镜戴上，从四点钟看到天亮。"为了打趣省水产厅的老郑、老王，同学几个还能记起大学语文课堂上老郑的一句诗"那满地落叶，纷纷乱乱，踩上去，如同我心"和老王的一句诗"深秋的一树金黄，俏立地站在村口，让我彷徨"，受到了语文老师的赞扬和女生们的倾慕。

至于同宿舍的老杨，虽然人在千里之外的河南广电厅，可免不了我们对他的相思，一个电话打过去，众人争抢话语权。老杨读书的时候是闲云野鹤，基本不参与学生会和班级事务，每每半夜回到宿舍，大家都会问，今天去风入松还是去万圣书园了？

说到风入松和万圣书园，可不简单，这两家书店可是北京城的文化地标，在学术圈里地位近似于少林的藏经楼，借用老杨的话，去这两家书店，就是朝圣，这两家书店似乎有点知识教堂的崇高神圣。风入松位于北大的小南门那条街上，北国的槐树掩映，秋日里一地槐花，星星点点，冬天来压枝白雪，簌簌荡落。不起眼的市井小街的地下室中，栖身的往往是虚怀若谷、满腹经纶的一代隐士，风入松便是喧闹中关村的绝尘隐士。走进地下室，拐过窄窄的门径，就是当年名满京城的风入松了，莫笑人家的简陋，一副对联"茶亦醉人何必酒，书能香我不须花"，门楣上写的是海德格尔喜欢的名言，"人，诗意地栖居。"怎么样，看到这儿，读书的意境与学术的氛围是不是一下子就让你沉醉其中？何况，杨振宁、任继愈、季羡林、厉以宁都曾经支持和到访过这里。我们这些穷学生往往是带着一袋方便面，或斜靠着书架翻书，或席地而坐埋头书中，从早上开门到晚上关门，在这里接受着学术的洗礼和思想的熏陶。

万圣书园则是在北大东门外的成府路的小巷中，不同于风入松的入地，万圣书园则须从一楼的小门口，拾级而上，到二楼才是豁然开朗，别有洞天。在学术文化圈中，其地位不输于风入松，犹如江湖上的"北乔峰，南慕容"，各有千秋，又相得益彰。相对于风入松的茶座有"闲敲棋子落灯花"的静心等待，万圣书园的咖啡厅门口则有一句郑愁予的诗，"是谁传下这行业，黄昏里挂起一盏灯"，分明是读书人在夜色中，对微弱光明的守候，对古风人情的温暖。

我们大学时代很多周末都是在这两个地方度过，而平日里老杨则是常客。老杨的学识和思想不仅赢得兄弟们民间的敬仰，在政治思想史的课堂上，老杨的一席发言，也让毕业于南开大学政治系的老师很诚恳地说："弟子不必不如师，师不必贤于弟子，真是闻道有先后，术业有专攻。"自此，老杨也得到了系里官方的认可。大学毕业，老杨入河南广电厅，每次出差来京城，不是先拜访我们这些故旧死党，而是先去风入松和万圣书园。到书店过完瘾之后，才会来找我，和我相见的第一句话总是——"我刚才看了一本书，不知道你看过没有？"

同学们，从《兰亭集序》的课堂，到我大学里的读书故事，其中人物的风采，当是在字里行间已经跃然纸上，折射着每一个时代的青春光华。作为你们的老师，在校园里就像一条大鱼，而你们就像一群小鱼，从游在我的身边，我带领你们穿梭在知识的海洋中，智慧的河流里。所以，从古至今，对老师的职责定位于"传道、授业、解惑"，本想展开了为大家讲"传道""授业""解惑"，限于篇幅，我们先讲大学里的老师。大学里的老师有任课教师也有辅导员老师，每一个人都可能会影响你的一生，但是，在大学里老师的概念是宽泛的，图书馆也是你的老师，你的学长学姐也是你的老师，你的大学同学也是你的老师，何况你的舍友和你朝夕相处更是影响你较为深远的老师，当然，还有宿管的阿姨等。在这些老师中，最为广博雄厚、多姿多彩、随时静待的就是图书馆了。一个学校的图书馆其实就是一个学校的气质品味和学术水平最为典型代表，进入图书馆，就是进入一个穿越的时空，往圣贤哲，中外俊杰，都会像哈利·波特系列电影中的魔法师一样，现身和你对话，和你争论。在这里，我们可以神游万仞、思接千载，可以笑傲江湖、华山论剑，可以邃密群科、探索发现。

图书馆的安静，总是让我痴迷，痴迷于我的母校——北京广播学院的那一栋藏在葱茏的青松树丛中的老图书馆。为了在图书馆占座位，我们背着双肩包，带着水杯，排队站在图书馆门口的阶梯上，冬日的早晨，昏黄的灯光，同学们瑟缩着脖子，静候着开馆。那天，老天轻轻柔柔地飘洒起了雪花，我们捧着书，仰起脸，迎着那片片雪花的轻触，竟然有几分难得的寒冷中的温情浪漫。多少年过去，那个场景，那个仰脸雪花轻轻悠悠落上睫毛，落上围脖的静悄悄，沉淀在了我的梦里，如一份痴恋，光影重现，斑驳褪色，依然梦绕魂牵。

到图书馆读书，同学们经常会问，读什么书呢？读什么书有用呢？其实他们也是在问一个问题，"开卷有益，有哪些益处呢？"今天，我就尝试着回答大家的这个问题。

在大学里读书学习，学的知识读的书，大略可以分为两类，一类是实用性的知识，一类是享用性的知识。图书馆的书也可以归为这两类，比如金融投资类、计算机技术类的，你学了就可以尝试操作，很是实用，甚至可以解决实际问题。但是，这些实用的知识，能够解决的是你与物质之间的问题，你与社会之间的关系，却解决不了你和他人之间的关系，也解决不了你和你自己内心世界的问题；而享用性的知识，其实就是那些被人们称作无用之书，无用之学的知识，历史文学哲学等，似乎学了这些不能当饭吃，所以才会有改革开放之初的一句流行语，"学会数理化，走遍全天下"。其实不然，正是这些无用之学充实于人类的内心深处，才能滋养出人们的气质格调，才能让人们能够真实地面对自己的内心，才能体验人世美丽与善良，才能让我们在这个充满未知的世界上勇敢前行，才能走得更远更坚实，因为，我们的心灵更宁静，我们的视野更开阔，我们的脚步更踏实。

　　同学们或许会继续问，"老师，您说的实用性知识我们理解了，关乎使用价值，那么，享用性知识，难道仅限于精神的审美吗？就像您在课堂上为我们讲马致远的《天净沙·秋思》，'枯藤老树昏鸦，小桥流水人家，古道西风瘦马，夕阳西下，断肠人在天涯。'我们能体味到一种夕阳下的怅惘和无助，一种人在天涯的自由，一种前路无着的漂泊之美，聊以慰藉，我们的思乡。"同学们，干什么就要吆喝什么，我曾经主讲过中国新闻史、整合营销传播课程，这个学期我为大家上大学语文，那咱们就说说文学之用。

　　我们上高中的时候，如果看金庸、古月、梁羽生的武侠小说被班主任抓住，是要写检查的，因为那些都是课外书。估计到了你们上高中的那个时候，班主任抓的武侠小说已经少了，漫画多了。我在课上问谁看过"飞雪连天射白鹿，笑书神侠倚碧鸳"，举手的寥寥无几，怪不得文化商学院第二届现场写作大赛的时候，学院挂了两个横幅"庙堂存大作编年通鉴利资治道尽兴衰成败大河长歌，江湖续传说章回侠影觅萍踪难了爱恨情仇剑胆寒魄"和"序滕王阁记岳阳楼文章本是千古事，吟长恨歌奏渭城曲得失自在寸心知"，其中的《资治通鉴》《滕王阁序》《岳阳楼记》《长恨歌》《渭城曲》大家都很熟悉，不熟悉的就是梁羽生的《萍踪侠影》。等到上了大学，如果专业不是中国历史、古典文学、现当代文学的，似乎金融、软件工程、土木建筑类成了显学的时候，很多人已经把《史记》《三国演义》《瓦尔登湖》等文史类的书当成了无用的东西，恐怕看《说岳全传》《七侠五义》的同学本身就已经成为传说了。

　　那么，文学除了审美还有什么用呢？这个问题有很多种答案，我简单的挑几个吧。

茶亦醉人何必酒，书能香我不须花

文学是良药

早在白居易写乐府诗的时候,他已经对自己的作品,有了定位,"非求宫律高,不务文字奇,惟歌生民病,愿得天子知。"他希望文学要反映百姓疾苦,希望能够传至庙堂,"药良气味苦,瑟淡音声稀",以为良药,改革社会。

我在给同学们讲授中国新闻史的过程中,就讲到洋务运动以期坚船利炮,在于器物层面;维新辛亥以期政治革新,在于制度层面;"五四运动"以期国民素质,在于文化层面,然而,看似历史长河中的三段,实则一脉相承,国民意识是根本,自由的、担当的、诚朴的中华大国民,才是中华强盛的根基所在。于是从梁启超的《少年中国说》到孙中山的《民报发刊词》,到陈独秀的《敬告青年》,都是在努力唤醒国民,再造国民意识,塑造新国民,去除弊病,以新民为己任。那么,这历史进程中的文学创作一样也是在努力唤醒国民,鲁迅和郭沫若都是留学日本的时候弃医从文,把文学当作药,以期治疗当时的国民和社会。

从初中到高中,因为鲁迅先生的作品很多被选作课文,于是,看到鲁迅,很多同学多少就会有点头疼。但是,随着岁月的积淀,更深的感悟,我们反而越来越能发现鲁迅的作品的精妙与经典。鲁迅看到国民的麻木不仁,看到国民的涣散如沙,看到国民的愚昧懦弱,正是在那样的背景下写出《药》,希望能够医治当时的中国国民。

那么,文学作为良药,可以医治社会,对我们个人来说,又何尝不是一剂良药呢?

文学是镜子

龙应台在台湾大学法学院的演讲《百年思索》中讲到文学就是"白杨树的湖中倒影",文学,使你"看见",意思是"使看不见的东西被看见",也就是文学具有了镜子的功能。

我们每一个人都生活在一个实际存在的环境中,然而,我们却很难跳出环境去审视我们的环境是什么样子的。因为,我们也身处其中,所看所闻,无不以自己的判断为基准,于是,判断的层面和幅度依然是受限于实际生活。

我们总是说人生如戏,戏如人生,有时候人生舞台上的角色还需要经常地转换。如果是角色没有变化,可是一台戏下来,那剧情的背景幕已经不知道换了多少场了,何况掌声中的昂然登台,一个华丽的亮相,也终究要有一个告别的谢幕,不管完美还是不完美。京剧中的生旦净末丑,在画脸谱的时候,就需要对着镜子,否则容易把自己角色的符号画的有所出入。

当齐邦媛先生的《巨流河》令两岸动容的时候,我们能够看到历史长河中的波涛滚滚,能看到个人的命运和生活是多么的不易和艰辛。从东北到华北,从华北到西南,从大陆到台湾,看到国难中的颠沛流离与风雨飘摇,看到青春能短暂读书的弥足珍贵与纯真美丽,看到历史转机处的扼腕叹息与无限悲凉,看到渡不过的巨流河,看到半个世纪的中国。这一面镜子,演绎着晨霜晚露,北河南山,人生浮沉,家国记忆,读罢无语,唏嘘不已。

文学是力量

新东方的俞敏洪在《在痛苦的世界中尽力而为》一书中就对大学生说,上大学要多看那些你们认为没用的书,正是那些无用的书才沉淀在你的生命中,给你积蓄了最巨大的力量。

高考失败的马云做起踩三轮车的工作,直到有一天在金华火车站捡到一本路遥的《人生》,这本书改变了他,他强烈地意识到,"我要上大学。"几番辛苦,他考上了杭州师范学院,人生的路虽然很长,但是关键的就是那么几步。

在上大学的时候,我的宿舍住了6个人,入学的第一天,大家相互介绍,方知来自五湖四海,各自整理床铺与书架,我发现竟然有四个人的书架上有同一本书——《平凡的世界》。我问我的同乡李鹏同学:"你怎么那么喜欢《平凡的世界》?"李鹏慢悠悠地说:"我是南阳山区出来的,上学本来就不容易,看了孙少平在那么苦的条件下,都在坚持读书,我又有什么不能做到的呢,《平凡的世界》是我的力量。"

从那以后,我每次遇到人生的困难的时候,我也在想,孙少平能挺住,我也能挺住,每一次我都咬牙坚持到底,去迎接挑战和困苦。后来,我的好朋友过生日,我送他们的礼物就是《平凡的世界》。

最近流行一个词,叫"正能量",那么经典的文学作品,虽然无用,但是具备"正能量"。

文学是生命的延伸与扩展

我自己怎么看文学的功用呢?

传播学上有个理论就是麦克卢汉提出的"媒介是人的延伸",他认为广播是人的耳朵的延伸,电视是人的眼睛的延伸。那么,以此理论推理,汽车是人的腿的延伸,电脑则是人脑的延伸,也就是说媒介扩展了人类的掌控外界的能力,是人们扩展自己的工具。

借助这个思维,文学不正是我们生命的延伸吗?文学为我们打开了不同的窗户,通过这些窗户我们看到了不同的世界,看到各式各样的人、悲欢离合的故事、多姿多彩的风景。通过文学我们得到了体验，扩展了生命的张力和范围，使我们的生命通过体验的方式经历了不可能经历的事情和感情。

我曾经写过一篇散文《古往今来听雨人》。在夜雨声中，我感受到了李商隐"君问归期未有期，却话巴山夜雨时"的孤寂与离愁，感受到了干戈战乱中杜甫看到朋友"夜雨剪春韭，新炊间黄粱"的温暖，感受到了陆游"夜阑卧听风吹雨，铁马冰河入梦来"的壮心不已……一样的雨声，一样的文脉传承，穿越千年，仍在滴滴回响，"一任阶前，点滴到天明"。

各位同学，文学有如此多的功用，你是不是想妙笔生花，想妙手偶得？上过我的课的同学一定还能记得，如何写一篇好文章，那就是刘文典先生讲的"观世音菩萨"——"观，就是要多观察；世，是要懂得世故；音，是要讲究音韵；菩萨，即是要有救苦救难，为广大老百姓服务的菩萨心肠。"有趣吧，试一试？

又是一年秋风起，努力加餐多添衣，在这个司马相如的故乡里，我们探讨着文学之用，讲述着书香浸润岁月浓浓。最美不过汉字，优雅莫过中文，开卷最是有益，其中的奥妙与神奇，静静地读，慢慢地看，春风可化雨，秋月映书台，时时勤翻阅，莫使惹尘埃。

本文应图书馆馆长李远君之邀，为《开卷有益》行文，讲的多是往事心得，一如与大家谈心，尽教师之责。远君馆长为学生读书殚精竭虑，甚是敬佩，于是键盘轻抚，写下洋洋洒洒的文字，是配合，更是支持。

各位青葱岁月的同学，在我们美丽的文化商学院，在你们美丽的华年，心灵的滋养与砥砺，气质的熏陶与沉淀，需要你在图书馆，穿行在书架之间，抑或坐在自习室。那翻书的声音，静谧自然，那书中情节，扣动心弦，夜色已晚，翩然留恋，直到图书管理员提醒你，"同学，闭馆了，明天再来吧。"

那么，你，背起书包，走出图书馆，秋夜微凉，月色——正浓。

2013年11月3日　星期日　成都　华阳

你若加入，诗意更浓
——写在《文商时讯》第十期

北方的人们开始穿上风衣，抵御秋的寒冷；西南的成都在这个秋季，芙蓉花开，依然的鲜艳多姿，街上的人们在谈论着中国好声音、西博会、土豪金和好莱坞的新片《惊天魔盗团》。这就是我们生活的时代，一个生机勃勃的时代，一个匆匆忙忙的时代，一个唯恐掉队的时代，一个环境不怎么好的时代，一个社会改革推进的时代……你可以给这个时代贴上很多的标签，似乎都十分的合适，但是，你却无法回避这个时代，因为，我们就生活在这个时代，这个秋天里。

各位同学，我们的《文商时讯》就诞生在这个时代，并且努力成为各位时代大学生的青春记录者，努力成为你看社会的一种方式，努力成为你独立思考独立做事的一种尝试。尽管你埋头于手机的微博、微信、朋友圈，尽管你已经准备去附近欧尚和更远的环球中心，尽管你急切地想赶上地铁，但是，你的生活的重心应该是在华阳，因为，你的大学在华阳，你的青春的三年都将在这里度过，在这里成长。

《文商时讯》在和你一起成长，她记录了你入学的新鲜，她记录了你专业的彷徨，她记录了你军训的俏影，她记录了你运动会上的风光，她承载了你大学里第一篇新闻采访，她开始了你大学里第一篇铅字墨香，她激发了你对未来的想象，她留住了你独立思考的思维激荡。《文商时讯》已经走过十个月，第十次与你见面了，尽管我们希望这份报纸，是大学生才华的恣肆汪洋，从诗歌散文岁月绵长，到新闻评论江湖庙堂，世事洞察，嬉笑怒骂，都在文字的传奇故事里，都印证着各位曾经年轻的如歌时光；尽管我们希望这份报纸，能够每一期都在期盼中发放，每一次都洛阳纸贵，每一次都争相传阅，人们见面不是问"你吃了吗？"而是问"这一期的《文商时讯》你读了吗？"然而，十个月大的《文商时讯》还很稚嫩，还很质朴，还在蹒跚前行，还在摸着石头过河，所思考的问题看上去还不够深刻，不过，没有关系，因为，我们已经出发，已经在路上。

月白风清 醉 流光

　　大学培养我们的第一个能力，也是最重要的能力，就是独立思考。正如文化商学院第二届现场写作大赛中的论文题目——《论独立思考的重要性》，很多选择这个题目的同学给出了自己的理解和答案。那么，《文商时讯》就是我们文化商学院培养大家独立思考能力的一个平台，一个研讨班，在这里，内容都是原创，同时也会尊重各位的知识产权，作者的署名和编辑的署名；在这里，你们需要自己选题、自己策划、自己采编、自己组稿，老师只是指导。这里不是小吃店，你们点什么，就能上什么，这里需要你们自己用眼睛观察周边的世界和人物，需要你们自己评判选题的价值，需要你们商讨文笔的风格，这些只是独立思考的第一步。何况，文化创意产业的核心在于人的智慧与创意，不具备独立思考的能力，只能从事模仿和复制，那么我们的文化创意产业的竞争力又从何谈起呢？对于一个人的培养来说，独立思考的能力，最重要的是要培养合格的社会公民，培养各位"独立之精神，自由之思想"。写到这里，你也看到这里，《文商时讯》可不是一个小小的报纸，不是一个小小的锻炼文笔的平台，她凝聚了老师们深厚的人文教育底蕴，她体现着我们文化商学院为社会为国家培养人才的高远期许。不积跬步无以至千里，不积小流无以成江海，你在《文商时讯》的一小步，就可能是你人生中迈出的一大步。同学，请问，你现在还觉得《文商时讯》小吗？如果你仍然觉得规模和版面小，那么，就请你加入，用你的才情和智慧，创造出属于你的恢宏，也创造属于《文商时讯》的成长。

　　一个班级的班风，一个学院的院风，不是说有就有的，罗马不是一天能建成的。风气是一种集体的气质，风气是一种群体的品格，风气就是环境，风气就是氛围，古人说"蓬生麻中，不扶则直，白沙在涅，与之俱黑"，这就是环境的威力，习近平总书记在欧美同学会成立100周年大会上谈到，"环境好，则人才聚、事业兴；环境不好，则人才散、事业衰"，大到国家，小到班级，风气的凝聚，正能量的集聚，何其重要，可是，风气的形成靠什么呢？靠做，靠我们大家去努力，《文商时讯》就是我们文化商学院努力推进学习风气、创意风气、独立思考风气形成的尝试。你或许会认为一份小小的报纸，是产生不了什么影响的，是形不成什么风气的，然而，我们一个同学影响着另外一个同学，另外一个同学又影响了其他同学，就像一部影片《让爱传播开来》，我们的《文商时讯》为一种思考、读书、讨论、关注社会的学院风气所做的努力，正在传递下去，扩散开来。我们不担心时间，我们不追求狂奔，"随风潜入夜，润物细无声"，风气就是在坚持、滋养和熏陶中形成的，通过过滤与沉淀，不为而治，不求自成。

《文商时讯》的主编何雯娟老师为了第十期的出版，邀请我为大家写上一段文字，我写下上面的文字，恍惚间，似乎记起了财经作家吴晓波写大名鼎鼎的李普曼的一段文字——"19岁那年春天的一个早上，哈佛大学二年级学生沃尔特·李普曼听到有人敲他的门。他打开门，发现一位银须白发的老者正微笑着站在门外。老人自我介绍：'我是哲学教授威廉·詹姆斯，我想我还是顺路来看看你，告诉你我是多么欣赏你昨天写的那篇文章。'在一个华盛顿之夜，《新共和》年仅26岁的年轻编辑李普曼被介绍到美国总统罗斯福的面前，总统微笑着对他说：'我早就知道你了，听说你是30岁以下最著名的美国男士。'"吴晓波接着写道，"我是在18年前的复旦图书馆里读到这些情节的。那是一个月光很亮的夜晚，我从图书馆走回六号楼宿舍，内心充溢着无限的憧憬和冲动。我想我之所以能够在18年之后依然无悔地走在这条路上，大半是被那天夜晚的月光迷惑了。"通过这一段文字，我们共同感受一种"怦然心动"吧。

文化商学院的同学们，大学不一定要让你作诗，但是，大学要让你有作诗的冲动。我们的课堂，我们的校园，我们的《文商时讯》，正在为你沉淀这种氛围，这种冲动。但是，你若加入，诗意更浓。

2013年10月23日　星期三　成都　华阳

我们的中国梦

抱着几本自己想看的书,在川大花园咖啡馆选一个靠窗的位置,窗户比沙发还低。春日午后的阳光,像情人的目光,柔和而又明媚。把眼光从书本转移到窗外,满眼的花红柳绿,两只俏丽的蝴蝶恰在花丛中,翩翩起舞,相互追逐,一阵风过,花园中的树枝花朵,都一起摇曳,甚至有几分调皮。这番光景,若是杜丽娘看了,一定会梦到那个手持柳枝的书生,缓步走来,浮生若梦,不是吗,那将是怎样一个牡丹亭呢?记得昨晚和清华大学新闻传播学院的老朋友通电话,他说当年他做记者的时候写了一篇报纸的头版文章叫《江南最忆是成都》,一番感叹,年华已远,不变的却是对成都的依恋和对朋友的挂念。此刻,轻轻地,我看着,缓缓地,发着呆,慢慢地,恍惚入梦。

打了个小盹儿,有了精神,就有了写字的冲动,打开笔记本,想起同学们让我给他们开一个讲座"我们的中国梦"。既然是"我们",就先要思考"我",每一个我,组成了我们,那么"我的中国梦"是什么呢?

我不是遥远时代那个毕业于耶鲁大学的容闳,他出生在1828年广东香山南屏镇的一个乡村,也就是今天的珠海,临近澳门。正是在传教士办的学校里,他学会了英文,1847年漂洋过海,到美国耶鲁大学读书,成为中国历史上最早的留美毕业生。容闳学成归国,正是洪秀全的太平军与曾国藩的湘军拼死鏖战的时刻,在容闳自己的自传《西学东渐记》中,他写到,抱着一个梦想,先去找了洪秀全的国务卿洪仁玕,在提出包含了军事、教育、政治、经济等七条治国建议后,希望太平天国政府能够采纳推行,但是,洪仁玕能做的只是封他一个刻有"义"字爵位的官印。容闳谢绝了老朋友的好意,却更加深刻地观察了这个"攻取历来以财富和美女著称的扬州、苏州和杭州等城市后,更促进了他们的颓废和堕落。这些物质文明的中心,给他们带来了说不尽的财富和享乐,促使他们更快地走向覆灭"。他"确信太平军既不能改革中国,也不能使中国复兴"。容闳或许同样抱着那个梦想,又见到了太平天国的死敌曾国藩，而曾国藩正在做一个洋务自强的梦想，于是，容闳建造机械总厂的建议得到了实施，这个利用从美国采购来的设备，能够生产枪炮的兵工厂，就是历史书上鼎鼎大名的江南制造总局，容闳认为"应该把这个厂视为纪念曾国藩的一个永久性纪念碑"。

容闳实现梦想的途径在现实的碰撞下不断调整，直至他发现中国的问题，是人的问题，提出了他的教育计划——选派幼童赴美学习，为国家培养人才。几番周折，在曾国藩、李鸿章、丁日昌的支持下，容闳的计划得以实现，第一批就有30个幼童赴美。清政府累计共派出120名留美幼童，虽然历经风吹雨打，容闳的这个计划甚至在后续的过程中中断，但是，这些留美幼童后来学成归国，分散到政界、军界、实业界、教育界等各个领域。在他们中有铁路工程师詹天佑、开滦煤矿矿冶工程师吴仰曾、北洋大学校长蔡绍基、清华大学校长唐国安、民初国务总理唐绍仪、清末交通总长梁敦彦，等等。虽然历经波折，容闳的梦，毕竟星星点点闪耀在近代史的天空中。

我不是梁启超痛惜的李鸿章，梁启超在《李鸿章传》中，认为李鸿章值三千年来未有之大变局中，久居要津，柄持大权，"知有兵事而不知有民政，知有外交而不知有内治，知有朝廷而不知有国民"，然而，李鸿章也有他的中国梦，他看到了国破山河在，他看到了洋人的科技和力量，知西来大势，识外国文明，力图以办洋务，富国强兵，正是由于李鸿章的奔走与支持，大清国才有了近代史上的第一条铁路、第一座钢铁厂、第一座机器制造厂、第一所近代化军校、第一支近代化海军舰队……记得在中国新闻史的课堂上，我为同学们播放影片《甲午大海战》的时候，同学们看到海军军费被挪用，北洋舰队的炮弹击中日舰，却毫无杀伤力的时候，无不顿足捶胸，痛恨清廷的腐败。可是，同学们，你们也应该深刻地注意到在看到他送到国外的幼童们，从英国皇家海军学院、美国海军学院学成归来之时，青年海军将领一个个器宇轩昂列队接受中堂大人检阅，那一刹那，李鸿章热泪奔涌。那一刹那，李鸿章想到了什么呢？他的海军梦，他的强国梦？大清国赖以支撑的重臣，在风雨飘摇的历史中，充当了裱糊匠的角色，依然是抗不过整个大清的衰败腐朽，就在他咽气作别世界前的一个小时，俄国公使还站在他的病榻之前，逼迫他在蚕食中国东北土地的条约上签字。无怪乎，虽政见不同，梁任公坦诚直言"敬李之才，惜李之识，而悲李之遇也"。李鸿章的梦成了一个残梦，却让我想起了一个词，叫遗产，他毕竟为近代中国开启了现代化的道路。

我不是抗战时期的罗家伦，说起他，同学们可能不很熟悉，但是，历史中熠熠生辉的时刻，绕也绕不过这位现代历史长河中的重要人物。再过一个月，各位同学就会迎来属于你们的节日——五四青年节，当然，五四青年节源自"五四运动"对你们来说已经是个常识，那么，你可曾知道，"五四运动"激流中的人物可不仅仅是陈独秀、李大钊，而"五四运动"白话文的宣言书正是当时在北大读书的青年罗家伦起草，正是他提出了"外争国权，内除国贼"，正是他在1919年5月26日的《每周评论》上第一次提出"五四运动"这个名词，一直沿用至今。那个时候，罗家伦和他的同学们，比如后来的史学家、台湾大学校长傅斯年，一腔热血，书生意气，有匡扶政权、澄清天下之志，他们拥有的中国梦，当是一个奋起建设的中国梦。罗家伦远渡欧美，先后在普林斯顿大学、哥伦比亚大学、伦敦大学、柏林大学、巴黎大学求学。归国时候正是如火如荼的国民大革命，罗家伦投身北伐，在国民革命军中任总司令部的参议，北伐成功之日，执掌清华大学，使清华大学从教会学校转为国立大学，并实现了男女同校。后来，罗家伦出任中央大学校长（南京大学的前身），期间，提出建立"诚、朴、雄、伟"的学风，广聘名师，推行教学改革，一时之间，中央大学显赫而起，实力雄厚。罗家伦进一步提出建设中央大学的新校址，以建设学术之都。新校址选址在南京南郊石子岗一带，北面紫金山虎踞龙盘，南面牛首山绿树葱葱，东面方山巍峨，同时，滚滚扬子江就从新校址旁流过，这就是历史上中央大学的"三山二水"的新校址，虽然方案获得通过，但是，战火把罗家伦的学术之都，烧成了一个没有实现的幻想。或许是北伐的经历，或许是观察的敏锐，罗家伦在1937年与蒋介石庐山谈话之后，就开始和民生公司合作将中央大学的设备集装成箱，转运重庆，同时在重庆建设新的中央大学，使中央大学在当时各大高校中损失最小。日军的炮弹一样追到了重庆，将新建的中央大学炸得瓦砾成堆，罗家伦写下了《炸弹下长大的中央大学》一文，砥砺师生，"我们抗战，是武力对武力，教育对教育，大学对大学；中央大学所对着的，是日本东京帝国大学。"吾生也晚，这样的校长，怎不叫人崇敬？罗家伦的中国梦，正是他教育救国的梦！

这些先辈们的中国梦都带着鲜明的时代印记，都拥有着难以企及的传奇色彩和宏大叙事，翻开历史，那些历史的片段，不曾灰暗，不曾消散，宛如明镜，映照今天。

我只是从华北平原上黄河岸边的一个小乡村走出来的普通农民的儿子，我的父母淳朴而勤劳，他们所过的日子是与黄土地打交道的日出而作，日落而息，汗滴滴滴入黄土，皱纹纹纹上眉梢。小时候，家里母鸡下的蛋是很金贵的，因为那是家里的零星开支。在一本书上看到"早上，能摸到母鸡屁屁里面的蛋，能让小孩子高兴一天"的文字的时候，我深有同感。父母的生活中经常遇到的就是短缺和拮据，在我的记忆中，他们经常为几个孩子的学费发愁。过年的时候，才能穿上母亲纳的千层底，父亲为了能让布鞋穿的时间长一些，总是用废旧车胎往我的鞋底上钉上鞋掌，至于到了夏天，穿的凉鞋简直就是百衲鞋，鞋袢断了，用铁条烧红了焊接一块塑料上去，再断了，再焊接，一块块，一层层，直到有一天不用父亲费心，我自己就可以把凉鞋焊结实。更有意思的是，上了大学，为了能够让皮鞋的后跟不那么快的磨损，我的同学很惊讶地看到我在宿舍能够很熟练地自己给皮鞋钉掌。而家里的三个孩子在上小学的时候就已经是家里面的劳动力了，所以小学的时候学"锄禾日当午，汗滴禾下土，谁知盘中餐，粒粒皆辛苦"，体味最深，也不用老师解释。春夏两季是我们拔野菜、打猪草的季节，直到今天，无论我在北京，还是在成都，不管是公园还是校园，只要看到绿油油的野菜和杂草，就有一种莫名的欢喜，这或许就是一种生命深处的体验与记忆。因为，那个时候，村里大孩子都要去拔野菜、打猪草，往往在田野里很难找到大片的野菜和野草，一旦发现，就像找到宝藏一样，欢喜异常，飞奔过去，弯下腰，一番忙碌，填满自己的麻袋或篮筐。沉甸甸的回家，还担心那片宝藏被别人发现，自己下次要重新找矿一样，惦记着，牵挂着。在向国家交公粮的日子里，还要面对乡粮所里面工作人员的刁难，他们可以随时让我们在酷暑中晒一个下午，等到他们来检查粮食的干湿度，如果不递上香烟，他们总是趾高气扬地嚷着太潮了，不合格，那么意味着还要在太阳下再等几天。如果好不容易检查通过，我就要扛着小麦的袋子蹒跚地走到高高的粮仓，倒下去，粮所的工作人员则是戴着遮阳帽，穿着的确良的衣裳，在旁边看着我的黑瘦，嬉笑着说干活真慢。那时，我也有一个梦，一个很微小的梦想，就是要好好的读书，让粮所变成不那么骄横的地方。

如今，我站在大学课堂的讲台上，在和我的学生探讨中国梦的时候，我问他们，"什么是你们的梦想？"同学们，你们的梦想也因时代的不同而不同，我们的国家正在一步一步地走向富强，然而，依然需要我们的建设，需要我们的参与，她才会让你身处其中感受幸福与安康。因为，你们发现你们对这个国家对这个社会还存在着要求，甚至是渴望，你们不希望地沟油端上餐桌，你们不希望二师兄的子孙集体跳入黄浦江，你们希望买奶粉可以不去香港，你们希望没有关系也不用怕李刚。

一个叫马小红的同学，她希望"在农村里拥有自己的一个小小的房子，房子设计成自己喜欢的样子，房里布置成自己喜欢的风格，温馨而恬淡，房子旁边有一块不算大的土地，栽有自己喜欢吃的蔬菜，还有一个小花园，里面有藤竹编了一个秋千，闲暇时坐在上面看看书，晒晒太阳。工作是美食家，书店的售货员，或是和自己的爱人开一家亲手制作礼物的手工店，这样我就可以不用过得那么匆忙，也不需要和那些复杂的人交流，更不会因为一点利益而费尽心思。闲暇的时候可以做做菜，在书店看看书或是制作一些东西。每天都开开心心，忙碌的时候很充实，下班回到家泡个热水澡，听点音乐美美地睡一觉。假期的时候陪陪父母，聊聊天，父母的身体健健康康的；或是把朋友约出来，一起去实现小时候想一起去旅游、尝美食的梦想，再分享自己的所见所闻，所感所想；和自己的爱人坦诚相对，经常交流，两个人也要充分信任，给对方一些适当的空间，相互理解、尊重；孩子健康、快乐成长。总之，生活就是这样从容、简单、快乐，幸福的生活。"看了她的梦想，我何尝对这样的生活不企望？若是能买一栋房子，不用担心粮食和蔬菜的安全，过着"看书，晒太阳"神一样的生活，从容淡然，唯闻茶香。

另一个同学李耀的梦想，"从小到大从未改变，因为个人比较喜欢美食，所以一直梦想长大后拥有自己的一家火锅店。店面不需要很大，但是需要两层楼，因为一楼是火锅店，二楼是冰激淋店。顾客吃了火锅就可以上楼享受冰激淋和其他饮料。梦想一直存在，从未改变，正在努力中。家不用有多大多宽多豪华，能容下一家人就可以，但家庭要温馨和谐，俗话说家和万事兴嘛！其次，一家人平平安安、健康，健康是革命的本钱，然后家里有一辆现代小车就可以。我每个月工资只要4000多就满足了，每天下班后就陪父母去逛街散心，每个月假期就带父母去旅游。我的人生计划是在我有生之年爬完四川所有的山，因为个人比较喜欢爬山。对于爱情婚姻，我希望未来的他家里不需要多有钱，但个人必须有能力，沟通能力要强。我们两个一起还房贷、还车贷，简简单单，平平凡凡，相互帮助，信任到白头。因为陪伴是一种稀缺的资源。我的生活，我努力；我的人生，我主宰。"

记得还有一位杨柳同学的梦想，"我希望以后有一份稳定的工作，在对的时间遇见对的人，拥有一个幸福的家庭，希望以后的生活是快节奏，多看些书，充实自己。给以后的孩子，提供一个好的家庭环境，和自己的另一半养一条大狗，一起给它洗澡，牵它出去玩耍。"

同学们，我为你们的梦想而感动，看到你们的梦想和家庭、爱情、生活、健康、快乐紧密地联系在一起，我看到你们的梦想融入了春天的阳光，温暖明亮，生机盎然，自由坦荡！

同学们，不要以为你们的梦想很普通，这梦想一点都不普通，因为，这是这个时代我们大多数国民的梦想。恰恰是我们的国家发展到今天让我们每一个人，敢于想自己的梦想，并且能够去实现自己的梦想。我记得在传媒大学读书的时候，那时正值"非典"猖獗之时，教室里的人寥寥无几，偶然一抬头发现黑板上写了一句很牛的话"生活的理想，是理想的生活"。今日你们的梦想，正是印证了这句话，梦想更坚实更踏实，更接地气，已经不是"大跃进时代"的荒谬和夸张，一个国家的成熟和发展，只有体现在国民的踏实梦想上，才会培养出真正的自信和美丽。

我们是普通的中国人，我们沿着前辈的中国梦，把这个梦继续下去，我们每个人都有一个梦想，我们希望强拆不再发生，我们希望看到官员的财产公开，我们希望行政事务不再听到官腔，我们希望拥有法律就拥有了底气，而不是关系和人民币，我们希望更多的大学生有各式各样的梦想，不是紧紧挤在考公务员的路上。这就是我们的中国梦，一个从国到家的过程，一个从宏大叙事到微观细节的转变，这正是我们国家的发展与变迁，正是中国梦的五彩斑斓。

习近平总书记讲道，"中国梦是民族的梦，也是每个中国人的梦。""生活在我们伟大祖国和伟大时代的中国人民，共同享有人生出彩的机会，共同享有梦想成真的机会，共同享有同祖国和时代一起成长与进步的机会。有梦想，有机会，有奋斗，一切美好的东西都能够创造出来。"同学们，有梦想谁都了不起，有勇气就会有奇迹，每一个你我他，共同构成这个时代，共同构成这个中国，那么，人生出彩的机会，需要我们一起创造，实现我们的中国梦，首先要创造实现中国梦的环境。

中国梦因你不同，我们的中国梦我们践行！我们的中国梦应该充满阳光，每一张脸庞都应该积极向上，每一张脸庞都应该洋溢着微笑。因为，我们每一个人都生活在这个国家这个时代，我们无法缺席，我们不能逃离，因为这个地方是生养我们的土地，有我们文化血脉的根系，不要让"乐土"仅存在诗经里。我希望，你们，我的学生们，将来的有一天，你们成为老师的时候，在课堂上和你们的学生探讨不一样的中国梦。

2013年4月4日　星期四　成都　四川大学

成都春天的那些花儿

阳春三月，正是趁着东风放纸鹞的季节，伸伸臂膀，扭扭腰身，闭上眼睛，打开心灵的窗户，感受着蓉城柔和的风，暖暖的阳光，还有弥漫在空气中的成都的那些花儿的清香。

我的办公楼门口有两棵红叶李，从几个星期前的星星点点，到花朵慢慢地绽放，到一树李花像两丛浓雾，白里透红，氤氲飘香。每一次我下楼上楼都像花痴一样，要在这两棵树旁驻足一会儿，看着蜜蜂们嗡嗡嗡的在枝头忙来忙去，仔细地端详花瓣的形状，再嗅一嗅淡淡的花香，不是那么浓郁，却能沁入心底。这一段时间，学生们路过这两棵树，都会拿出手机拍一下树的靓影和花的朦胧，也会让同学为自己拍一张人在花丛中的照片。这个时候，这两棵树旁已经不是秋季那普通的模样，没有人关注，没有人关心，默默无闻，似乎不在人们的视野中。现在这两棵树成了我们办公楼的一道风景线，也备受呵护，如果有哪一位同学动了折花的念头，想要折走，只要老师们看到了，都会制止他们，我们办公楼的老师们俨然已经成了这两棵树的护花使者。

然而，今早上班，一如往常，走过两棵李树，发现树下面的草地上散落了那些白色的粉色的花瓣，原来花期已到，估计这几天要"零落成泥碾作尘"了，我突然想表达自己的感情，于是一下子想起了两个词——"落英缤纷""芳草鲜美"。上学的时候读《红楼梦》，读到林黛玉的《葬花吟》，"一朝春尽红颜老，花落人亡两不知"，总是读不出感觉来，今天却触动了伤心的魂。"惜春长怕花开早"，原来，只有走过了花开的历程，和她一起经历从萌芽，含苞，待放，绽放，吐艳，怒放，谢幕，飘零的这一遭，才能真正地感觉到珍惜与依依不舍，才会想把这些美丽轻轻地埋葬，"未若锦囊收艳骨，一抔净土掩风流"，就把她，埋在这春天里，春天里。

相比北方的城市，成都春来早。春节前夕，还是严寒的时候，蜡梅花就已经香气四溢，傲立枝头了。粉红的，金黄的，一朵朵，一枝枝，那股劲儿，真叫一个倔强！不服不行。而后才是红叶李和四季海棠的芬芳争艳，尤其是这两种花，本来是成都的绿化植物，但是，却呈现了最不普通的一面，在成都，不管你走到哪里，路上、院子、巷子、园子，都能看到这两种花的俊俏，墙上枝头，角落隽秀，不需赞赏，自顾自地开放自己的颜色、自己的精彩。而后，是玉兰花，淡雅端庄地盛开，因为花朵大气，那才叫盛开的样子，天气转暖，尤其是三月的季节，玉兰花就像人们一样卸去了冬装，舒舒展展地展示自己的肌肤与婀娜，大朵大朵的洁白秀丽，大朵大朵的紫色雍容，远远地望去就像没有荷叶的荷花绽放在树的枝头，还像一只只仙鹤亭亭玉立在树梢，超凡脱俗，绝世惊艳，让人心醉，让人神往。玉兰花开后，也到了由春入夏的时候了，恰是成都百花齐放的时刻，知名的不知名的花儿都会凑个热闹，那个时候当是"晓看红湿处，花重锦官城"了。

在这样一个城市，慢慢走，慢慢看，呵呵，千万条腿来，千万只眼，不够我走来，也不够我看。若你来了，还想走吗？

歇歇眼睛，你听，春天的布谷鸟，"布—咕咕，布咕—布咕"，农人们把它的声音当作春耕的标志。这提醒农事的布谷鸟，传说中是古蜀国的国王的化身，才有"望帝春心托杜鹃"的诗句。陆游写到，"时令过清明，朝朝布谷鸣。但令春促驾，那为国催耕。红紫花枝尽，青黄麦穗成。从今可无谓，倾耳舜弦声。"

从2012年4月17日从北京飞到成都，开始新的生活，数一数日子，差不多将近一年了。一年的光景，五颜六色，冬去春又来，少了一份新奇，多了一份感慨。坐在川大北苑楼下的花园咖啡厅，端一杯素毛峰茶，看一篇自己想看的文章，写下这样一段文字，是想告诉自己，珍惜现在的时光，慢慢地，别忘了其中的滋味。

2013年3月6日　星期三　成都　川大望江校区

发呆丽江

高中同学李富,也是我在北京城拼打的几个难得的铁哥们儿之一,因为黝黑的脸庞经常成为哥几个开心的对象,但是,用河南豫剧中的唱词来说"黑孩儿能找个白妮儿呢",我们也都相信他的意中人一定是一个"皓腕凝霜雪"的姑娘。李富的黑应该来源于"三分天注定,七分靠打拼",也就是说三分是爹妈给的,七分呢是风吹日晒的。因为,他是个地道的驴友。在北京经常夜爬香山,行走八大处,北京周边的名山小川他和他的一群驴友基本都爬过了,到后来开始延伸河南河北的线路,甚至四川、西藏,直至跑到了国外——尼泊尔。总之呢,他是有一颗博大的心、强健的身,如果大学学的不是工程测量的话,他一定会像徐霞客一样,留给后人一部《李富游记》,如果用很酷的语言应该是《李富驴友全攻略》,或者像李白一样写出"一生好入名山游,五岳寻仙不辞远"的飘逸诗句来。背上行囊,行走天涯,的的确确是一份难得的潇洒。

当兄弟几个举着燕京啤酒的瓶子,似醉非醉,相互倾诉的时候,奢望一下来年的计划,描述一下明年的前景,毕竟北京城的压力,我们只能展望,而不是轻轻松松地享受北京的拥堵和大气。轮到李富说的时候,他总是慢悠悠地说:"明年,我打算去一下……"他经常会说:"我在退休之前,怎么着也要走遍我们的国家,看看美丽的山河和风景,这也是我很骄傲的地方。"每一次,李富从一个地方回来,我们都会羡慕地听他讲路途中的奇遇和风景,听他讲有趣的故事和劳累的收获,于是,我们都要憧憬一下,想象一下。

有句话叫"跟优秀的人在一起,自己也会变得优秀",或许,套用一下,"跟优秀的驴友在一起,自己也会变成驴友",我多少也受了李富的影响,爬山已经不再满足于只在北京的香山打转转了。在北京工作的时候,上香山,下樱桃沟,曹雪芹的墓我差不多每周都去凭吊一次,他老人家泉下有知,一定会感动得穿越回来,把未完成的《红楼梦》给完成。香山的正常路子和野路子都走了不知道多少遍,估计香山的几个小松鼠和野猫猫都认识我了,因为这个家伙每次都和它们几个打招呼,就是不给它们吃的东西,顶多给它拍几张照片就走了。我虽然也买了登山鞋、登山杖、冲锋衣，但是和李富比起来，真不算专业的驴友，相比于他们用的酒精炉、音响、帐篷、睡袋等装备，我的那些设备不值一提。但是，我已经有了看着地图行走的想法了，这个想法在某个时刻，就能转变为行动。

过两天就要开学了，记得我曾经写过一篇散文《又是一年九月来》，还登在民大的校报上。是的，九月来了，我们就又开始忙碌了，突然，想出去行走的冲动来了，"偷得浮生半日闲"嘛，走！

由于最近的一段时间，读了很多董桥的书，蒋勋的文章，还有龙应台的演讲，受了他们那种底蕴深厚的人文熏陶，萌发了那种在一个荒凉大城市里找一个最温暖的小据点喝茶看书写字的憧憬。那种对一个能够品茶喝咖啡闲坐看书发呆的小城无限的神往，而最合适的好像就是丽江，尽管去过大理，但是丽江还一直是想去的地方。

对于丽江，我的印象，都来自媒体的呈现。丽江许多年前就已经被媒体列为一辈子一定要去的城市之一了。那里有蓝天白云，那里有玉龙雪山，那里有茶马古道，那里有大研古城，那里有纳西族的音乐，那里有东巴文化，那里有小溪边的咖啡馆，那里有醇香的云南咖啡，还有泸沽湖与黑龙潭。而且，还有很多的故事多多少少都和丽江古城有关系，比如电影《山间铃响马帮来》，电视剧《一米阳光》，还有最近央视一套热播的《木府风云》，都给这座古城平添了几许传说与故事。

还有，我的好朋友，也是我的学生吴宗蔚，曾经和我说过丽江，他没有讲丽江是多么的迷人，他只是很平淡地说："我的一位同事，前几天辞职了，到丽江租了一个房子，开了咖啡馆，他说那边的日子要比在北京工作开心得多。"这样的讲述方式，真是更能吸引人，不说花香，只说醉人，恐怕有点类似形容美女多美，不去描述眼睛、鼻子和身材，而是说"闭月羞花，沉鱼落雁"，就像汉代的乐府诗《陌上桑》中写的秦罗敷一样，"行者见罗敷，下担捋髭须；少年见罗敷，脱帽著帩头。耕者忘其犁，锄者忘其锄"，这样的女子，世上少有，这样的小城，恐怕也不多。

炎夏酷暑，各地高温，然而到了丽江竟然觉得凉意袭人，需要穿两件衣服。所谓身心舒适，应该是从温度开始的，"气候宜人"这个形容词，在今天这个时代，还真不是哪个城市都能用的。写丽江的人很多，感触也很多，所以丽江不需要那么多的溢美之词，如果还是重复地说丽江的美，那样太俗，也浪费时间。

丽江与其他文化旅游小城存在不同，使丽江之所以是丽江的原因，我觉得有两点，一个是丽江小城独特的意境，另一个是丽江独特的人文。

月白风清 醉 流光

  记得在博士论文选题的时候，我的导师周鸿铎教授就指导我写《历史文化资源转化为现代生产力研究》，当时觉得难以驾驭，看着浩瀚的中国历史文化资源，有点发蒙，不知如何下手。今日想来，周老师的确目光深邃，思路深远，丽江是一个典型的转化升华了古城的历史文化资源的城市，其中转化的奥妙很多，当然也充分地综合了得天独厚的天时、地利、人和。然而，其中独特的意境营造却是独门功夫，至今在文化旅游领域独步江湖，无出其右。

  意境本来是用在文学理论中的一个词，多是指情景交融，我在此处借用过来，是说一种氛围一种感觉，借用安德烈形容在秋天午后，于欧洲步行街街头咖啡座喝咖啡感觉的一句话——"美好的并非只是那个地点，而是笼罩着那个地点的整个情调和氛围，一种生活方式，一种文化的沉淀。"那么丽江就是营造了一种意境，一种情调，一种氛围，让人身处其中，如饮醇酒，不觉则醉。

  丽江的意境就是一种慢生活的意境，放慢脚步，放慢节奏，舒缓心情，舒缓感觉，留住时光，留住变化。慢慢地感触时光，慢慢地感触山水，慢慢地感触历史，与自己对话，听听自己的声音，想想自己的心事，抑或，漫无目的的行走，漫无目的的游览。单纯的听着老歌，撩动曾经的陈年往事，拨动麻木的心弦；单纯的发发呆，刹那间与这个世界没有了感觉，刹那间灵魂出窍，不知道自己在想什么，这些都是在忙碌与繁华的尘世中久违的感觉了。

  "忙"是"心"和"亡"组成的，太忙了，就是心死了，丽江慢的意境，发呆的意境，不正是在拯救忙碌的心，麻木的人吗？

2012 年 8 月 23 日　星期四　丽江　丽江机场

人生的路，一步一步

早起，打开窗户，凉凉的山风吹来，看到对面山上氤氲朦胧的雾气，深深地呼吸着大自然的气息，忽然间想写下几行文字，来留住我在这个城市的脚步和感触。

忘记了从什么时候起，我开始觉得学术研究和行政工作都是工作，只是领域不同，但是一样的需要尽心尽力，一样的需要学习研究。于是，在好朋友笑凡的思维碰撞和梳理下，从中央民族大学文学与新闻传播学院调到了后勤产业集团，可以说是一次很大的转变。

在后勤综合办公室工作的岗位上，直接地面对着学校纷繁复杂的行政工作，需要解决不同的矛盾和问题，协调学校不同层面的人和事，仍然是一边工作，一边开始探索管理的逻辑和方法。随着世事变化，随着京城繁华，也逐渐地开始面对生活的真实与无奈，面对青春的逝去和焦虑。似乎，问题发现的同时，自己已经开始探索前方的路，开始人生的求解。恍然间觉得，其实在什么地方都是做行政，为什么自己还要去做一个不伦不类的行政呢；既然都要与黑白是非打交道，为什么不去真正能提升能力的地方做行政呢；既然都要付出更多，为什么非要在一个毫无希望的地方付出呢；既然都要忍受折磨和历练，为什么非要在一个无法转身的地方忍受呢？

人生短短几十年，能有几个春秋让我彷徨伤魂，能有几多岁月让我从头再来呢？于是，做行政，既然要积累经验，那就从基层做起，就算是毫无成果，就算是倍加艰辛，我的人生最起码有了新的体验，见到了不一样的风景，也为社会做出了不同的努力。这样，我觉得才是对自己人生的负责，才是人生的一步一步，每一步的汗水和脚印，正是自己对生命的敬畏和珍惜。于是，我觉得要突破那僵死的喘不过气的陈旧与变种，开始了一步一步的公招考试。

每一步的脚印，都是在进行人生的突破与尝试，无论结果如何，都积累了生命的经验，都打开了看世界的另一个窗口，人生路，看风景哦。

那个时候只是懵懵懂懂的在摸索着前行，还没有那么深入地去思考这个问题，只是跟随着自己的内心的声音和倾向在前行。笑凡一次很认真地和我说，"兄弟，有时候要务实一点，不能总跟随自己内心深处的声音行走。"我当时也只是笑了一笑，我想如果不跟随内心的声音行走，是不是对生命不够敬畏。笑凡自己呢？研究生毕业就没有进那种稳定的单位，几经跳槽一直在手机网游行业，待遇好发展快，正在薪水职位让同龄人羡慕的时候，突然辞职创业，再大的风险，再大的困难，能说他没有考虑吗？这小子也是身随心动的主。

昨天，我穿行在丽江小城，突然想起陈升的专辑《丽江的春天》的一首歌——《打电话给我们的好朋友》，"打电话给我们的好朋友，山清水明我们相约要去郊游……这个世界很适合晒太阳，吹着懒懒的风……"那"啦啦啦啦啦啦啦……"自由飘荡的旋律在这个丽江的夏天，在一个人的旅行的路上。我从记忆中被唤醒，于是打电话给曾经喜欢在宿舍敲架子鼓的笑凡。问及近况，公司如何。笑凡说公司已经卖掉，开始新的工作，从电话里能听出他的辛苦和坚毅，也有现在的轻松。正如，我当初和他说，创业无论成败，我都会支持他，他是那种心里有改变世界的梦，又会去做的人，上研究生的时候，他就意味深长的给我讲乔布斯挖百事可乐 CEO 时说的一句话，"你愿意一辈子卖糖水，还是愿意改变世界。"现在，笑凡又何尝没有收获呢，他收获了经验和教训，收获管理和财务的知识与训练，收获了市场的真实和摔打，的的确确是扎扎实实地在过自己人生的三十一二岁，五彩缤纷，汗水淋淋。

在藏药中心，我这次更深层次领悟了藏族对宗教的信仰，更加敬佩藏族同胞对信仰的那种敬畏感。导游是藏族女同胞，大家都叫她卓玛。卓玛说，他们去朝圣的时候，一边念六字真言，一边虔诚的双手合十，高高举过头顶，然后行一步；双手继续合十，移至面前，再行一步；双手合十移至胸前，迈第三步时，双手自胸前移开，与地面平行前身，掌心朝下俯地，膝盖先着地，后全身俯地，额头轻叩地面。再站起，重新开始三步一叩，如果是青海的藏族，他们去拉萨朝圣，一路朝拜过去，就是这样一步一步走，一路的拜，要走上五年，才能到达圣地拉萨。不需要用震撼的字眼来形容我们内心的触动，反而让我悟透了生命不就是一步一步么，就是这样扎扎实实地往前走，才能奔向自己内心的圣地。朝圣的过程是对信仰的敬畏，是对生命的历练，是跟随内心深处的声音，不畏艰辛，不惧风霜地往前走，每一步都走得认认真真，踏踏实实，才会使自己更虔诚，内心更平静，才能与天地合一，全身心的匍匐在大地上，映照着蓝蓝的天，洁白的云，这就是朝圣之路的美丽，人生的道路不也是如此吗？

人生的路一步一步走，才能有内心的安静，才能看到人生路上真实的风景。

现在，回过头，做学问也好，做行政也罢，写文章，做事情，哪一件不需要谨慎持重，哪一件不是用心去做？生命的积淀与沉淀，都让我愈加珍惜，愈加敬畏。就算是喝茶、看书、发呆，也是分外的投入，所以，我会来这个群山萦绕，绿水潺潺的小城，会行走在满是滑溜青石板的街巷，从石板上的马蹄印还有古文字，就能知道山间铃响马帮来，已经是历史深处的背影，已经是鬓发如雪的传说。可是，那踏上去的感觉，却留着多少代人的生命印记和脚步声声，不能不慢慢地走，忍不住地想停留。古道西风瘦马，夕阳西下，何处乡关？每一个人不都在寻找自己的桃花源吗？那里芳草鲜美，落英缤纷，那里土地平旷，屋舍俨然，有良田三五亩，有猫狗四五只，鸡鸣桑树颠，鱼戏莲叶间，若得好友偶遇，知音邂逅，尽管是天涯的断肠人，也会"为君持酒劝斜阳，且向花间留晚照"，会面之难，一举十觞，十觞不醉，唯有浅酌低唱。

我们不必做关山难越的失路之人，也无需做萍水相逢的他乡之客，我会说，心在那，桃花源就在那，还会笑着和哥几个说，人一辈子需要挣的钱是无限的，可是这一辈子只有这么长，花钱的时间却是有限的啊。所以啊，踏踏实实，一步一步，岁月如歌，正如这个小城的风花雪月。

2012 年 8 月 22 日　星期三　丽江

春风拂柳品茶香

从酒店到河边,慢慢地散步也就是十几分钟的路程,看着华阳市民不急不慢的那种生活状态,不自觉地自己也闲散下来,开始放慢脚步。偶尔还会驻足华阳的小吃店的橱窗前,看上几眼,什么廖排骨、棒棒鸡、南充米线,那名字和店里小妹的欢迎,以及华阳市民打着电话等着小吃,或者聊着天吃着小吃的那种享受,也能唤起一种想吃的冲动来。

走到河边,放眼望去,沿着河边两岸是两个绿树葱茏的长长的树林,诸多的茶座在树丛下。挑了一个柔和的柳树和茂盛的松树之间叫雅欣茶座的,喊了一下老板儿,茶座的老板就热情地过来招呼,十元一杯茶,摆开桌子和椅子,面朝对岸的绿树,临河而坐,把身子倚在藤椅的椅背上,眯着眼睛看着面前的柳枝,那让人心疼怜惜的嫩芽在树枝上错落有致地排列着,就像水墨画中的柳枝,柔和坚韧,在风中轻轻地晃动,倒是真有林妹妹裙摆摇曳的感觉。

品着毛峰茶,沐浴在和风中,午后的阳光透过柳枝柔和地洒在身上,只有婉约的词人才能描述出此时的感觉,因为风吹着柳枝婆娑的影子跳到了藤椅和我的外套上,李清照的画笔才配得上在宣纸上勾勒渲染出来,娴静不失活泼,水墨灵性中又有水彩的真实明朗。色彩如此的雅致,要配上周边的安宁舒适,静静的,只有林间的画眉在啁啾的谈话,如果一定要用语言表达,那我也懒得说,因为怕说话浪费了这难得的河畔时光。

如果北京的雕刻时光咖啡店能够有此得天独厚,天造地设的环境,不定有多少的文人骚客留下多少美丽的邂逅与浪漫呢,那时光的雕刻过程中,又有多少的心动与飘逸?可惜,雕刻时光只能在北京的浮躁喧嚣中给忙碌的人们留存一点点幻想和追求了。

蓝天下,河面上一只白色的鸟儿,伸展着翅膀,在河面上滑翔盘旋,估计是在寻找河里的鱼儿,蔚蓝的天,新绿的树,映绿的水,一只白鹭,呵呵,你想不想画画?想不想作诗?想不想再加杯茶?想不想拿本书出来,在树荫下翻上几页,而后发发呆,回味一下书中的情节?书页上的柳枝水墨的影子,不仅给你的书上留下浅淡的插图，也许会给你的纸张，蕴出古典的信笺来。薛涛的信笺，用花瓣制作，如果她能穿越到此时的华阳河畔，一定会惊讶于信纸上的柳影清风。这样的信纸写出来的情书抑或是散文，一定能轻叩开读信人的心扉，一定能成为千古佳作。

或许也只有四川的山水和生活，才能熏陶出苏东坡的聪慧与大智，他对朋友佛印和尚说"江上清风，山间明月"才是岁月流光中的永恒与美丽。对于我们，白驹过隙的生命，只是一个过程，熙来攘往中，关乎名利得失，那些童话中伸爪探入瓶中抓大米的聪明猴子，因得到手中的大米，而不舍放手，无法自拔，最后被捉的故事，岂不是我们每一个人的得失映照？

若得闲敲棋子，两杯清茶，或者，与自己素面相对，一卷诗书，在这人间的四月天里，观草长莺飞，清风拂柳，品茶香醉人，悠然自得，菩提之树，明镜之台，行到水穷，坐看云起，心近自然，此中真意，欲辩忘言。

兰亭有序，华阳有文，字里行间，时光悄然。

              2012年4月15日　星期日　成都　华阳河畔

有一个词叫"鸟语花香"

记得上小学的时候,每次出去春游都会看到嫩绿的柳树和杨树,野地里和路边长满了星星点点的野花,红的、黄的、紫的,让人感觉春天是活泼的,于是同学们好不容易离开了教室的约束,就开始大呼小叫的在野地里追逐嬉闹;而且,那个时候农村的喜鹊啊、麻雀啊是很多的,看到一群群的小孩乱跑一气,也开始叽叽喳喳的飞来绕去。等到春游结束,回来写作文的时候,班里同学用得最频繁的词就是"鸟语花香",以至于,连老师都觉得这个词太没有创意和新鲜感了,就会在作文的批改上,用红笔写道"要写春天美丽的细节和具体看到的田野景色,而不能直接就用一个词'鸟语花香'代表了"。

慢慢地,作文里"鸟语花香"这个词就渐渐少用了。上中学的时候,校园坐落在一片桃树林中,春天漫野桃花的时候,在蒙蒙细雨中,那种写字的冲动,反而是十里桃花林"落英缤纷,芳草鲜美",倒是陶渊明的《桃花源记》中的词了。一方面感觉"鸟语花香"没有创意,另一方面呢,是因为上大学到了城市,虽然不是"误落尘网中,一去三十年",但是,再也看不到"方宅十余亩,草屋八九间。榆柳荫后檐,桃李罗堂前。暖暖远人村,依依墟里烟。狗吠深巷中,鸡鸣桑树颠"这样田园的纯朴自然之景。

身在水泥的丛林中,闻到的是汽车排放的刺鼻的尾气,听到的是刺耳的汽车鸣笛和嘈杂声,看到的是生硬的方块没有创意的城市建筑,树少了,草没了,能见到一只麻雀,就是很新鲜了。我每到一个城市,第一件事就是看树多不多,树多我就感觉这个城市有亲和力,适合生活与工作。如果很难见到树,我就不会对这个城市产生好感。因为,我觉得这种城市粗俗不堪,连自己环境都不重视的城市,有什么资格谈生活与创业?

城市的生活,不仅仅是让我个人遗忘了"鸟语花香"这个词,报纸和电视上也很难再看到这个词,因为媒体上充斥的是投资与房产、汽车与时装、明星的私生活与官员的丑闻,当然,最近最火的是金庸大侠的绝世预测的实现——"东鞋——烂皮鞋,西毒——毒胶囊,南地——地沟油,北钙——三鹿奶"。没有了鸟语与花香，于是"鸟语花香"很少在现在的小学生作文中出现了，就算是农村的小学也面对着喧嚣的村庄和车辆。

今天早晨，早早就被窗外的鸟叫给叫醒了。穿上球服，到篮球场畅快地运动一下，等到回宿舍的时候，太阳已经高高地爬上来，安静的校园里，空气中散发着青草的独特味道，芭蕉树长得十分的茂盛，枇杷树上已经结了众多的枇杷果，"流光容易把人抛，绿了樱桃，红了芭蕉"哦。路边隐隐约约传来花的清香，循着香味看去，原来是那些不知名的植物开出的小白花香气沁人。成都本地的鸟儿，画眉居多，树上的，草地上的，觅食的，寻伴儿的，那叫声清脆婉转，啁啾欢快，呵呵，我突然想形容这美妙的时刻——"鸟语花香"！

不经意间竟然蹦出了"鸟语花香"这个词，刹那间觉得这个久违的词是如此的新鲜，如此的富有深意，如此的妙不可言，雅致不失活泼，听觉的、视觉的、味觉的都能给我们大自然的享受和亲近。写着文字的时候，我在微微地笑着，开心、会意，鸟语花香……

2012 年 4 月 27 日　星期五　成都

今年最重要的事
——老父亲进北京

每年的这个时候,总是要写工作总结,不管是单位的还是部门的,有时候,兴致来了,感慨多了,自己也会做一个一年的盘点,这也算是学传媒专业留下来的好习惯吧。

北京城大街小巷的银杏树下一地金黄的时候,北京的冬天来了,一年的轮回,又是年底的总结。

总结自己的一年,不再敢说自己又长了一岁,过了而立之年,还是什么也没有立起来,倒是希望日子能过得慢一些,能够更年轻一岁。似乎是有一点点暮气了,就好像筷子兄弟唱的《老男孩》,"岁月是把无情刻刀,改变了我们模样,青春如同奔流的江河,一去不回来不及道别,只剩下麻木的我没有了当年的热血。"有一次,一个餐厅服务员,很会说话来恭维我,"大哥,您长得真精神,真年轻,我看您也就是三十五岁的样子。"我估计这个服务员,心里在盘算我的年龄估计应该是39岁左右吧,我也只能感谢这个恭维错了的服务员,不能驳人家的面子,所以只能配合地说,"你可真会猜啊,真把我说年轻了,我今年刚刚37岁呢"。可是,我这心里的滋味啊,真是有一点点悲凉,我的青春啊,你在何方?

今年对于我来说,的确是不容易,也是不平凡的。东奔西走,力图有所突破,几番尝试,充满传奇,将来写小说的素材都有了。更深层次地了解社会,更深层次地了解组织,更深层次地理解规则,却发现,这些原来和自己当学生时老师教给自己的,完全是大相径庭,甚至是阴差阳错。恍然大悟的时候,暗自庆幸,庆幸自己这一年是多么的丰富多彩,是多么的腾挪跌宕,是多么的历练浓缩。

可是,这些看似有人生周折中转意义的事件,对我来说,都不是大事件,都不是最重要的事情。今年,最重要的事情是,父亲进京城了。这是父亲一辈子第一次进北京。尽管,他的儿子在十多年前也是从河南的农村走出来,第一次进北京，但是，这是父亲一生中最重要的事件之一，也是我今年最重要的事情。

父亲是20世纪40年代出生的人，长身体的时候碰到了大饥荒，也就是"三年自然灾害"，让他至今对粮食都充满了崇敬。直到我上学的时候，父亲还总是一遍又一遍地对我唠叨，"那时候，上小学，我们饿得走不动，是扶着墙去上学啊，上课根本就听不进去，大家都盼着早点下学，赶紧到田野里找点什么吃的，野菜根啊，榆树皮啊。"

父亲接受的教育是那个年代典型的"毛主席的教育"。他经常提到，那个年代村里的榆树都被刮光了皮，因为榆树皮已经是很好吃的东西了，大家还在讲"吃树叶，刮树皮，临死不忘毛主席"，这或许也是时代精神吧。父亲一直都让我对老师要尊敬，因为，他总是念念不忘，当年，在他最饿的时候，他的老师给了他一个白菜的疙瘩根，让他能够填一下肚子。如今，我从事教师的职业，父亲会很欣慰地说，"老师好啊，当老师好……"

父亲书没有读好，他自己倒不遗憾，那个年代，又能怎样，让他一直愤愤不平的却是他参军入伍的事情。本来体检已经通过，后来出现了变故。参军可是改变人生命运的，作为一个年轻人，他当年一定对前方充满了五彩斑斓的憧憬，也一定有对军营生活的向往。到了我考大学的时候，父亲仍是很希望我能报考军校的。

据说，军装都要发给他的时候，他被村里人揭发了，因为，我的爷爷是一个右派什么的，于是，父亲只能在我们的那个村庄里安身立命，好好种地了。后来，父亲总对我们唠叨："要不是你爷爷，要是我参军了，呵呵……"我长大了也就知道了更多的事情，爷爷是一个私塾先生，写得一手好毛笔字，我小时候对毛笔的兴趣，估计就是爷爷熏陶的。当年，爷爷能够讲出很多的古文和诗词来。

父亲没有把爷爷的读书传统继承下来，自己却成为一个种地的好手，他给我们这些子女的教育就是做个老实人，好好把地种好，庄稼种好了才对得起土地。稍微有点的文化，都是他听评书听来的，《封神演义》《三国演义》《隋唐演义》《岳飞传》《包公案》《七侠五义》《杨家将》，我现在还能记住他的顺口溜，"你爱听文来？你爱听武？爱听文来有那包公案，爱听武来有那杨家兵。"

小时候，觉得父亲是很壮实的，就连家里的土坯也是他自己一块一块打的，不像今天砖瓦窑的土坯都是机械生产的，那可是体力活，没有力气根本做不了的。父亲是个地道的农民，没有文化不说，也没有其他的才能，只能土里刨食，靠天吃饭，偶尔打工也是依靠体力，不是河南话里面的"能人"，说好听一点是纯朴老实，说土气一点是笨拙简单。

可如今一晃，我外出上大学已经十几年了，尽管每年都会回家，也仅仅几天而已，同学聚聚，朋友见见，和父母聊天的时间总在吃饭的时候。有时候，也能感觉出来母亲变老了，有白发了，可是总是觉得父亲仍然是那么的倔强的脾气，似乎这些年就没有什么变化。

父亲也总是问我："你看我什么时候，能去北京看看啊，你啥时候有空带我去吧？"我总是以忙为借口，不让他过来，我也总觉得不是时候，房子没有，事业未成，他来也没有什么意思的，来北京又不是到隔壁村走街串巷那么容易，就这样一拖再拖，参加工作5年来，也没有让他过来。每一次回家，他都会笑着和我商量，啥时候来北京合适，我总是说再等等，不急不急。

偶然的一次，大姐打电话说父亲年纪越来越大，体力远不如以前，以后再去北京就会更不方便，何不趁现在让他去一次北京呢，要是父亲以后去不了北京，父亲会埋怨的。我才意识到，父亲应该来北京看看，来北京对他来说是一个愿望，也可以说是一个梦想。

这就是我今年最重要的事情，老父亲来北京。

在北京西站接到父亲的时候，二哥也跟着一起过来了，尽管是深夜12点了，可是，父亲依然很高兴，看得出他情绪很高呢。可是，并排走的时候，我意识到父亲年纪大了，已经不是当年的壮年高高大大，需要我仰视他的样子了，现在又矮又黑，衣服穿的也很臃肿，也不像在家里是一家之主那样气宇轩昂。

他小心翼翼地跟着我，初到一个陌生的环境，很是胆怯，手里提着沾着黄土的手提袋，说那是临行前母亲给我煮熟的柴鸡。我问累不累啊，我来提着吧，父亲说不累不累，想不到北京这么快就到了，仍然坚持自己提东西。

父亲来北京心切，也没有考虑到这两天是我工作的时间，没有选在周末，我也只好在工作的同时，努力地想办法陪他们两个。

在北京的第一天，他知道我在上班，就蹲在学校的门口等我，不敢直接去找我，我接了他们进校，让他们在学校转转。

午饭后，我抽出中午的时间，带着他们两个去天安门，估计，父亲很想到毛主席纪念堂看一下毛主席，我担心排队太长，我就对他说："毛主席他老人家不是每天都在纪念堂待着呢。今天您主要任务是看天安门、人民大会堂和故宫。"把他们送到了天安门，我就回来上班了。

下午回来的时候，父亲跟我说，今天登上天安门城楼了，真知足啊，好啊。还在毛主席挥手的地方，照了一张相呢。父亲形容不出自己内心的激动，只能用"好啊"来表达对天安门的称赞。

我就和父亲说好朋友李富的老父亲前几年第一次来北京的时候，看了天安门广场，感叹道："这么好的地方，又大又平整，晒麦该多好啊！"我爸没有把我的叙述当成一个有趣的笑话来理解，反而，很认真地表示赞同，"对对，晒玉蜀黍（玉米）也行啊，我看打稻更好啊！"看他那认真的样子，我也不好再笑了，只好找个机会和李富讲一下，两个河南农村的老爷子，对天安门广场的用处真是英雄所见略同。我上大学的时候是经常去故宫和天安门的，不觉得去那个地方太累，父亲这次说，真累，累得够呛，我也更加觉得父亲的确老了。

父亲来北京的第二天是去八达岭长城，在有些地方，我伸手拉着他，他那一双手满是老茧，还有口子。我拉的时候，粗糙得都有疼痛之感，就像老柳树的树皮一样，心里说不出的难受。

好不容易爬上长城，父亲已经双鬓淌汗了，他自己不得不说："哎呀，老了，要是以前，这都不费力，我还爬过电线杆子呢。"站在长城上极目远眺，父亲不停地说："好看，好看，真好看。"

他兴致来了，就跟我说，这就是秦始皇修的长城吧，估计孟姜女哭长城也应该是在这个地方。我就纠正说这应该是明代的长城，秦朝的长城早已经破败了。他摸着宽厚结实的长城砖，惊叹道："以前的人可是真厉害，这么大的砖比我打的土坯大多了，我当年打的土坯已经够大够厚了。"

下长城的时候，父亲走得很慢，已经跟不上我和二哥的步子了，父亲说这些年干活，总是脚疼，估计是脚出了毛病。我和二哥就宽慰他，要少喝酒，多散步，慢慢就会好的。

父亲在北京的这两天，虽然很短，但是他觉得很值。他说够啦，"天安门也看了，长城也看了，这回是开眼界了，我要赶紧回去了，你要好好工作，我就不打扰你了，我回家还有很多活要干呢。"我知道，父亲是个地道的农民，永远都牵挂着家里的那片地。

我在办公室工作以来，也经常接待地方领导，安排他们吃住行，也曾陪他们在北京转转，却从来没有像这次这么辛苦。我觉得父亲来京对我来说，就像一项重大的工程一样，耗心耗力，虽然我并没有做太多，可是每一刻，我总能想起朱自清写的《背影》。

父亲回家了，可是他早上蹲在校门口，那胆怯的样子，我依然清晰地记得。

2011 年 11 月 19 日　星期六　北京

古往今来听雨人

窗外,夜雨潇潇,夏风习习,夏夜的雨点滴滴答答,噼噼啪啪地敲打着窗户,随着夜风,时疏时骤,像此起彼伏的音符,虽说不是十分的优雅动听,却能让人安静下来,听听天籁,听听大自然的精灵是如何营造着这个独特的世界的。那雨声似乎是在诉说,似乎又是在和自己素面相对,无语独白……

我听着雨声,不经意间涌上诸多感慨。感慨十多年京华求学,东西奔波,南北劳顿,就职安身之后,亦是春秋几度,沧桑几回。这雨声是我教室夜读外的雨声;这雨声是我人在旅途上列车外的雨声;这雨声是我兼职打工路上公交车外的雨声;这雨声是站在办公室凝望西山雨色朦胧的雨声;这雨声是我居于小屋畅享读书之乐的雨声;这雨声是我静思出路感叹社会不易的雨声……

我,一介书生,逢此时势,有如此之感慨,当是凝神愁绪,往事如烟,百般滋味,千锤百炼,不弃光荣与梦想,不失青涩与倔强,仍怀追逐之豪情,仍抱济世之崇尚。思绪翻飞,历览前贤,史书卷中,和我一样的夜色之中的听雨人,竟然各有不同。

雨声中有孤寂和思念,虽说是明月千里寄相思,夜雨声中的孤寂更苦,思念更长。那远方的人啊,那浓浓的离愁思念,在静静的深夜中,夜雨响起,更加将让人惆怅得坐卧不安,魂不守舍,牵肠挂肚。李商隐的《夜雨寄北》似乎是在古筝上轻轻划出了悠悠的愁意:"君问归期未有期,巴山夜雨涨秋池。何当共剪西窗烛,却话巴山夜雨时",带着巴蜀特有的气质与韵味,对那片土地一定怀有别样的感情,尤其是那巴蜀的濛濛细雨,无时无刻不萦绕在他的心头,于是,一句"留得枯荷听雨声"又成为文人诗句中的千古绝唱。

雨声中有干戈乱离中朋友之间的至诚之谊,乱世如同凶涛恶浪,每一个人的生命在那时都是那么的渺小和无力,唯有朋友之间存下的那片难得温情和相托。杜甫在《赠卫八处士》中娓娓感叹,"人生不相见,动如参与商。今夕复何夕,共此灯烛光。少壮能几时,鬓发各已苍。访旧半为鬼,惊呼热中肠。"一别二十年,重上君子堂,朋友相见,百感交集,唏嘘不已,赶紧备上薄酒淡茶，呈上家里最好的佳肴，"夜雨剪春韭，新炊间黄粱"，我一直都在想，杜甫那天晚上一定是先被这些饭菜的香味熏醉了，何况"主称相见难，一举累十觞。十觞亦不醉，感子故意长"。夜雨中的相逢，情谊间的温暖，那一刻，两个人到中年的读书人，醉酒的时候一定在泪眼相对，一定在感叹世事，明日隔山岳，世事两茫茫。

雨声中有无奈与悲壮，一腔的热血，满腹的才华，欲济苍生于天下，扶大厦于将倾，无奈的是庸人当局，英雄无所用武，辗转反侧，壮士扼腕。陆游只能在慢慢长夜中陪伴着江南的夜雨，"小楼一夜听春雨，明朝深巷卖杏花。"年年失望年年望，满头青丝到镜中衰鬓，烈士暮年，依然壮心不已，只是关河梦断，无限悲壮。"僵卧孤村不自哀，尚思为国戍轮台，夜阑卧听风吹雨，铁马冰河入梦来。"当年的楼船夜雪，铁马秋风，气吞万里如虎之志，已经成为风吹雨打，梦里的无限悲凉和未竟的心愿与豪情，却一样雪暗凋旗画，风多杂鼓声，铁马冰河，塞上长城！如此国士，悲夫！壮哉！

雨声中有回顾也有感伤。人人都有悲欢离合，人人都有生老病死，可是回头看走过的路，却是各有怀抱，但是人总是抗不过时光的，将军白发，美人迟暮，因此感伤是一种永恒。蒋捷写"少年听雨歌楼之上，红烛昏罗帐"，那是因为少年不知愁滋味。"壮年听雨客舟中，江阔云低，断雁叫西风"，那是因为，人到中年，多方兼顾，其中艰难，定是一言难尽。老年"今听雨僧庐下，鬓已星星也。悲欢离合总无情，一任阶前，点滴到天明。"

文人韩奕偶然得观蒋捷听雨词，深有感慨："夫听雨，一也。而词中所云不同如此，盖同者，耳也；不同者，心也。心之所发，情也。情之遇于景，接于物，其感有不同耳。"雨声听到了心里，触到了心灵，拨动了心弦，融入了光阴的感伤。

雨声中有百姓疾苦。郑板桥"衙斋卧听萧萧竹，疑是民间疾苦声"。雨打竹叶，萧萧瑟瑟，沙沙作响，如泣如诉，"一枝一叶总关情"。郑板桥出身寒微，知百姓生活不易，知百姓四季辛劳，日出而作，日落而息，经常为旱涝而忧，为丰年而喜，为谷贱而愁，为减税而乐。执锄头挥镰刀，播粮种施肥料，年年岁岁，岁岁年年，寒来暑往，从未懈怠，汗滴滴滴入黄土，皱纹纹纹上额头。百姓疾苦是民生，是民声，亦是民情，常听民声才是真正关注民生，体察民情，"知屋漏者在宇下，知政失者在草野。"难怪板桥先生，千古传颂。

古往今来听雨人，境界不同，情景不同，感触不同，相同的却是千年一脉的文化传承，你听，这窗外的雨声……

2011 年 6 月 23 日　星期四　北京

火车站的离别与香烟

第一次坐火车，大约是 1998 年的秋季，去山城重庆，也是我真正意义上的出远门，还需要有见识的表姨父护送。

那个时候的我，长得又黑又瘦，在歌乐山上与小萝卜头儿的雕像合了一张影，简直就是两个小萝卜头儿。

黑瘦的我，坐在火车的窗户边上，看外面向后远去的树木和山岭，从河南郑州上车，过黄河，开往西南。那是一辆绿皮车，座位也是绿颜色的长座，车厢里弥漫着方便面、水果、烟、汗等各种味道，充斥着哭声、笑声、打骂声、叫卖声各种声音，似乎河南话、陕西话、四川话都有，大包小包堆积在货架上，随时都有掉下来的危险。

一路上要过地理书上所说的中国南北的分界线——秦岭，窗外，已经不是华北平原的万亩良田，眼前的景象，是稀稀疏疏的树木和黄色的土丘，间或能看见几堵黄土坡上的窑洞。我趴在窗户上，想看个究竟，这难道就是《平凡的世界》中孙少安、孙少平兄弟挖的窑洞？不等我看清，火车已经一个隧道一个隧道地穿行了。

过秦岭之后，便是南方的地界了，看见的是一条条河、一丛丛绿树，尤其让我稀奇的是，村庄中，每家每户的门前总是有一方池塘，池塘边长着茂盛的竹子，这对于长在黄河岸边的我来说，是从未见过的景象。后来到成都工作后，才知道这在南方地区稀松平常。

第一次坐火车，不是什么舒适的经历，车厢中的拥挤和混乱，让我的远行，仅仅留下了窗外的记忆。

后来再坐火车，便是，从郑州出发，北上北京，开始一个人出来闯荡。

那是高考之后，想出去看一看，母亲给了 200 元钱，我穿了一条黑裤子，一件白衬衫，为了象征自己成熟老练，还装了一盒烟在身上。那个时候没有外出花钱住酒店的概念，更没有后来到一个城市去品尝小吃美食的想法，只是觉得坐火车需要买车票，我就这样莽莽撞撞地上路了。每一个城市都是陌生的城市，都不是我熟悉的那个小村庄，那里有我的父老乡亲、街坊四邻。

　　我所看见的城市，都是很奇怪的模样，灯光过于炫亮，车辆喷着难闻的味道，可城市的人们却衣着鲜亮，来来往往。我在火车站广场彷徨，不知道我在那个年岁，是怎样孤独地度过了火车站广场等火车的漫长时光，没有后来的手机，更没有现在的微信。我也不知道，青春的我是多么的勇敢和吃苦耐劳，那一次从郑州出发的时候，根本就没有想过要去吃一顿羊肉烩面，从郑州到北京，竟然什么也没有吃，什么也没有喝。

　　一个农村的少年，装模作样地抽着一支烟。现在想来，那抽烟的动作一定是很幼稚，一定是模仿了电视里坏人抽烟的姿势，仿佛自己也是出来混的，告诉别人别打我的主意。

　　随着人流，登上北上的火车，根本没有买到座位，只能站在别人的座位旁边，盼望着别人早一点到站下车。

　　夜色茫茫的时候，是车厢中打呼声响的时候，我换着脚用力，依靠在座位旁边，借着力，让自己别太累。唯一的慰藉是窗外的灯光，灯光密集了，是城市，灯光稀疏了，是村庄，灯光没有了，是原野，那些灯光一路陪伴我，给我的不是力量，是前方。

　　我去北方，不知道北京城是什么模样，夜深深，火车咣当当，我那时候，竟然有一种沧桑感。火车此去，我离开的不是村庄，是我的秋天，我的时光。火车带动的凉风和温度，让我生出凉意，顿觉心中不可名状。以后，每一次到火车站，登上火车的那一刹那，都会生出一种时光离别的感觉，跟自己的现在离别，留也留不住，车开动，心却迟迟没有上车，还在站台站着，想在这个城市多待一会儿。

　　就是这样从郑州，到北京，再到天津，再回郑州，再回到我的小村庄，路遥遥，风尘尘，回到家中，烟还剩半盒，人却瘦了一圈。

　　以后的日子中，登上火车的时候，就是一种告别，告别亲朋，告别自己，告别身后的季节。时光荏苒，总有一种沧桑感，从少年，到青年，再到中年。

2016年3月2日　星期三　成都

月白风清醉流光

上小学的时候,班级中总会有几个调皮鬼。一个男同学最初的名字叫董战士,喜欢上课的时候拉前面女生的辫子,还喜欢往女生文具盒中放蛐蛐,经常把班里的女生吓得一惊一乍,大呼小叫。

老师生气的时候就会拿着教鞭照他的小脑袋上就是两下子,他那个时候会做出很疼的表情,咧着嘴巴,闭着眼睛。冬天来了,对他就是个好季节,可以戴一顶很厚很厚的皮帽。没想到老师揍的时候,比原来还用力了。没办法,董战士同学,就偷偷地把自己的皮帽做了技术处理。老师用力敲打他的皮帽,他却洋洋得意地仰着脖子,一点也不像原来边挨打,边缩着脖子,侧着身子躲的样子。老师一个侧敲,帽子掉地上了,里面厚厚的纸张也滚了一地。

刹那间,教室一阵寂静。

董战士傻眼了,小伙伴们惊呆了,都以为,董战士这下惨了,老师肯定会很生气,都替董战士捏一把汗,虽然平时很讨厌他。

老师一看,没有生气,反而被逗乐了。

老师说:"董战士同学啊,你这可不是真的战士啊,战士是不怕疼的。"

董战士一看没什么大危险,竟然又恢复了原来的嘚瑟的样子,挺了挺脖子,大声说:"报告老师,我不叫董战士了,我爷爷给我改了一个新的名字,叫董保国!"

这下子,老师更乐了,笑着说:"好好,你这名字改得好,战士保国家,要好好学习哈。"

小学里的下课铃不是现在高档的钟声,也不是什么机械钟,而是一个挂在老枣树上圆形带齿轮的铸铁机械零部件。到点的时候,一位老爷爷就会拿着铁棍,"铛""铛""铛"地在那个齿轮上,敲三下,告诉大家上课了或是下课了,这位白头发的老爷爷,全校都叫他"打铃老师"。

"打铃老师"很和蔼,每一次看见我往教室跑的时候,都会喊:"迟到了吧，没事儿，慢着点儿。"

我就是在这样一所乡村小学读书，总觉得日子太慢，总是羡慕高年级的学生可以有一张成熟的脸。

直到有一天，我成为五年级的学生，才终于知道五年级意味着很多的东西，比如知道了要把衬衫束在裤子里，比如可以负责升旗，可以负责检查卫生，甚至，在低年级读书的表弟可以雄赳赳气昂昂地和他的同学吹牛叫板：如果谁敢欺负他，他就会找五年级的表哥来教训谁。

或许，也是因为五年级，我有了一次在全乡政府大会上讲话的机会，到现在我都不知道，那是一次什么性质的会。那是我第一次登上舞台，在主席台后面，如果坐在椅子上的话，还够不着话筒。这也是我第一次在公众场合讲普通话，为了能够着话筒，就站着说，那篇稿子是我的班主任韩树志老师写的。

长长的两页纸，很多的东西，都已经忘了。能记住的有一句话"流光容易把人抛，红了樱桃，绿了芭蕉，也白了少年头，空悲切。"

韩老师在开会之前的一个星期，就已经在教我这篇稿子的发音断句了，一遍又一遍，实在是太熟练，基本上都可以背诵了。至于什么意思，恍恍惚惚地似乎懂那么一点点，可是，如果要清晰地讲出来，却又讲不清楚什么意思。

对于一个乡村的少年，在和老师熟练阅读演讲稿的时候，心里面惦记的是教室外等我的小伙伴，我们约好一起带着那只叫"哈里"的黑狗去池塘边钓鱼。心里还琢磨，今天晚上，如果是月亮好的话，我们去村北边的枣树上偷枣，那枣再不偷，就没有机会了，有可能被另外一个班的坏蛋们下手。

终于在大会的那一天，我顺利完成了学校交给我的任务，字正腔圆，唇齿流利，在掌声中走出会场，就跑着钓鱼去了。

多年过去，稿子的内容早已经还给了老师，唯有那一句很美，又不知道"樱桃、芭蕉"是什么样的东西，却奇怪地深深地留在记忆里，"流光容易把人抛，红了樱桃，绿了芭蕉，也白了少年头，空悲切。"

月亮圆了又弯，弯了又圆，时光一年又一年，我也不再是那个少年，我离开小村庄，开始走得更远更远，一个一个的小伙伴，很多到今天都不曾再相见。

上了高中，读了大学，才知道韩老师的稿子中的这一句话，化用了两个典故，一个是宋代蒋捷的《一剪梅·舟过吴江》："一片春愁待酒浇。江上舟摇，楼上帘招。秋娘渡与泰娘桥，风又飘飘，雨又萧萧。何日归家洗客袍？银字笙调，心字香烧。流光容易把人抛，红了樱桃，绿了芭蕉。"有伤春悲秋之感，年华易逝，流年似水，风雨人生……

另一个典故，则是南宋抗金英雄岳飞《满江红·怒发冲冠》："怒发冲冠，凭栏处、潇潇雨歇。抬望眼，仰天长啸，壮怀激烈。三十功名尘与土，八千里路云和月。莫等闲、白了少年头，空悲切！靖康耻，犹未雪。臣子恨，何时灭！驾长车，踏破贺兰山缺。壮志饥餐胡虏肉，笑谈渴饮匈奴血。待从头、收拾旧山河，朝天阙。"英雄壮志，还我河山，一腔血，壮怀激烈，三十功名尘与土，八千里路云和月。建功立业的迫切，经不起时光的蹉跎，最无情英雄头上见白发。

韩老师，教我们语文，写得一手好行楷，拉得一手好二胡，偶尔喜欢喝两杯，满脸通红。我们毕业后，他出任小学校长，我不知道他写的稿子中，可有他的心声，可有他对这个社会的期许和曾经年少时残存的梦，不经意间，写给我这样一个不懂事的少年，在蒋捷的词中伤感，春愁浇酒，似水流年；在岳飞的词中叹息扼腕，栏杆拍遍，故国河山。

韩老师，应该是我们那个地方的"乡贤"。

弟子多年辗转，渐渐地也把社会的责任放在肩，在拼打的城市中，时常会有韩老师传给我的"流光容易把人抛"的叹惋，果真是"早岁那知世事艰，中原北望气如山，楼船夜雪瓜州渡，铁马秋风大散关"。

来到四川，人说少不入川，还好，早已经没有了年少的轻狂。终于知道了什么是樱桃，什么是芭蕉，樱桃红，芭蕉绿，凭栏处，仰天啸。

如今，夜静的时候，我还会看月圆月弯，却没有了年少时候的月色如洗，村庄如浴，咋就没有那么干净，那么亮呢？是我的心已经粗糙了，还是我的心麻木了呢？

我的那些小伙伴们呢？不知道已经散落在哪里，董战士真的去从军保国了么？他们是不是也会想起小学的上课铃声，也会想起月光下那棵挂满青枣的枣树？是不是也和我一样，在拼打的地方，不断地碰撞，收起了年少的轻狂，满面风霜？

我写下这些文字，是想留住那乡村的月光，乡贤的担当，还有我们的成长，一代人的记录，在路上。老同学枫林在我文章的留言中曾写道："未来是对过去的招魂。在张老师的文字中，同样的经历，不同的视角，一样的乡情，他的文字在编织着一张大网，把散落在天涯的我们，又网罗在了一起。"

招魂也好，省得我们走得太快，忘记了出发的地方，让脚步停一停，等等月光下的身影，那是我们的魂魄，相随相伴，相互温暖。

少年终究岁月老，白发不曾饶。我也想像韩老师一样，喝两杯酒，醉在行楷与二胡的故乡，醉在黄河岸边，春风习习，榆钱满树、槐花飘香的流光。

2016年3月3日　星期四　成都